Per Olov Enquist

Livläkarens besök

roman

Norstedts

Per Olov Enquist

Kristallögat 1961
Färdvägen 1963
Magnetisörens femte vinter 1964
Sextiotalskritik 1966
Hess 1966
Legionärerna 1968
Sekonden 1971
Katedralen i München 1972
Berättelser från de inställda upprorens tid 1974
Tribadernas natt 1975
Chez Nous (tills. med Anders Ehnmark) 1976
Musikanternas uttåg 1978
Mannen på trottoaren (tills. med Anders Ehnmark) 1979
Till Fedra 1980
En triptyk 1981
Doktor Mabuses nya testamente (tills. med Anders Ehnmark) 1982
Strindberg. Ett liv 1984
Nedstörtad ängel 1985
Två reportage om idrott 1986
Protagoras sats (tills. med Anders Ehnmark) 1987
I lodjurets timma 1988
Kapten Nemos bibliotek 1991
Dramatik 1992
Kartritarna 1992
Tre pjäser 1994
Hamsun 1996
Bildmakarna 1998

ISBN 91-1-300755-6

Norstedts Förlag, Stockholm
Omslag: Elsa Wohlfahrt
Målning: Antoine Pesne
Andra tryckningen
Fälth & Hässler, Smedjebacken 1999
www.norstedts.se
*
Norstedts Förlag ingår i
P. A. Norstedt & Söner AB, grundat 1823

”Upplysning är människans seger över hennes självförvållade omyndighet. Omyndighet är avsaknaden av förmåga att använda sitt eget förstånd utan någon annans ledning. Självförvållad är denna omyndighet, när orsaken inte är brist på förstånd, men brist på mod att använda förståndet. Till upplysning kräves intet annat än frihet, den frihet som innebär att i varje avseende göra offentligt bruk av sitt förnuft. Ty det är varje människas kall att tänka själv.”

Immanuel Kant (1783)

”Konungen anförtrodde mig att det var en kvinna som på ett hemlighetsfullt sätt styrde Universum. Likaledes, att det funnes en krets av män som utvalts att göra allt ont i världen, och att det bland dem funnes sju, varav han var en, som särdeles var utsedda. Fattade han vänskap för någon berodde det på att också denne tillhörde denna utvalda krets.”

U. A. Holstein: Memoirer

Del 1

DE FYRA

Kapitel 1

VINTRAMPAREN

1.

Den 5 april 1768 anställdes Johann Friedrich Struensee som den danske konungen Christian den sjundes livläkare, och avrättades fyra år senare.

Tio år efter detta, den 21 september 1782, då uttrycket "Struensees tid" redan blivit ett begrepp, rapporterade det engelska sändebudet i Köpenhamn Robert Murray Keith till sin regering om en episod han bevittnat. Han ansåg episoden förbryllande.

Därför rapporterade han.

Han hade varit närvarande vid en teaterföreställning på Hofteatret i Köpenhamn. Bland publiken fanns också Konungen, Christian den sjunde, samt Ove Høegh-Guldberg, den faktiske politiske makthavaren i Danmark, i praktiken envåldshärskare.

Han hade antagit titeln "statsminister".

Rapporten gällde sändebudet Keiths möte med Konungen.

Han inleder med sina intryck av den endast trettiotreårige konung Christian den sjundes yttre: "Han är till synes redan en gammal man, mycket liten, avmagrad, och med infallet ansikte, och vars brinnande ögon vittnar om hans sjukliga sinnestillstånd." Den, som han skriver, "sinnessjuke" konung Christian hade innan föreställningen tog sin början irrat omkring bland publiken, mumlande, och med egendomliga ansiktsryckningar.

Guldberg hade hela tiden hållit ett vakande öga på honom.

Det märkliga hade varit deras inbördes relation. Den kunde beskrivas som en vårdare och hans sjukling, eller som ett syskonpar, eller som om Guldberg varit en far med ett olydigt eller sjukt barn; men Keith använder uttrycket ”nästan kärleksfullt”.

Samtidigt skriver han att de två tycktes vara på ett ”nästan perverst” sätt förenade.

Det perversa hade inte varit att dessa två, som han ju visste spelat så viktiga roller under den danska revolutionen, då som fiender, numera var beroende av varandra på detta sätt. Det ”perversa” hade varit att Konungen betett sig som en rädd men lydig hund, och Guldberg som dennes stränge men kärleksfulle ägare.

Majestätet hade uppfört sig som vore han ångestfyllt inställsam, närmast stryktäck. Hovet hade inte varit vördnadsfullt gentemot Monarken, utan snarare negligerat honom, eller skrattande vikit åt sidan när han närmade sig, som om de velat undvika hans pinsamma närvaro.

Som ett besvärligt barn de sedan länge tröttnat på.

Den ende som brytt sig om Konungen var Guldberg. Konungen hade hela tiden hållit sig tre fyra meter efter Guldberg, följt honom underdånigt, till synes angelägen om att icke bli övergiven. Ibland hade Guldberg, med handrörelser eller miner, gett Konungen små signaler. Det var när denne mumlat för högt, uppfört sig störande, eller rört sig alltför långt bort från Guldberg.

Vid denna signal hade konung Christian skyndsamt och

lydigt ”kommit trippande”.

En gång, när Konungens mumlanden blivit särskilt störande högljudda, hade Guldberg gått fram till Konungen, mjukt tagit denne i armen, och viskat något. Konungen hade då börjat buga, mekaniskt, gång på gång, med ryckiga nästan spastiska rörelser, som vore den danske konungen en hund som ville betyga sin fulla underkastelse och tillgivenhet för sin älskade herre. Han hade fortsatt att buga ända tills Guldberg med ännu en viskning fick de egendomliga konungsliga kroppsrörelserna att upphöra.

Då hade Guldberg vänligt klappat Konungen på kinden, och för detta belönats med ett leende så fyllt av tacksamhet och undergivenhet att sändebudet Keiths ögon ”hade fyllts av tårar”. Scenen var, skriver han, så mättad av förtvivlad tragik att den nästan var outhärdlig. Han hade noterat Guldbergs vänlighet eller, som han skriver, ”ansvarstagande för den lille sjuke Konungen”, och att det förakt och löje som publiken i övrigt gav uttryck för icke stod att finna hos Guldberg. Denne tycktes vara den enda som tog ansvar för Konungen.

Dock återkommer ett uttryck i rapporten: ”som en hund”. Man behandlade den danske envåldshärskaren som en hund. Skillnaden var att Guldberg tycktes visa ett kärleksfullt ansvar för denna hund.

”Att se dem tillsammans – och båda var till sin fysiska växt egendomligt småväxta och förkrympta – detta var för mig en skakande och egendomlig upplevelse, eftersom all makt i landet formellt och praktiskt utgick från dessa båda egendomliga dvärgar.”

Rapporten uppehåller sig dock framför allt vid det som hände under och efter denna teaterföreställning.

Mitt under föreställningen, som var ett lustspel av den franske diktaren Gresset, ”Le méchant”, hade kung Christian plötsligt rest sig upp från sin plats på första bänkraden, stapplat upp på scenen, och börjat agera som vore han en av skådespelarna. Han hade intagit en skådespelares poser, och reciterat något som kunde vara repliker; orden ”tracasserie” och ”anthropophagie” hade varit urskiljbara. Keith hade särskilt noterat det sista uttrycket, som han visste betydde ”kannibalism”. Konungen hade tydligen starkt engagerats av spelet och trott sig vara en av skådespelarna; men Guldberg hade endast lugnt gått upp på scenen, och vänligt tagit Konungen i handen. Denne hade då omedelbart tystnat, och låtit sig ledas ner till sin plats igen.

Publiken, som uteslutande bestod av personer från hovet, tycktes van vid denna typ av avbrott. Ingen hade reagerat med bestörtning. Spridda skratt hade hörts.

Efter föreställningen hade vin serverats. Keith hade då kommit att stå i närheten av Konungen. Denne hade vänt sig till Keith, som han uppenbarligen igenkänt som det engelska sändebudet, och stammande försökt förklara styckets centrala innehåll. ”Pjäsen handlade, sade Konungen till mig, om att ondskan funnes i så hög grad hos dessa människor vid hovet att de liknade apor eller djävlar; de gladde sig åt andras olyckor och sörjde över deras framgång, detta vore det som på druidernas tid kallades Kannibalism, Anthropophagie. Därför befunno vi oss bland Kannibaler.”

Hela Konungens ”utbrott” var, för att komma från en sinnessjuk, ur språklig synpunkt märkligt välformulerat.

Keith hade bara nickat, med intresserad min, som om allt det Konungen sagt vore intressant och förnuftigt. Dock hade han noterat att Christian ej gjort en helt igenom felaktig analys av pjäsens satiriska innehåll.

Konungen hade viskat, som anförtrodde han Keith en viktig hemlighet.

Guldberg hade, från några meters avstånd, hela tiden med vaksamhet eller oro betraktat deras samtal. Han hade långsamt närmat sig dem.

Christian hade sett detta och försökt avsluta samtalet. Med högre röst, nästan som en provokation, hade han utropat:

– Man ljuger. Ljuger! Brandt var en klok men vild man. Struensee var en fin man. Det var inte jag som dödade dem. Förstår ni?

Keith hade endast tyst bugat sig. Christian hade sedan tillagt:

– Men han lever! Man tror han blev avrättad! Men Struensee lever, vet ni det?

Vid det laget hade Guldberg kommit så tätt inpå att han hört de sista orden. Han hade tagit ett fast grepp om Konungens arm, och med ett stelt men lugnande leende sagt:

– Struensee är död, Ers Majestät. Det vet vi ju, eller hur? Vet vi inte det? Det har vi ju kommit överens om? Har vi inte det?

Tonfallet hade varit vänligt men tillrättavisande. Christian hade då genast påbörjat sina egendomliga mekaniska bugningar, men så hejdat sig, och frågat:

– Men man talar om Struensees tid? Gör man inte? Inte om Guldbergs tid. Struensees tid!!! Egendomligt!!!

Guldberg hade ett ögonblick tyst betraktat Konungen,

som om han blivit svarslös, eller inte vetat vad han skulle säga. Keith hade noterat att han förefallit spänd, eller upprörd; sedan hade Guldberg bemannat sig och helt lugnt sagt:

– Majestätet måste kalmera sig. Nu tycker vi att Majestätet snart kan uppsöka sin bädd, för att sova. Vi tror detta bestämt.

Han hade därefter gjort en gest med handen, och avlägsnat sig. Christian hade då åter påbörjat sina maniska bugningar, men sedan stannat upp, som i tankar, vänt sig mot sändebudet Keith, och med alldeles lugn och alls icke överspänd stämma sagt:

– Jag är i fara. Jag måste därför nu uppsöka min välgörare, som är Universums Härskarinna.

Någon minut senare hade han varit försvunnen. Detta var episoden i sin helhet, som det engelska sändebudet Keith rapporterade den till sin regering.

2.

Det finns i dag inga monument över Struensee i Danmark.

Det gjordes under hans danska besök ett stort antal porträtt av honom: grafik, blyertsteckningar och olja. Eftersom inga porträtt gjordes efter hans död är de flesta idealiserade, och inga infama. Det är också naturligt; före besöket saknade han makt, då fanns inga skäl till förevigande, efter hans död ville ingen minnas att han funnits.

Varför skulle det också göras monument. En ryttarstaty?

Av alla Danmarks härskare, som så ofta förevigades till häst, var han säkert den skickligaste ryttaren, och den som älskade hästar allra mest. När han fördes till schavotten på

Østre Fælled hade generalen Eichstedt, kanske som ett uttryck av förakt eller subtil grymhet mot den dömde, kommit ridande på Struensees egen häst Margrethe, en vit skimmel som han själv gett detta för en häst ovanliga namn. Men om detta var avsett att ge den dömde ytterligare smärta så var det förfelat; Struensee hade lyst upp, stannat till, höjt handen som om han velat klappa hästen över mulen, och ett svagt, nästan lyckligt leende hade gått över hans ansikte, som om han trott att hästen kommit för att ta farväl av honom.

Han hade velat klappa hästen på mulen, men inte nått fram.

Men varför ryttarstaty? Det var endast segrare som begåvades med sådana.

Man kunde ju tänka sig en ryttarstaty av Struensee på Fælleden, där han avrättades, avbildad på sin häst Margrethe som han älskade så mycket, på fältet som ligger där än i dag, använt för demonstrationer och folknöjen, intill Idrottsparken, ett fält för idrott och fester som nästan liknar de kungliga parker Struensee en gång öppnade för ett folk som för detta kände föga tacksamhet. Fælleden ligger där än i dag, ett underbart ännu fritt fält där Niels Bohr och Heisenberg en oktoberkväll 1941 företog sin berömda vandring och hade det gåtfulla samtal som resulterade i att Hitler aldrig kom att bygga sin atombomb; en historiens korsväg. Det ligger där än, även om schavotten är borta, liksom minnet av Struensee. Och inga ryttarstatyer finns till minnet av en förlorare.

Guldberg fick inte heller någon ryttarstaty.

Han var ändå segraren, och den som krossade den danska revolutionen; men man ger inte en ryttarstaty till en liten uppkomling som hetat Høegh innan han tog namnet Guldberg, och som var son till en begravningsentreprenör från Horsens. Uppkomlingar var de förresten båda två, men få kom att som de lämna så tydliga spår i historien; ryttarstatyer, om man tycker om sådana, förtjänar de bägge. ”Ingen talar om Guldbergs tid”: det var självklart orättvist.

Guldberg hade med rätta reagerat. Han var ändå segrare. Eftervärlden skulle verkligen tala om ”Guldbergs tid”. Den varade i tolv år.

Sedan tog också den slut.

3.

Guldberg hade lärt att ta föraktet med ro.

Fienderna kände han. De talade om ljus, men spred mörker. Det hans fiender menade var säkert att Struensees tid aldrig kunde ta slut. Så tänkte de. Det var deras karaktäristiska infami, och utan relation till verkligheten. Man *önskade* att det skulle vara så. Men han hade alltid vetat att bemanna sig, som till exempel när ett engelskt sändebud lyssnade. Det tvingades man göra om man till det yttre var ringa.

Guldberg var till det yttre ringa. Hans roll i den danska revolutionen, och tiden efteråt, är dock inte ringa. Guldberg hade alltid önskat att en levnadsteckning om honom skulle inledas med orden ”Guldberg hette en man”. Det var tonen från den isländska sagan. I denna dömde man ej en mans storhet efter hans yttre.

Guldberg var 148 centimeter lång, hans hud var grå och åldrad i förtid, genomdragen av små rynkor som han fått redan som ganska ung. Han tycktes i förtid förvandlad till en gammal man; han var därför först ringaktad och förbisedd på grund av sin obetydlighet, sedan fruktad.

När han fick makt lärde man sig bortse från hans yttre obetydlighet. När han tagit makten lät han avbilda sig med järnkäke. De bästa bilderna av honom är gjorda medan han hade makten. De tolkar hans inre, som var stort, och med järnkäke. Bilderna tolkar hans briljans, bildning och hårdhet; ej hans yttre. Det var också det riktiga. Det var, menade han, konstens uppgift.

Hans ögon var isgrå som en vargs, han blinkade aldrig och såg oavvänt på den som talade. Innan han nedslog den danska revolutionen kallade man honom "Ödlan".

Sedan gjorde man det inte mer.

Guldberg hette en man, av ringa yttre växt, men fylld av inre storhet; det var den riktiga tonen.

Han använde själv aldrig uttrycket "den danska revolutionen".

På de porträtt som finns av dem har de alla mycket stora ögon.

Eftersom ögonen ansågs vara själens spegel har ögonen gjorts mycket stora, alltför stora, de tycks tränga ut ur deras ansikten, de är glänsande, insiktsfulla, ögonen är betydande, nästan groteskt påträngande. I ögonen dokumenteras deras inre.

Tolkningen av ögonen är sedan betraktarens.

Guldberg skulle själv med avsky ha avvisat tanken på en ryttarstaty. Han hatade hästar, och hyste fruktan för dem. Han hade aldrig i sitt liv suttit på en häst.

Hans böcker, författarskapet, det han skapat före sin tid som politiker, och efter, var ett tillräckligt monument. På alla avbildningar av Guldberg framställs han som stark, blomstrande, alls ej i förtid åldrad. Han har ju också själv styrt avbildningarna genom att besitta makt; anvisningar om porträttens karaktär behövde han aldrig ge. Konstnärerna fogade sig utan att bli tillsagda, som alltid.

Konstnärer och avbildare ansåg han vara politikens tjänare. De skulle gestalta fakta, som var, i detta fall, den inre sanning som fördunklades av hans yttre ringhet.

Ringheten var dock länge till viss nytta. Han var den som, under den danska revolutionen, skyddades av sin obetydlighet. De betydliga gick under, och förintade varandra. Kvar fanns då Guldberg, obetydlig, men ändå den störste i det landskap av fällda träd han betraktade.

Bilden av de stora, men fällda, träden fann han bestickande. Han skriver i ett brev om de stora växande trädens relativa litenhet, och undergång. Under många hundra år hade i konungariket Danmark de stora träden alla fällts. Det gällde särskilt ekarna. De fälldes för att bygga skepp. Kvar lämnades ett rike utan betydliga ekar. I detta förödda landskap säger han sig växa upp, som en buske som höjer sig över de fällda och besegrade stora trädens stubbar.

Han skriver det inte, men tolkningen är klar. Så uppstår storhet ur det obetydliga.

Han betraktade sig som en konstnär som avstått från sitt konstnärskap och valt politikens fält. Han beundrade och föraktade därför konstnärer.

Hans avhandling om Miltons "Paradise Lost", som publicerades 1761 under hans tid som professor på Sorø Akademi, är en analys som tar avstånd från fiktiva beskrivningar av himlen; fiktiva i den meningen att dikten tar sig friheter gentemot de objektiva fakta som fastslås i Bibeln. Milton, skriver han, var en präktig poet, men måste tillrättavisas som spekulativ. Han tar sig friheter. Den ”så kallade heliga poesin” tar sig friheter. I sexton kapitel tillbakavisar han med skärpa argumenten från de ”apostlar för tankens frigjordhet” som ”tilldiktar”. De skapar oklarhet, får fördämningarna att brista, och diktens smuts att besudla allt.

Dikten får ej förvanska dokumenten. Dikten är en dokumentens besmutsare. Han menade då ej bildkonsten.

Med konstnärer var det ofta så, att de tog sig friheter. Dessa friheter kunde leda till oro, kaos, och smuts. Därför måste också de fromma poeterna tillrättavisas. Milton beundrade han dock, om än motvilligt. Han betecknas som ”präktig”. Han är en präktig poet, som tar sig friheter.

Holberg föraktade han.

Boken om Milton blev hans lycka. Den blev särskilt beundrad av den fromma Änkedrottningen, som uppskattade dess knivskarpa och fromma analys, och hon lät därför anställa Guldberg som informator för Arvprinsen, konung Christians halvbror, som var svag till sinnet, eller, med ett ord som ofta användes, debil.

På detta sätt påbörjade han sin politiska karriär: genom en analys av relationen mellan fakta, som var Bibelns klara utsagor, och fiktion, som var Miltons ”Paradise Lost”.

4.

Nej, ingen ryttarstaty.

Guldbergs paradis var det han erövrat på sin väg från begravningsentreprenören i Horsens till Christiansborg. Det hade gjort honom uthållig, och lärt honom hata smutsen.

Guldbergs paradis hade han erövrat själv. Inte ärvt. Erövrat.

Han förföljdes under några år av ett illvilligt rykte; man hade gjort en illasinnad tolkning av hans anspråkslösa yttre, detta yttre som dock till sist korrigerades och växte, med konstnärernas hjälp, när han själv övertog makten 1772. Ryktet gjorde gällande att han, när han var fyra år och hans sångröst fyllt alla med häpnad och beundran, att han då kastrerades av sina kärleksfulla men fattiga föräldrar som erfarit att i Italien stora möjligheter funnos för sångare. Till deras besvikelse och grämelse vägrade han dock, efter femton års ålder, att sjunga, och övergick till politikens område.

Ingenting av detta var sant.

Hans far var en fattig begravningsentreprenör från Horsens som aldrig sett en opera, heller aldrig drömt om inkomster från ett kastrerat barn. Smutskastningen, det visste han säkert, hade kommit från de italienska operasångerskorna vid hovet i Köpenhamn, som alla var horor. Alla upplysningsmän och hädare, särskilt de i Altona, som ju var upplysningens ormgrop, utnyttjade de italienska hororna. Från dem kom all smuts, också detta smutsiga rykte.

Hans egendomliga förtidiga åldrande, som dock endast tog sig yttre uttryck, hade inträtt tidigt, vid femton års ålder, och kunde av läkarna ej förklaras. Han föraktade därför också läkarna. Struensee var läkare.

Angående ryktet om "operationen": han blev kvitt detta först när makten gavs honom och han alltså ej framstod som obetydlig. Han visste att påståendet att han var "beskuren" fyllde omgivningen med en känsla av obehag. Han hade lärt sig leva med detta.

Han tog dock fasta på ryktets inre innebörd, om än osant. Den inre sanningen var att han av sina fromma föräldrar tilldelats begravningsentreprenörens roll, men avstått från denna.

Han tilldelade sig själv politikerns roll.

Det engelska sändebudets bild av Konungen och Guldberg från år 1782 är därför både förbluffande och äger en inre sanning.

Sändebudet tycks uttrycka förvåning över Guldbergs "kärlek" till den konung vars makt han stal, och vars anseende han förintade. Men hur hade inte Guldberg alltid själv förundrats över kärlekens yttringar! Hur kunde man beskriva den? Han hade alltid frågat sig detta. Dessa de vackra, storvuxna, de lysande, dessa med kärlekens kunskap; och dock så förblindade! Politiken var mekanik, kunde analyseras, konstrueras; var i viss mening en maskin. Men dessa starka, framstående, dessa med kunskap om kärleken, hur lät de ej naivt det klara politiska spelet fördunklas av passionens hydra!

Dessa de intellektuella upplysningsmännens ständiga sammanblandning av känsla och förnuft! Guldberg visste att detta var den mjuka sårbara punkten på monstrets buk. Och en gång hade han förstått hur nära han varit att utsättas för denna syndens smitta. Den hade kommit från "den lilla engelska horan”. Han hade tvingats på knä vid sin säng.

Han skulle aldrig glömma det.

Det är i detta sammanhang han talar om de väldiga ekarnas skog, hur träden fälldes och endast den obetydliga busken blev kvar, som segrare. Där beskriver han vad som hände i den fällda skogen och hur han, stympad och obetydlig, tilläts växa och härska från den plats där han såg allt ske, mellan de vilande stammarna i den fällda skogen.

Och han trodde sig vara den enda som såg.

5.

Man måste betrakta Guldberg med respekt. Han är ännu nästan osynlig. Snart gör han sig synlig.

Han såg och förstod tidigt.

Hösten 1769 skriver Guldberg i ett notat att den unga drottningen för honom blivit ”en allt större gåta”.

Han kallar henne ”den lilla engelska horan”. Smutsen vid hovet kände han väl. Historien kunde han. Frederik den fjärde var from och hade otaliga mätresser. Christian den sjätte var pietist men levde i liderlighet. Frederik den femte drog på nätterna omkring bland Köpenhamns horhus, fördrev tiden med dryckenskap, spel och råa liderliga samtal. Han drack sig till döds. Hororna flockades kring hans säng. Överallt i Europa detsamma. Det hade börjat i Paris, så spred det sig som en sjukdom bland alla hov. Överallt smuts.

Vem försvarade då renheten?

Som barn hade han lärt sig leva med liken. Hans far, vars yrke det var att omhänderta dessa lik, hade låtit honom hjälpa till i arbetet. Hur många stela iskalla lemmar hade han inte fattat tag i och burit! De döda var rena. De vältrade sig icke i smuts. De väntade på den stora reningens eld som skulle förlösa dem, eller plåga dem i evigheters evigheter.

Smuts hade han sett. Men aldrig värre än vid hovet.

När den lilla engelska horan hade anlänt, och förmälts med Konungen, hade fru von Plessen utsetts till första hovdam. Fru von Plessen hade varit ren. Det var hennes egenskap. Hon hade önskat beskydda den unga flickan från livets smuts. Länge hade hon lyckats.

En händelse från juni 1767 hade särskilt upprört Guldberg. Till saken hör att fram till detta datum inget könsligt umgänge hade ägt rum mellan kungligheterna, trots att de varit gifta i sju månader.

Hovdamen fru von Plessen hade beklagat sig för Guldberg på förmiddagen den 3 juni 1767. Hon kom in till det rum han använde för sin informatorsverksamhet, oanmäld, och började, utan att linda in sina fraser, beskärma sig över Drottningens uppförande. Guldberg säger sig ha betraktat fru von Plessen som en helt igenom motbjudande varelse, men genom sin inre renhet av värde för Drottningen. Fru von Plessen luktade. Det var inte en lukt som av stall, av svett eller annan utsöndring, utan en lukt av gammal kvinna, som mögel.

Hon var dock endast fyrtioett år gammal.

Drottningen, Caroline Mathilde, var vid detta tillfälle femton år. Fru von Plessen hade som vanligt gått in i Drottningens sovrum för att vara sällskap, eller spela schack, och genom sin närvaro lindra Drottningens ensamhet. Drottningen hade legat på sin säng, som var mycket stor, och stirrat i taket. Hon hade varit fullt påklädd. Fru von Plessen hade frågat varför Drottningen inte talade till henne. Drottningen hade länge tigit, inte rört vare sig sin fullt påklädda gestalt eller sitt huvud, inte svarat. Till slut hade hon sagt:

– Jag har melancolia.

Hon hade då frågat vad som låg Drottningen så tungt om hjärtat. Drottningen hade till sist sagt:

– Han kommer ju inte. Varför kommer han inte?

Det hade varit kyligt i rummet. Fru von Plessen hade ett ögonblick stirrat på sin härskarinna och sedan sagt:

– Konungen behagar säkert komma. Till dess kan Ers Majestät njuta av sin frihet från lidelsens hydra. Ni borde inte sörja.

– Vad menar ni? hade Drottningen sagt.

– Konungen, hade då fru von Plessen förtydligat sig med den utomordentliga torrhet som hennes stämma så väl kunde frambringa, Konungen skall säkert besegra sin skygghet. Till dess kan Drottningen fröjda sig över att vara befriad från hans lidelse.

– Varför fröjda sig?

– När ni hemsöks av den är den en plåga! hade fru von Plessen sagt med ett uttryck av oväntat raseri.

– Försvinn, hade Drottningen efter en stunds tystnad överraskande sagt.

Fru von Plessen hade då, förolämpad, gått ut ur rummet.

Guldbergs upprördhet daterar sig dock från den händelse som inträffade senare samma kväll.

Guldberg satt i gången mellan hovkansliets vänstra förrum och Konungens sekreterarbibliotek och låtsades läsa. Han förklarar inte varför han skriver ”låtsades”. Då kom Drottningen. Han reste sig, bugande. Hon gjorde en handrörelse, de satte sig båda.

Hon hade den ljust röda klänning på sig som lämnade hennes axlar bara.

– Herr Guldberg, hade hon sagt med låg röst, får jag ställa er en mycket personlig fråga?

Han hade nickat, utan att förstå.

– Man har sagt mig, viskade hon, att ni i er ungdom blev befriad från... från lidelsens plåga. Jag skulle då vilja fråga er...

Hon hade hejdat sig. Han hade tigit, men känt ett oerhört raseri välla upp inom sig. Med yttersta beslutsamhet hade han dock lyckats behålla sitt lugn.

– Jag skulle bara vilja veta...

Han hade väntat. Till slut blev tystnaden outhärdlig, och Guldberg hade svarat:

– Ja, Ers Kunglig Höghet?

– Jag skulle vilja veta... om denna befrielse från lidelsen är... ett stort lugn? Eller... en stor tomhet?

Han hade intet svarat.

– Herr Guldberg, hade hon viskat, är det en tomhet? Eller en plåga?

Hon hade böjt sig mot honom. Rundningen på hennes bröst hade varit mycket nära honom. Han hade känt en upprördhet ”utom all rimlighet”. Han hade genast genomskådat henne, och detta genomskådande skulle under de händelser som senare följde vara av den största nyttighet för honom. Hennes ondska var uppenbar: hennes nakna hud, bröstens rundning, hennes unga huds släthet, allt fanns mycket nära honom. Detta var ej första gången han förstod att man vid hovet utspred illvilliga rykten om skälet till hans kroppsliga obetydlighet. Hur hjälplös var han inte inför detta! Hur omöjligt att påpeka att kastrater ju liknade feta oxar, uppsvullna och dästa, och helt saknade den grå, skarpa, tunna och nästan igentorkade kroppsliga tydlighet han själv ägde!

Man talade om honom, och det hade nått fram till Drottningens öra. Den lilla horan trodde att han var en ofarlig, som man kunde anförtro sig åt. Och med hela intelligensen i sin unga ondska lutade hon sig nu mycket nära honom, och han kunde se hennes bröst i nästan deras hela fullhet. Hon tycktes pröva honom, om ännu liv fanns kvar i honom, om hennes bröst hade en lockelse som kunde framkalla resterna av det kanske mänskliga hos honom.

Ja, om detta kunde locka fram resterna av man i honom. Av människa. Eller om han blott var ett djur.

Så såg hon honom. Som ett djur. Hon blottade sig för honom som ville hon säga: jag vet. Att hon visste honom vara stympad och föraktlig, inte längre människa, inte längre inom lustans räckhåll. Och gjorde hon nu detta med fullt medvetande, i ond avsikt.

Hennes ansikte var vid denna händelse mycket nära Guldbergs, och hennes nästan blottade bröst skrek sin skymf mot honom. Han tänkte, medan han försökte återvinna sin besinning: må Gud bestraffa henne, måtte hon alltid få lida helvetets eld. Måtte en bestraffande stör köras upp i hennes liderliga sköte, och hennes illvilliga intimitet belönas med evig pina och plåga.

Hans sinnesrörelse var så stark att tårar pressades fram i hans ögon. Och han fruktade att den unga liderliga varelsen blev detta varse.

Kanske hade han dock tolkat henne fel. Han beskriver nämligen sedan hur hon snabbt, nästan fjärilslikt, rörde med sin hand vid hans kind, och viskade:

– Förlåt mig. Å förlåt mig, herr... Guldberg. Det var inte meningen.

Herr Guldberg hade då hastigt rest sig, och gått.

Guldberg hade som barn en mycket vacker sångröst. Så långt är allt riktigt. Han hatade konstnärer. Han hatade också orenheten.

De stela liken mindes han som rena. Och de skapade aldrig kaos.

Guds storhet och allmakt visade sig i att han utsett också de små, ringa, förkrympta och ringaktade till sina redskap. Det var undret. Det var Guds obegripliga mirakel. Konungen, den unge Christian, tycktes liten, kanske sinneslidande. Men han var utsedd.

Honom hade givits all makt. Denna makt, detta utpekande, var av Gud. Detta hade ej givits till de vackra, starka, lysande; dessa var de egentliga uppkomlingarna. Den ringaste var utsedd. Det var Guds mirakel. Guldberg hade förstått det. I viss mån var Konungen och Guldberg delar av samma mirakel.

Det fyllde honom med tillfredsställelse.

Han hade sett Struensee första gången i Altona 1766, den dag den unga drottningen landade där, på väg från London till Köpenhamn, inför sin förmälning. Struensee hade stått där, gömd i mängden, omgiven av sina upplysningsvänner.

Men Guldberg hade sett honom: storväxt, vacker, och liderlig.

Guldberg själv hade en gång växt fram ur tapeten.

Den som varit oansenlig, växt fram ur tapeten, den som gjort det vet att alla tapeter kan bli bundsförvanter. Det var ett rent organisationsproblem. Politik innebar organisation, att få tapeter att lyssna, och berätta.

Han hade alltid trott på rättvisan, och vetat att det onda måste krossas av en mycket liten, förbisedd människa som ingen räknade med på allvar. Det var drivkraften i hans inre. Gud hade utsett honom, och gjort honom till en spindelgrå dvärg eftersom Guds vägar var outgrundliga. Men Guds handlingar var fulla av list.

Gud var den främste politikern.

Redan tidigt lärde han sig hata orenhet, och ondska. Ondskan var de liderliga, de som föraktade Gud, slösarna, de världsliga, horbockarna, drinkarna. De fanns alla vid hovet. Hovet var ondskan. Han hade därför städse anlagt ett mycket litet, vänligt, närmast undergivet leende när han betraktade ondskan. Alla trodde att det var med avund han betraktade orgierna. Lille Guldberg vill nog vara med, tänkte de, men kan inte. Saknar – instrument. Vill endast betrakta.

Deras små hånfulla leenden.

Men de borde ha betraktat hans ögon.

Och någon gång, brukade han tänka, kommer kontrollens tid, när erövrandet av kontrollen skett. Och då skall intet leende längre vara av nöden. Då skall skärandets tid komma, renhetens, då skall de ofruktbara grenarna på trädet bortskäras. Då skall till sist ondskan kastreras. Och då skall renhetens tid komma.

Och de liderliga kvinnornas tid vara ute.

Vad han skulle göra med de liderliga kvinnorna visste han dock ej. De kunde ju ej beskäras. De liderliga kvinnorna skulle kanske sjunka samman och upplösas i förruttnelse, som en svamp om hösten.

Han tyckte mycket om den bilden. De liderliga kvinnorna skulle sjunka samman och upplösas, som en svamp om hösten.

Hans dröm var renhet.

Radikalerna i Altona var orena. De föraktade de beskurna och små och drömde samma hemliga drömmar om makt som de sade sig bekämpa. Han hade genomskådat dem. De talade om ljus. En fackla i mörkret. Men ur deras facklor föll endast mörker.

Han hade varit i Altona. Det var betecknande att denne Struensee kommit från Altona. Paris var encyklopedisternas ormgrop, men Altona var värre. Det var som om de sökte sätta en hävstång under världens hus: och världen gungade till och oro och kvalm och ångor flöt upp. Men Den Allsmäktige Guden hade utsett en av sina minsta, den mest ringaktade, honom själv, att möta Ondskan, rädda Konungen och bortskära smutsen från den av Gud utsedde. Och, som profeten Jesaja skrivit, *Vem är han som kommer från Edom, från Bosra i högröda kläder, så präktig i sin dräkt, så stolt i sin stora kraft? "Det är jag, som talar i rättfärdighet, jag, som är en mästare till att frälsa." Varför är din dräkt så röd? Varför likna dina kläder en vintrampares? "Jo, en vinpress har jag trampat, jag själv allena, och ingen i folken bistod mig. Jag trampade dem i min vrede, trampade sönder dem i min för-*

törnelse. Då stänkte deras blod på mina kläder, och så fick jag hela min dräkt nedfläckad. Ty en hämndedag hade jag beslutit, och mitt förlossningsår hade kommit. Och jag skådade omkring mig, men ingen hjälpare fanns; jag stod där i förundran, men ingen fanns, som understödde mig. Då hjälpte mig min egen arm, och min förtörnelse understödde mig. Jag trampade ned folken i min vrede och gjorde dem druckna i min förtörnelse, och jag lät deras blod rinna ned på jorden."

Och de yttersta skola bliva de främsta, som det stod i Den Heliga Skrift.

Det var han som blivit kallad av Gud. Han, den lilla Ödlan. Och en stor fruktan skulle komma över världen när den Ringaste och mest Föraktade skulle hålla hämndens tyglar i sina händer. Och Guds vrede skulle drabba dem alla.

När det onda, och liderligheten, var bortskuret, då skulle han rentvå Konungen. Och även om det onda skadat Konungen skulle han då bli som ett barn, på nytt. Guldberg visste att Christian alltid innerst inne varit ett barn. Han var inte sinnessjuk. Och när allt var över, och det av Gud utkorade barnet var räddat, skulle Konungen åter följa honom, som en skugga, som ett barn, ödmjuk och ren. Han skulle åter vara ett rent barn, och en av de yttersta skulle åter bli en av de främsta.

Konungen skulle han försvara. Mot dem. Ty Konungen var också han en av de allra yttersta, och mest ringaktade.

Men till en vintrampare ges inga ryttarstatyer.

6.

Guldberg hade varit närvarande vid Christians faders, konung Frederiks, dödsbädd.

Han dog den 14 januari 1766 på morgonen.

Konung Frederik hade de sista åren blivit allt tyngre till sitt väsen; han drack beständigt, hans händer skakade och hans kött hade svällt upp och blivit degigt, grått, hans ansikte hade liknat en drunknads, man tycktes kunna lyfta köttstycken ur hans ansikte; och djupt där inne dolde sig hans ögon som var bleka och rann av ett gult vatten som om liket redan börjat vätska.

Konungen hade också gripits av oro och ångest, och krävde beständigt att horor skulle dela hans bädd för att förminska hans ångest. Allteftersom tiden gick upprördes flera av de präster som fanns vid hans sida över detta. De som befallts att vid hans bädd läsa de böner som skulle besvärja Konungens ångest gjorde sig därför sjuka. Konungen var, tack vare sin kroppsliga slapphet, ej längre i stånd att tillfredsställa sina köttsliga lustar; ändå krävde han att de från staden införskaffade hororna skulle nakna dela hans bädd. Då menade prästerna att bönerna, och då särskilt nattvardsritualen, bleve blasfemiska. Konungen spottade ut Kristi Heliga Lekamen, men drack djupt av Hans blod, medan hororna med illa dold vämjelse smekte hans kropp.

Vad värre var, ryktet om Konungens tillstånd hade spritt sig bland allmänheten, och prästerna började se sig nedsmutsade av det allmänna talet.

Den sista veckan före sin död var Konungen mycket rädd.

Han använde detta enkla ord, ”rädsla”, i stället för ”ångest” eller ”oro”. Hans kräkningsanfall kom nu tätare. Den dag han avled befallde han att kronprins Christian skulle kallas till hans sjukbädd.

Stadens biskop krävde då att alla horor skulle avlägsnas.

Konungen hade först länge under tystnad betraktat sin omgivning, som bestod av kammartjänarna, biskopen och två präster, och sedan med en röst så egendomligt fylld av hat att de nästan hade ryggat ropat att kvinnorna en gång skulle vara med honom i himmelriket, medan han däremot hoppades att de som nu flockades omkring honom, särskilt Aarhusbiskopen, skulle drabbas av helvetets eviga pinor. Konungen hade dock missförstått situationen: Aarhusbiskopen hade redan under gårdagen återvänt till sin församling.

Sedan hade han kräkts, och med möda fortsatt sitt drickande.

Efter en timma hade han ånyo blivit oregerlig, och ropat efter sin son, som han nu önskade välsigna.

Kronprinsen, Christian, hade vid niotiden förts in till honom. Han hade kommit tillsammans med sin schweiziske informator Reverdil. Christian var vid detta tillfälle sexton år. Han hade med fasa stirrat på sin far.

Konungen hade till slut upptäckt honom, och vinkat honom till sig, men Christian hade blivit stående som förstelnad. Reverdil hade då tagit honom i armen, för att leda honom fram till Konungens dödsbädd, men Christian hade klamrat sig fast vid denne sin informator och ohörbart yttrat några ord; läpprörelserna var tydliga, han hade försökt säga något, ljud kom dock ej fram.

– Kom... hit... min älskade... son..., hade då Konungen mumlat och med en våldsam gest av armen slagit undan det urdruckna vinkruset.

När Christian inte åtlydde befallningen började Konungen ropa, vilt och klagande; när en av prästerna förbarmade sig över honom och frågade om han önskade något hade Konungen upprepat:

– Jag önskar... för djävulen... välsigna det lilla... det lilla... kräket!

Efter endast en kort stund hade Christian, nästan utan våld, förts fram till Konungens dödsbädd. Konungen hade gripit Christian runt hans huvud och nacke och försökt dra honom närmare.

– Hur... skall det gå... för dig, ditt... kräk...

Konungen hade efter detta haft svårigheter att finna ord, men sedan hade talet återkommit.

– Ditt lilla kryp! Du måste bli hård... hård... HÅRD!!! ditt lilla... är du hård? Är du hård? Du måste göra dig... osårbar!!! Annars...

Christian hade intet kunnat svara, eftersom han hölls i ett hårt grepp runt nacken och pressades mot Konungens nakna sida. Denne flåsade nu högt, som om han inte kunde få luft, men hade sedan väsande sagt:

– Christian! du måste göra dig hård... hård... hård!!!, annars uppslukar man dig!!! annars äter... krossar...

Sedan sjönk han tillbaka mot kudden. Det var nu helt stilla i rummet. Det enda ljud som hördes var Christians häftiga snyftningar.

Och Konungen, nu blundande, och med huvudet på kudden, hade sedan mycket lågt och nästan utan att sluddra sagt:

– Du är inte hård nog, ditt lilla kräk. Jag välsignar dig.

Gul vätska rann ur hans mun. Några minuter senare var konung Frederik den femte död.

Guldberg såg allt, och mindes allt. Han såg också hur den schweiziske informatorn Reverdil tog pojken vid handen, som vore den nye konungen endast ett litet barn, ledde honom vid handen, som ett barn, något som förvånade alla och som senare skulle omtalas mycket. De lämnade rummet på detta sätt, de gick genom korridoren, passerade högvakten som skyldrade, och gick ut på slottsgården. Det var nu mitt på dagen, vid tolvtiden, det var låg sol, lätt snö hade fallit under natten. Pojken snyftade fortfarande övergivet, och höll den schweiziske informatorn Reverdil krampaktigt i handen.

Mitt på gården stannade de plötsligt. Många betraktade dem. Varför stannade de? Vart var de på väg?

Pojken var spenslig och kortväxt. Hovet, som nåtts av nyheten om Konungens tragiska och oväntade bortgång, hade strömmat ut på slottsgården. Ett hundratal människor stod där tysta och undrande.

Guldberg stod bland dem, ännu den oansenligaste. Han var ännu utan egenskaper. Han var närvarande endast med den rätt titeln som den debile arvprinsen Frederiks lärare gav honom; utan annan rätt, utan makt, men med vissheten att stora träd skulle falla, att han hade tid, och kunde vänta.

Christian och hans informator stod stilla, uppenbarligen i djup förvirring, och väntade på ingenting. De stod där i den låga solen på borggården som täcktes av ett lätt snötäcke och väntade på ingenting medan pojken fortsatte sin ändlösa gråt.

Reverdil höll hårt i den unge konungens hand. Så liten Danmarks nye konung var, som ett barn. Guldberg kände en gränslös sorg när han betraktade dem. Någon hade intagit den plats vid Konungens sida som var hans. Ett stort arbete återstod nu, för att erövra denna plats. Hans sorg var ännu gränslös. Sedan hade han bemannat sig.

Hans tid skulle komma.

Så skedde det när Christian välsignades.

Samma eftermiddag utropades Christian den sjunde till Danmarks nye konung.

Kapitel 2

DEN OSÅRBARE

1.

Den schweiziske informatorn var mager, kutryggig, och hade en dröm om upplysningen som en stilla och mycket vacker morgongryning; först omärklig, så var den där, och dag var inne.

Så tänkte han sig den. Mjukt, stilla, och motståndslöst. Så borde det alltid vara.

Han hette François Reverdil. Det var han på slottsgården.

Reverdil hade hållit Christian i handen eftersom han glömt etiketten och endast känt sorg över pojkens tårar.

Det var därför de stått där stilla, på slottsgården, i snön, sedan Christian välsignats.

På eftermiddagen samma dag utropades, från slottets balkong, Christian den sjunde till Danmarks Konung. Reverdil hade stått snett bakom honom. Det hade väckt ovilja att den nye konungen vinkat och skrattat.

Det ansågs opassande. Ingen förklaring gavs till Konungens stötande beteende.

När den schweiziske informatorn François Reverdil 1760 anställdes som den elvaårige kronprinsen Christians informator lyckades han länge dölja att han själv var av judisk börd. Hans andra två förnamn – Élie Salomon – uteslöts i anställningskontraktet.

Försiktigheten var säkert onödig. Pogromer hade inte förekommit i Köpenhamn på över tio år.

Det faktum att Reverdil var en upplysningsman redovisades heller inte. Hans mening var att det var en onödig upplysning, som kunde skada. Hans politiska uppfattning var en privatsak.

Försiktighet var hans grundprincip.

Hans första intryck av pojken var mycket positiva.

Christian var ”intagande”. Han var späd, liten till växten, nästan flickaktig, men med ett vinnande yttre och inre. Han hade ett snabbt intellekt, rörde sig mjukt och elegant, och talade flytande tre språk, danska, tyska och franska.

Redan efter några veckor blev bilden mer komplicerad. Pojken tycktes mycket snabbt fästa sig vid Reverdil, som han redan efter en månad sade sig ”inte känna skräck inför”. När Reverdil undrade över det förbryllande ordet ”skräck” tyckte han sig förstå att rädsla var pojkens naturliga tillstånd.

”Intagande” täckte efterhand inte hela bilden av Christian.

Under de obligatoriska spatserturerna, som företogs i stärkande syfte och utan andra närvarande, uttryckte elvaåringen känslor och värderingar som Reverdil fann alltmer skrämmande. De gavs också en egendomlig språklig dräkt. Christians maniskt upprepade längtan efter att bli ”stark” eller ”hård” uttryckte på intet sätt en önskan att få en kraftig kroppskonstitution; han menade något annat. Han ville göra ”framsteg”, men inte heller detta begrepp var möjligt att tolka på ett rationellt sätt. Hans språk tycktes bestå av ett mycket stort antal ord som utformats efter en hemlig kod, omöjlig för en utomstående att bryta. Under de konversationer som skedde med någon tredje person närvarande, eller inför hovet, var detta kodade språk helt frånvarande. Men på tu man hand med Reverdil var kodorden nästan maniskt frekventa.

Egendomligast var ”kött”, ”människoätare” och ”straff”, som användes utan begriplig mening. Några uttryck blev dock snabbt begripliga.

När de återvände till lektionerna efter promenaderna kunde pojken säga att de nu skulle gå till ”en skarp examination”, eller ”ett skarpt förhör”. Uttrycket var, i danska juridiska termer, detsamma som ”tortyr”, vid denna tid både tillåtet och flitigt använt inom jurisdiktionen. Reverdil hade skämtsamt frågat om pojken trodde sig bli plågad av eldtänger och knipningar.

Pojken svarade förvånat ja.

Det var självklart.

Först efter en tid insåg Reverdil att just detta uttryck inte var ett kodord som täckte något hemlighetsfullt annorlunda, utan en saklig upplysning.

Man torterade honom. Det var normalt.

2.

Informatorns uppgift var inskolning av dansk enväldshärskare med oinskränkt makt.

Dock var han inte ensam om denna uppgift.

Reverdil tillträdde på dagen hundra år efter omvälvningen 1660, som till stor del hade krossat adelns makt och gett enväldet tillbaka till Konungen. Reverdil inpräntade också i den unge prinsen den betydelse dennes ställning hade; att han i sin hand hade landets framtid. Han underlät dock, av diskretionsskäl, att berätta för den unge prinsen bakgrunden: att det var kungamaktens förfall under de tidigare konungarna, och deras degeneration, som gett den totala makten till de personer inom hovet som nu kontrollerade hans egen uppfostran, utbildning och tänkesätt.

”Pojken” (Reverdil använder detta uttryck) tycks inför sin blivande konungaroll uteslutande ha känt oro, motvilja, och desperation.

Konungen var enväldig, men ämbetsmannakåren utövade all makt. Alla fann detta naturligt. Pedagogiken, för Christians del, var avpassad efter detta. Makten var av Gud förlänad Konungen. Denne, i sin tur, utnyttjade inte makten, utan överlät den. Att Konungen inte skulle utnyttja makten var ingen självklarhet. Förutsättningen var att han var sinnessjuk, gravt alkoholiserad, eller ovillig till arbete. Var han icke detta måste hans vilja sönderbrytas. Konungens apati och förfall var på detta sätt antingen medfödd, eller kunde framfostras.

Christians begåvning hade för omgivningen antytt att hans viljelöshet måste framfostras. Reverdil beskriver de metoder som användes på ”pojken” som ”den systematiska pedagogik som används för att framkalla maktlöshet och förfall, i syfte att vidmakthålla de egentliga härskarnas inflytande”. Han anar snart att man, vid det danska hovet, också vore villig att offra den unge prinsens mentala hälsa för att uppnå det resultat man kunnat se hos de föregående kungarna.

Syftet var att i detta barn skapa ”en ny Frederik”. Man ville, skriver han senare i sina memoarer, ”genom kungamaktens moraliska förfall skapa ett maktens tomrum där de själva ostraffat kunde utöva sin makt. Man hade då ej räknat med, att i detta maktens tomrum en dag en livläkare vid namn Struensee kunde komma på besök."

Det är Reverdil som använder uttrycket "livläkarens besök". Han är knappast ironisk. Han iakttar snarare pojkens sönderbrytning med klara ögon, och raseri.

Om Christians familj sades det att hans mor dog när han var två år, att han endast känt sin far som ett dåligt rykte, och att den som planerade och ledde hans uppfostran, greve Ditlev Reventlow, var rättskaffens.

Reventlow var en stark natur.

Hans mening om uppfostran var att den var "en dressyr som den dummaste bonde kunde påtaga sig, om endast han har en piska i handen". Därför hade greve Reventlow en piska i handen. Stor vikt borde läggas vid "själslig underkuvelse" och att "självständigheten skulle knäckas".

Han tvekade inte att använda dessa principer på den lille Christian. Metoderna var knappast ovanliga inslag i denna tids barnuppfostran. Det unika, och det som gjorde resultatet så uppseendeväckande också för samtiden, var att detta inte var en uppfostran inom adeln eller borgerligheten. Den som skulle knäckas, genom dressyr och själslig underkuvelse, för att bli fråntagen all självständighet, med hjälp av piskan i handen, var den av Gud utsedde envåldshärskaren i Danmark.

Väl sönderbruten, kuvad, och med knäckt vilja skulle så Härskaren ges all makt, och avstå den till sina uppfostrare.

Långt senare, långt efter den danska revolutionens avslutning, frågar sig Reverdil i sina memoarer varför han ej ingrep.

Till detta har han inget svar. Han beskriver sig som en intellektuell, och hans analys är klar.

Men inget svar, inte om just detta.

Reverdil inträdde som underordnad språklärare i tyska och franska. Han noterar vid sin ankomst resultaten av de första tio årens pedagogik.

Det är sant: han var en underordnad. Greve Reventlow bestämde principerna. Föräldrar fanns ju inga.

"Alltså gick jag i fem år med sorg varje dag från slottet; jag såg hur man oavbrutet försökte nedbryta min elevs andliga förmåga, så att han intet lärde om det som hörde till hans härskarkall och maktbefogenheter. Han hade ingen undervisning fått i sitt lands borgerliga lagstiftning; han kände intet till om hur regeringskontoren delade upp sitt arbete, eller hur landet styrdes i sina enskildheter, ej heller hur makten utgick från Kronan och förgrenades till de enskilda riksämbetsmännen. Man hade aldrig berättat för honom vilka relationer han skulle komma att hamna i gentemot grannländerna, han var ovetande om rikets lands- och sjöstridskrafter. Hans Överhovmästare, som ledde hans utbildning och varje dag kontrollerade min undervisning, hade blivit finansminister utan att uppge sin post som överkontrollant, men han undervisade icke sin elev i något av det som ingick i hans ämbetsvärv. De summor landet bidrog med till konungamakten, det sätt på vilket detta ingick i skattkammaren, de föremål detta skulle användas till, allt detta var fullständigt obekant för den människa som en gång skulle komma att råda över allt detta. Några år tidigare hade hans fader Konungen givit honom en lantgård; men där hade Prinsen inte anställt ens en portvakt, givit ut en dukat av egen hand, eller planterat ett enda träd. Överhovmästaren och finansministern Reventlow styrde allt efter eget huvud och sade på goda grunder:

– Mina Meloner! Mina Fikon!"

Den roll finansministern, lantjunkaren och greven herr Reventlow kom att spela under utbildningen blev, konstaterar informatorn, central. Den bidrog till att Reverdil i viss mån kunde lösa den gåta som pojkens kodspråk ställde honom inför.

Alltmer påfallande blev nämligen Prinsens kroppsliga egenheter. Det tycktes hos honom finnas en lekamlig oro: han mönstrade beständigt sina händer, plockade med fingrarna på sin mage, slog med fingerspetsarna på sin hud och mumlade att han snart skulle "göra framsteg". Han skulle då uppnå det "fullkomlighetstillstånd" som tillät honom att bli "som de italienska skådespelarna".

Begreppen "teater" och "Passauer Kunst" vävs hos den unge Christian samman. Ingen logik finns, annat än den logik de "skarpa förhören" frambringar hos pojken.

Bland de många egendomliga föreställningar som florerade vid de europeiska hoven vid denna tid var tron att det fanns medel att göra människan osårbar. Myten hade skapats under det trettioåriga kriget i Tyskland, det var drömmen om osårbarheten, och den kom att spela en viktig roll inte minst bland härskarna. Tron på denna konst – som kallades Passauer Kunst – omfattades både av Christians far och hans farfar.

Tron på "Passauer Kunst" blev för Christian en hemlig skatt som han dolde djupt inom sig.

Ständigt granskade han sina händer, sin mage, för att se om han gjort framsteg ("s'il avançait") mot osårbarhet. Kannibalerna runt om honom var fiender som ständigt hotade. Om han bleve "stark", och hans kropp "osårbar", kunde han bli okänslig för fiendens misshandlingar.

Fiender var alla, men särskilt envåldshärskaren Reventlow.

Att han nämner "de italienska skådespelarna" som gudalika förebilder hänger samman med denna dröm. Teaterns aktörer framstod för den unge Christian som gudalika. Gudarna var hårda, och osårbara.

Dessa gudar spelade också sina roller. Då var de lyfta ut ur verkligheten.

Som femårig hade han nämligen sett ett gästspel av en italiensk skådespelartrupp. Skådespelarnas imponerande kroppshållning, höga växt och präktigt utstyrda kostymer hade gjort ett så starkt intryck på honom att han hade kommit att räkna dem som varelser av ett högre väsen. De var gudalika. Och om han, som ju också sades vara den av Gud utkorade, om han gjorde framsteg skulle han kunna förena sig med dessa gudar, bli teaterskådespelare, och på detta sätt befrias från "konungamaktens plåga".

Han upplevde beständigt sitt kall som en plåga.

Med tiden kom också föreställningen att han som barn blivit förväxlad. Han var egentligen en bondpojke. Det hade blivit en fix idé hos honom. Utkorelsen var en plåga. De "skarpa förhören" var en plåga. Om han blivit förväxlad, skulle han då ej bli befriad från denna plåga?

Guds utkorade var ingen vanlig människa. Alltså sökte han, alltmer febrilt, efter bevis på att han var en människa. Efter ett tecken! Ordet "tecken" återkommer ständigt. Han söker efter "ett tecken". Kunde han finna bevis för att han var en människa, inte utkorad, då vore han befriad från konungarollen, plågan, osäkerheten, och de skarpa förhören. Kunde han, å andra sidan, göra sig osårbar, som de italienska skådespelarna, då kunde han kanske överleva också som utkorad.

Det var så Reverdil uppfattade Christians tankegång. Han var inte säker. Det han var säker på var att han betraktade ett söndertrasat barns bild av sig själv.

Att teatern var overklig, och därför den enda verkligt existerande tillvaron, bestyrktes alltmer för Christian.

Tankegången var, och Reverdil följer honom här endast med möda eftersom logiken ej var helt uppenbar, tankegången var att om endast teatern var verklig, då blev allting begripligt. Människorna på scenen rörde sig gudalikt, och upprepade ord de lärt in; det var också det naturliga. Skådespelarna var det verkliga. Själv hade han tilldelats rollen som Konung av Guds Nåde. Detta hade inget med verkligheten att göra, det var konst. Därför behövde han ej känna skam.

Skam var annars hans naturliga tillstånd.

Herr Reverdil hade under en av de första lektionerna, som försiggick på franska, upptäckt att eleven ej förstod uttrycket "corvée". Under försöken att översätta detta till pojkens erfarenheter hade han beskrivit inslaget av teater i dennes egen tillvaro. "Jag måste då lära honom att hans resor liknade ett militärt uppbåd, att tillsyningsmän blevo utsända till varje distrikt för att uppbåda bönderna till att uppträda, några med hästar, andra blott med små vagnar; att dessa bönder måste vänta i timmar och dagar vid vägarna och hållplatserna, att de spillde mycken tid till ingen nytta, att dessa han passerade var utkommenderade och att intet i det han såg på detta sätt var verkligt."

Överhovmästaren och finansministern Reventlow hade, när han erfor detta inslag i undervisningen, fått ett vredesutbrott och vrålat att detta var onyttigt. Greve Ditlev Reventlow vrålade ofta. Hans uppförande som kontrollant av Prinsens utbildning hade överhuvud förvånat den schweiziske judiske informatorn, som dock av naturliga skäl ej vågade invända mot finansministerns principer.

Ingenting hängde ihop. Skådespelet var det naturliga. Man måste lära in, men inte förstå. Han var Guds utkorade. Han stod över alla, och var samtidigt den uslaste. Det enda återkommande var att han alltid fick prygel.

Herr Reventlow hade rykte för "rättskaffenhet". Eftersom han ansåg inlärning viktigare än insikt betonade han starkt att Prinsen skulle inlära satser och påståenden utantill, just som i ett teaterstycke. Det var däremot ej viktigt att Prinsen förstod vad han inlärt. Undervisningen syftade till att med teatern som förebild i första hand innebära utantilläsning av repliker. Trots sin rättskaffens och hårda karaktär införskaffade herr Reventlow för detta ändamål dräkter till tronarvingen, sydda i Paris. När sedan pojken uppvisades, och ur minnet kunde uppläsa sina repliker, var finansministern nöjd; före varje föreställning av tronarvingen kunde han utbrista:

– Se! Nu skall min docka visas fram!

Ofta, skriver Reverdil, var dessa föreställningar plågsamma för Christian. När han en dag skulle förevisa sin kunnighet i danssteg förleddes han till okunnighet om vad som förestod. "Denna dag blev besvärlig för Prinsen. Han fick skällsord och prygel och grät, fram till det ögonblick tidpunkten för baletten var inne. I hans huvud förbands det som skulle hända med fixa idéer: han inbillade sig att man förde honom i fängelse. De militära hedersbetygelser som visades honom vid porten, trumvirvlarna, vakterna som omgåvo hans vagn, bestyrkte honom i detta och skapade hos honom en stark ångest. Alla hans föreställningar bragtes i stark oordning, hans sömn svek honom i många nätter och han grät beständigt."

Herr Reventlow ingrep, just "beständigt", i undervisningen, särskilt när draget av inlärning mildrades till det han kallade "samtal".

"När han märkte att undervisningen 'urartade' till samtal, att den försiggick i stillhet och utan larm och intresserade min elev, ropade han från andra sidan av rummet med tordönsstämma, och på tyska: 'Ers Kunglig Höghet, när jag inte kontrollerar allt blir ingenting gjort!' Därpå kom han över till oss, lät Prinsen börja lektionen på nytt, vartill han fogade sina egna kommentarer, nöp honom hårt, klämde hans händer samman och gav honom hårda knytnävsslag. Pojken blev då förvirrad och rädd och gjorde sämre och sämre ifrån sig. Förebråelserna blevo allt fler och misshandeln skärptes, än för att han upprepat alltför ordagrant, än alltför fritt, än för att han glömt en detalj, än för att han svarat rätt, eftersom det ofta hände att hans plågoande inte visste det rätta svaret.

Överhovmästaren blev då ofta alltmer uppbragt, och slutet blev att han ropade genom gemaken efter den käpp ('stok') han använde på barnet, och mycket länge fortsatte att bruka. Dessa förtvivlade uppträden voro kända av alla, ty de kunde höras ut på slottsgården där Hovet var församlat. Den mängd som där samlades för att hylla Den Uppgående Solen, alltså barnet som nu tuktades och skrek, och som jag lärt känna som ett vackert och älskansvärt barn, dessa lyssnade på allt, medan barnet, med ögonen uppspärrade och fulla av tårar, försökte att i sin tyranns ansikte utläsa vad denne önskade och vilka ord som skulle användas. Vid middagen fortsatte Mentorn att lägga beslag på uppmärksamheten, och att till pojken ställa frågor och bemöta svaren med grovheter. Således blev barnet utsatt för löje inför sina tjänare, och gjordes förtrolig med skammen.

Söndagen var heller ej en vilodag; två gånger förde Hr Reventlow sin elev till kyrkan, upprepade predikantens viktigaste slutsatser med tordönsröst i Prinsens öra, och nöp och knuffade honom tid efter annan för att markera enstaka satsers särskilda betydelse. Efteråt tvingades Prinsen upprepa vad han hört, och hade han glömt eller missförstått blev han misshandlad just så häftigt som varje enskilt ämne krävde."

Det var det "skarpa förhöret". Reverdil noterar att Reventlow ofta misshandlade Kronprinsen så länge att "fradga syntes på Grevens läppar". Utan förmedling skulle sedan all makt överlämnas till pojken, av Gud, som utsett honom.

Han söker därför en "välgörare". Han finner ännu icke en välgörare.

Promenaderna var de enda tillfällen Reverdil hade att förklara, utan överinseende. Men pojken föreföll alltmer osäker och förvirrad.

Ingenting tycktes hänga samman. Under dessa spatserturer, som de ibland företog ensamma, ibland åtföljda av kammarherrarna ”på vid pass 30 alnars avstånd”, kom dock pojkens förvirring till allt klarare uttryck.

Man kan säga: hans språk började avkodas. Reverdil kunde också notera att allt som var ”rättskaffens” i pojkens språkliga medvetande förknippades med misshandel, och hovets otukt.

Christian förklarade, i envisa försök att få allt att hänga samman, att han hade förstått att hovet var teater, att han måste inlära sina repliker, och bleve straffad om han ej kunde dem ordagrant.

Men var han en enda människa, eller två?

De italienska skådespelarna, som han beundrade, hade en roll i stycket samt en roll ”utanför” då pjäsen upphört. Men, bemenade pojken, hans egen roll upphörde ju aldrig? När befann han sig ”utanför”? Måste han hela tiden sträva efter att bli ”hård” och göra ”framsteg”, samt befinna sig ”innanför”? Om allting bara var repliker som måste inläras, och Reverdil sagt att allting var regisserat, att hans liv endast skulle inläras och ”uppföras”, kunde han då någonsin hoppas komma utanför denna teaterpjäs?

Skådespelarna, de italienska han sett, var dock två varelser: en på scenen, en utanför. Vad var han?

Det fanns ingen logik i hans resonemang, som dock på ett annat sätt var begripliga. Han hade frågat Reverdil vad som var en människa. Var han, i så fall, en sådan? Gud hade sänt sin enfödde son till världen, men Gud hade också utkorat honom, Christian, till enväldig härskare. Hade Gud också skrivit dessa repliker som han nu inlärde? Var det Guds vilja att dessa bönder som under resorna utkommenderades skulle vara hans medspelare? Eller vilken var hans roll? Var han Guds son? Vem hade då hans fader Frederik varit?

Hade Gud också utkorat hans fader, och gjort honom så ”rättskaffens” som nästan herr Reventlow? Funnes det kanske någon utöver Gud, en Universums Välgörare, som kunde förbarma sig över honom i stunder av den yttersta nöd?

Herr Reverdil hade strängt tillsagt honom att han inte var Guds smorde, heller inte var Jesus Kristus, att givetvis Reverdil själv inte omfattade tron på Jesus Kristus eftersom han var jude; att han under inga omständigheter någonsin fick antyda att han var Guds son.

Det vore hädelse.

Men Tronföljaren hade då invänt att Änkedrottningen, som var pietist av herrnhutisk uppfattning, att hon sagt att den sanne kristne badade i Lammets blod, att såren vore grottor där syndaren kunde dölja sig, och att detta vore frälsningen. Hur hängde detta samman?

Reverdil bad honom genast slå dessa tankar ur sitt huvud.

Christian sade sig frukta att bliva bestraffad, eftersom hans skuld var så stor; primo, för att inte kunna replikerna; secundo, för att påstå sig vara av Guds Nåde när han i själva verket var en bortbytt bonddräng. Och så brukade spasmerna komma tillbaka, plockandet med handen på magen, benrörelserna, och handen som pekade uppåt och så ett framstött ord, upprepat, som ett nödrop, eller en bön.

Ja, kanske var detta det sätt han bad på: ordet återkom, liksom handen som pekade uppåt mot något, eller någon, i det universum som tycktes så förvirrat och skrämmande och utan sammanhang för pojken.

– Ett tecken!!! Ett tecken!!!

Christians envetna monologer fortsatte. Han tycktes vägra att ge upp. Blev man, om bestraffad, fri från skuld? Fanns det en Välgörare? Eftersom han insett att hans skam var så stor, och hans misstag så många, hur var då förhållandet mellan skuld och straff? På vilket sätt skulle han bestraffas? Var då alla omkring honom, som horade och drack och var rättskaffens, var också alla dessa en del i Guds skådespel? Jesus hade ju fötts i ett stall. Varför var det då så omöjligt att han själv blivit en bortbyting, som kanske hade kunnat leva ett annorlunda liv bland kärleksfulla föräldrar, bland bönderna och djuren?

Jesus var son till en snickare. Vem var då Christian?

Herr Reverdil greps av en allt starkare oro, men bemödade sig om att svara lugnt och förnuftigt. Han hade dock en känsla av att pojkens förvirring växte, blev alltmer oroande.

Hade inte Jesus, frågade Christian under en av promenaderna, utdrivit månglarna ur templet? De som horade och syndade!!! Han hade utdrivit dem, alltså de rättskaffens, och vem var då Jesus?

– En revolutionär, hade herr Reverdil svarat.

Var det då Christians uppgift, hade han envetet fortsatt att fråga, hans uppgift som Guds utkorade envåldshärskare, att i detta hov, där man horade och drack och syndade, slå sönder allt och krossa allt? Och fördriva, och slå sönder... krossa... de rättskaffens? Reventlow var ju rättskaffens? Kunde en Välgörare, som kanske var hela universums härskare, förbarma sig, och ge sig tid till detta? Krossa de rättskaffens?

Kunde kanske Reverdil hjälpa honom att finna en Välgörare som kunde krossa allt?

– Varför vill du detta, hade Reverdil frågat.

Pojken hade vid detta börjat gråta.

– För att uppnå renhet, hade han till sist svarat.

De hade länge gått tysta.

– Nej, hade herr Reverdil till sist svarat, din uppgift är icke att krossa.

Men han visste att han ej givit ett svar.

3.

Den unge Christian talade allt oftare om skuld, och straff.

Det lilla straffet kände han ju. Det var "stokken", som Överhovmästaren använde. Det lilla straffet var också skammen, och pagernas och "favoriternas" skratt när han felat. Det stora straffet måste vara för de värre synderna.

Pojkens utveckling tog en oroande utveckling i samband med tortyren och avrättningen av sergeanten Mörl.

Det som hände var följande.

En sergeant vid namn Mörl, som med avskyvärd trolöshet hade mördat sin välgörare i vars hus han levde, och detta för att kunna stjäla regementskassan, blev i överensstämmelse med en kunglig förordning, och med konung Frederiks underskrift, dömd att på ett fasansfullt sätt avrättas, och detta med inslag som endast användes för mord av särskild art.

Många ansåg att detta var ett uttryck för omänskligt barbari. Domen var ett aktstycke av särskild och fasaväckande art; men kronprins Christian hade blivit underrättad om denna händelse och fattat ett egendomligt intresse för den. Detta hände i konung Frederiks näst sista regeringsår. Christian var då femton år. Han hade för Reverdil nämnt att han önskade bevittna avrättningen. Reverdil hade då blivit mycket oroad, och besvurit sin elev att icke göra detta.

Pojken – han benämner honom ännu pojken – hade dock läst domen, och funnit en egendomlig dragningskraft i denna. Till saken hör att sergeanten Mörl före avrättningen hade tillbragt tre månader i fängelset, där tid hade funnits att undervisa honom i religion.

Till all lycka hade han där fallit i händerna på en präst som delat greve Zinzendorfs tro, alltså den som allmänt benämns herrnhutism, och som också Änkedrottningen omfattade. Hon hade i samtal med Christian – sådana samtal förekom, men var av helt igenom from karaktär – dels ingående diskuterat domen och det kommande tillvägagångssättet, dels berättat att fången blivit herrnhutist. Fången Mörl hade kommit att tro att just de fasansfulla plågorna innan livet flytt på ett särskilt sätt skulle förena honom med Jesu sår; ja, att just tortyren, smärtorna och såren skulle låta honom uppslukas av Jesu sköte, drunkna i Jesu sår, och värmas av hans blod.

Blodet, såren – allt hade i Änkedrottningens beskrivning givits en karaktär som Christian fann ”lustfylld”, och som hade uppfyllt hans nattliga drömmar.

Bödelskärran skulle bli en triumfvagn. De glödande tängerna som skulle knipa honom, piskorna, nålarna och till sist hjulet, allt skulle bli det kors på vilket han skulle förenas med Jesu blod. Mörl hade i fängelset också skrivit psalmer, som trycktes och mångfaldigades till allmänhetens uppbyggelse.

Under dessa månader hade Änkedrottningen och pojken

kommit att, på ett för Reverdil frånstötande sätt, förenas i sitt intresse för denna avrättning. Han kunde inte hindra Christian från att åse den i hemlighet.

Uttrycket "i hemlighet" har här en särskild betydelse av juridisk karaktär. Seden var att om Konungen eller Kronprinsen på ett eller annat sätt kom förbi avrättningsplatsen, detta betydde att fången måste benådas.

Christian hade dock i en täckt hyrvagn övervarit avrättningen. Ingen hade observerat honom.

Sergeanten Mörl hade sjungit psalmer, med hög röst betygat sin brinnande tro och åstundan att drunkna i Jesu sår; men när den långvariga tortyren på schavotten inletts hade han inte kunnat uthärda, utan utbrustit i förtvivlade skrik, särskilt när nålarna genomträngde "de delar av hans kropp och underliv som voro centrum för den största lust och kunde skapa den största smärta". Hans förtvivlan hade då varit så utan fromhet, och så besinningslös, att allmänhetens psalmer och böner hade tystnat; ja, den fromma lusten att se martyrens hädanfärd hade runnit bort, och många hade springande lämnat platsen.

Christian hade dock blivit sittande i vagnen, hela tiden, tills sergeant Mörl givit upp andan. Han hade sedan återvänt till slottet, gått in till Reverdil, fallit på knä framför honom, knäppt sina händer och med förtvivlan och villrådighet, men alldeles tyst, betraktat sin lärares ansikte.

Intet hade blivit sagt denna afton.

Till detta kommer det som skedde följande kväll.

Reverdil hade kommit att passera Christians svit på slottet

för att meddela en ändring i följande dags undervisning. Han stannade i dörren, och bevittnade en scen som han säger "förlamade" honom. Cristian hade legat på golvet, utsträckt på något som skulle föreställa ett steglingshjul. Två av pagerna var sysselsatta med att "krossa hans leder" – de utförde rådbråkningen med hjälp av pappersrullar, medan förbrytaren på hjulet bad och stönade och grät.

Reverdil hade stått som förstenad, men sedan gått in i rummet och tillsagt pagerna att upphöra. Christian hade då sprungit sin väg, och efteråt inte velat tala om det som hänt.

En månad senare, när han för Reverdil nämnt att han inte kunde sova på nätterna, hade Reverdil bett honom berätta om marternas orsak. Christian hade då under tårar berättat att hans uppfattning blivit "att han själv var Mörl, som var undsluppen ur Rättfärdighetens händer, och att man av misstag hade torterat och avrättat en fantom. Denna lek med att efterlikna en som rådbråkades och torterades uppfyllde hans hjärna med mörka föreställningar, och förökade hans benägenhet till tungsinne."

4.

Reverdil återkommer ständigt till sin dröm om att upplysningens ljus kunde komma långsamt, smygande: bilden av ett ljus som från en morgongryning, långsamt stigande över vattnet.

Det var drömmen om det ofrånkomliga. Han tycks länge ha sett utvecklingen från mörker till ljus som ofrånkomlig, mjuk, och befriad från våld.

Sedan överger han den.

Med stor försiktighet hade herr Reverdil försökt att i Tronföljarens sinne plantera några av de frön han, som upplysningsman, önskade se bära frukt. När pojken med stor nyfikenhet frågat om han ej kunde ges möjlighet att brevväxla med några av dessa filosofer som hade skapat den stora franska encyklopedin, hade Reverdil sagt att en viss herr Voltaire, fransman, kanske kunde intressera sig för den unge danske tronföljaren.

Christian hade då skrivit ett brev till herr Voltaire. Han fick svar.

Det var på detta sätt den för eftervärlden så märkliga brevväxlingen mellan Voltaire och den sinnessjuke danske konungen Christian den sjunde hade uppstått; den som är mest känd genom den hyllningsdikt Voltaire 1771 skrev till Christian, där hyllad som ljusets och förnuftets furste i Norden. Som nådde honom en afton på Hirschholm, när han redan var förlorad; men som gjort honom lycklig.

Till en av de första skrivelserna hade herr Voltaire bifogat en bok som han hade skrivit själv. På eftermiddagspromenaden hade Christian – han hade tillhållits av Reverdil att strängt hemlighålla korrespondensen – visat Reverdil denna bok, som han genast hade läst, och hade citerat ett avsnitt som särskilt tilltalat honom.

"Men är det inte höjden av galenskap, när man tror sig kunna omvända människor och tvinga deras tankar till underkastelse genom att förtala dem, förfölja dem, förpassa dem till galärerna och försöka förinta deras tankar genom att släpa dem till galgar, stegelhjul och bål."

– Så tänker herr Voltaire! hade Christian triumferande utropat, så menar han! Han har sänt boken till mig! Boken! Till mig!!!

Reverdil hade viskande tillsagt sin elev att sänka rösten, eftersom hovmännen som följde trettio alnar efter dem kunde gripas av misstänksamhet. Christian hade då genast gömt boken vid sitt bröst, och viskande berättat att herr Voltaire i brevet berättat att han nu var utsatt för en process som gällde tankens frihet; och att Christian då han läst detta genast fått ingivelsen att sända 1 000 riksdaler till stöd för herr Voltaires process för yttrandefrihet.

Han frågade nu sin lärare om denne delade hans uppfattning. Om han borde sända pengarna. Herr Reverdil, sedan han bemannat sig och undertryckt sin häpnad, hade stött Tronföljaren i denna tanke.

Summan avsändes också senare.

Vid samma tillfälle hade Reverdil frågat Christian varför han önskade förena sig med herr Voltaire i denna kamp, som ju inte var utan faror. Och som skulle kunna missförstås, inte bara i Paris.

– Varför, hade han frågat, av vilket skäl?

Och då hade Christian mycket enkelt, och förvånat, svarat:

– För renhetens skull! vad annars? För reningen av templet!!!

Herr Reverdil skriver att han vid detta svar uppfylldes av en glädje som dock var bemängd med onda aningar.

Samma kväll tycktes han få sina farhågor bekräftade.

Från sitt rum kunde han höra ett ovanligt oväsen från slottsgården, ljud som av kraschande möbler, och rop. Därtill kom ljudet av krossat glas. När han rusade upp såg han att en människomassa hade börjat samlas därute. Han rusade då till Prinsens våning och fann att Christian i ett uppenbart anfall av förvirring hade krossat möbler i det förmak som låg till vänster om hans sovgemak och kastat ut bitarna genom fönstret, att krossat fönsterglas låg överallt, och att två av "favoriterna", som vissa av hovmännen kallades, förgäves försökte lugna Tronföljaren, få honom att upphöra med dessa "utsvävningar".

Men först när Reverdil tilltalat honom med kraftig och bönfallande röst upphörde Christian med att kasta möblerna genom fönstret.

– Mitt barn, hade Reverdil frågat, mitt älskade barn, varför gör du detta?

Christian hade då tyst stirrat på honom, som om han inte förstått hur Reverdil kunde ställa denna fråga. Allt hade ju varit självklart.

Änkedrottningens förtrogne, en professor vid Sorø Akademi vid namn Guldberg som tjänstgjorde som arvprinsen Frederiks lärare och vårdare, en man med egendomligt isblå ögon men utan andra särskilda egenskaper och obetydlig till växten, hade i samma ögonblick kommit inrusande i rummet, och Reverdil hade bara kunnat viska till Prinsen:

– Mitt älskade barn, icke på detta sätt! Icke på detta sätt!!!

Pojken var nu lugn. Man började på slottsgården hopsamla de utkastade spillrorna.

Guldberg hade, efteråt, tagit Reverdil i armen, bett att få samtala med honom. De hade gått ut i slottskorridoren.

– Herr Reverdil, hade Guldberg sagt, Majestätet behöver en livläkare.

– Varför?

– En livläkare. Vi måste finna någon som kan vinna hans förtroende och förhindra hans... utbrott.

– Vem, hade Reverdil frågat.

– Vi måste söka, hade Guldberg sagt, söka med stor omsorg, den helt igenom rätta personen. Icke en jude.

– Men varför detta, hade Reverdil undrat.

– Eftersom Majestätet är sinnessjuk, hade Guldberg sagt till honom.

Och Reverdil hade till detta intet kunnat genmäla.

5.

Den 18 januari 1765 meddelade riksrådet Bernstorff den unge tronföljaren att regeringen i sin tisdagskonselj, och efter närmare två års förhandlingar med den engelska regeringen, beslutat förmäla honom med den trettonåriga engelska prinsessan Caroline Mathilde, en syster till den engelske konungen Georg den tredje.

Bröllopet skulle ske i november 1766.

Christian hade vid detta meddelande om sin tillkommandes namn farit hän i sina sedvanliga kroppsrörelser, med fingertopparna pickat på sin hud, trummat på sin mage, och rört sina fötter med spastiska rörelser. Efter att ha mottagit meddelandet hade han frågat:

– Skall jag för detta ändamål inlära särskilda ord eller repliker?

Greve Bernstorff hade ej tillfullo förstått innebörden av

frågan, men vänligt leende svarat:

– Endast kärlekens, Ers Kunglig Höghet.

När Frederik dog, och Christian välsignades, upphörde den skarpa uppfostran, och den unge konungen var färdig. Han var nu redo att utöva envåldshärskarens fulla makt.

Han var färdig. Han kunde ingå i sin nya roll. Han var sexton år.

Reverdil hade följt honom in till faderns dödsbädd, bevittnat välsignelsen, och sedan följt Christian ut. De hade länge stått ensamma tillsammans, hand i hand, på slottsgården, i den lätta yrsnön, tills pojkens gråt hade stillnat.

Samma eftermiddag hade Christian blivit utropad till Konung Christian den sjunde.

Reverdil hade stått snett bakom honom på balkongen. Christian hade också nu velat hålla honom i handen, men Reverdil hade framhållit att detta vore olämpligt, och stridande mot etiketten. Men innan de trädde ut hade Christian, som nu skakade i hela kroppen, frågat Reverdil:

– Vilken känsla skall jag nu uttrycka?

– Sorg, hade Reverdil svarat, och efter detta glädje inför folkets hyllningar.

Christian hade dock förvirrat sig, glömt sorgen och förtvivlan, hela tiden visat ett ihållande och strålande leende, och viftat med armen mot folket.

Många hade då tagit illa vid sig. Den nykrönte konungen hade icke visat tillbörlig sorg. Tillfrågad efteråt hade han varit otröstlig; han sade sig ha glömt sin första replik.

Kapitel 3

DET ENGELSKA BARNET

1.

Christians utkorade drottning hette Caroline Mathilde. Hon var född den 22 juli 1751 i Leicester House i London, och saknade egenskaper.

Det var uppfattningen om henne. Dock kom hon att spela en nyckelroll i det som hände, vilket ingen kunnat ana, och vilket fyllde alla med bestörtning, eftersom det allmänt ansågs klarlagt att hon saknade egenskaper.

Man blev efteråt eniga om att det var en olycka att hon haft egenskaper. Hade man från början gjort rätt bedömning, den att hon innehade egenskaper, hade katastrofen kunnat avvärjas.

Ingen kunde dock ana.

På fönsterrutan till hennes sovgemak på Frederiksbergs slott fann man, sedan hon lämnat landet, en inristad devis som hon antogs ha skrivit en av de första dagarna hon var i Danmark. Där stod:

”O, keep me innocent, make others great.”

Hon hade kommit till Köpenhamn den 8 november 1766 och var den yngsta systern till Englands konung Georg den tredje, som 1765, 1788 och 1801 hade svåra anfall av sinnessjukdom, men som hela sitt liv blev hustrun Charlotte av

Mecklenburg-Strelitz obrottsligt trogen, och vars barnbarn var den senare drottningen Victoria.

Caroline Mathildes far hade dött två månader före hennes födsel; hon var den yngsta av nio syskon, och det enda spår i historien, därutöver, hennes far lämnat är den karaktäristik den engelske konungen Georg den andre givit av denne sin son. "Min käre förstfödde son är det största arsle, den värsta lögnare, den största skälm och den värsta best som finns i hela denna värld, och jag önskar helhjärtat att han försvann från den." Hennes mor hade en hård och innesluten karaktär, och hennes enda älskare var därför den äldste sonens informator, Lord Bute. Hon var varmt troende, upptagen av sina religiösa plikter, och höll de nio barnen strängt avskilda från världen i sitt hem, som betecknades som "ett kloster". Caroline Mathilde tilläts ytterst sällan sätta sin fot utanför hemmet, och då endast under sträng övervakning.

Efter trolovningen rapporterade den danske ambassadören, som uppsökt henne och givits tillstånd att tala med henne i ett par minuter, att hon tycktes skygg, hade underbar hy, ljust långt hår, vackra blå ögon, fylliga läppar, om än något bred underläpp, samt ägde en melodiös stämma.

I övrigt uppehåller han sig mest vid samtalet med modern, som han betecknar som "bitter".

Den engelske hovmålaren Reynolds, som målade Caroline Mathildes porträtt före avresan, är i övrigt den ende som vittnat om hennes egenskaper från denna tid. Han betecknar arbetet med porträttet som svårt, eftersom hon grät hela tiden.

Det är de enda negativa drag som kan fastställas vid tiden för avresan. Något fyllig underläpp, och beständig gråt.

2.

Vid meddelandet om sin förmälning blev Caroline Mathilde skräckslagen.

Att hon var syster till Englands konung var hennes enda berättigande, menade hon, därför hade hon tänkt ut devisen. ”O, keep me innocent, make others great.”

Annars grät hon mest. Hon var något, alltså syster, annars var hon icke något. Hon existerade inte, fram till femton års ålder. Hon lät, senare, ej heller någon få information om denna första tid: annat än att meddelandet att hon skulle ingå ett kärleksförhållande med den unge danske konungen hade kommit som en chock för henne. Hon var uppväxt i ett kloster. Det var också nödvändigt, hade hennes mor bestämt. Hovets normala horeri var icke något för henne, eftersom hon var utkorad. Om till något större, eller mindre, hade hon icke förstått.

Hon hade dock klart för sig att hon var ett avelsdjur. Hon skulle förse detta egendomliga lilla land Danmark med en konung. Därför måste hon betäckas. Vid det engelska hovet hade man underrättat sig om vem den danske tjuren var. Sedan hade man meddelat henne detta. Hon förstod att den tjur som skulle betäcka henne var en späd liten pojke; hon hade sett ett porträtt av honom. Han såg behändig ut. Inte som en tjur. Problemet var, hade man sagt, att han med stor säkerhet var galen.

Vore han icke av Gud utkorad envåldshärskare skulle han sitta inspärrad.

Att danska prinsar var galna var ju väl känt. Hon hade sett David Garrick i rollen som Hamlet på Drury Lane-teatern. Att just hon skulle drabbas gjorde henne dock översiggiven.

Från Danmark hade hösten 1765 Överhovmästarinnan fru von Plessen anlänt för att förbereda henne. Hon hade, enligt kreditivbrevet, varit rättskaffens. Fru von Plessen hade skrämt henne från vett och sans genom att, utan att vara tillfrågad, genast meddela att allt som sagts om den danske tronföljaren var lögner och förtal. Den blivande monarkens "utsvävningar" existerade icke. Han krossade icke möbler eller fönster. Hans humör var jämnt och stabilt. Hans lynneskast alls icke skrämmande. Eftersom ingen bett om denna korrigering, och upplysningen alltså var onödig, blev flickan givetvis skräckslagen.

I tysthet hade hon uppfattat sig själv som i besittning av egenskaper.

På överfarten till Danmark hade hon gråtit hela tiden. Ingen av hennes kammarjungfrur fick följa henne längre än till Altona. Det ansågs att hon bättre skulle förstå det danska kynnet, och språket, om hon på ett mera direkt sätt konfronterades med det.

Prinsessan, den blivande danska drottningen, alltså det engelska barn som utpekats, hette Caroline Mathilde. Hon var vid bröllopet endast femton år. Hennes bror, den engelske konungen, som hon älskade och beundrade, stod ut med henne, men kunde inte påminna sig hennes namn. Han ansåg henne intagande, skygg, viljelös, samt nästan osynlig. Därför beslöts att hon skulle förmälas med den danske konungen, eftersom Danmark efter "Kejsarkriget" på 1600-talet, då landet styrts av den ständigt berusade Christian den fjärde, ju helt förlorat sin internationella betydelse, och för övrigt det mesta av sitt territorium. Om Christian den fjärde sades det vid det engelska hovet, att varje gång han trodde sig bedragen av sin hustru drabbades han av melankoli. Hon bedrog honom ofta, hans melankoli fördjupades. För att råda bot på sin sorg och rastlöshet startade han då, varje gång, ett krig som han lika regelmässigt förlorade.

Att landet ständigt förminskades berodde således på hustruns omättliga sexuella begär. Detta var karaktäristiskt för det danska riket, som alltså måste betecknas som obetydligt.

Det berättade man för henne. Danmark hade genom Konungens upprepade melankoli på detta sätt blivit mycket litet. Landets internationella svaghet, som bestått sedan dess, förklarade att den drottning som anskaffades kunde vara utan egenskaper och betydelselös.

Detta hade hon förstått. Hon hade också långsamt kommit att förstå att hennes framtid i detta nordiska land, som man beskrev som ett dårhus, inte var ljus. Därför grät hon beständigt. Hennes gråt var en egenskap. Den skrämde ingen. Om hennes intelligens fanns det olika meningar. Men framför allt ansågs hon helt igenom sakna vilja. Kanske också karaktär. Den roll hon senare kom att spela vid händelserna i samband med den danska revolutionen fyllde därför alla med stor häpnad, och bestörtning.

Hon blev då en annan. Detta var fullständigt oväntat. Nu, vid förmälningen, var hon dock ännu den karaktärslösa och viljesvaga.

Hon tycks som ung ha haft en dröm om renhet. Sedan växte hon oväntat.

Drömmen var också helt naturlig för en kvinna utan egenskaper, liksom att hon såg en motsättning mellan oskuld och storhet, men valde det förra. Det alla skrämdes av var att hon senare blev en annan, när hon ju redan definierats som viljesvag och utan egenskaper.

O, keep me innocent, make others great.

3.

Hon fördes från England till Danmark; hon kom efter en besvärlig sexdagars sjöresa till Rotterdam, och var den 18 oktober i Altona, där samtliga i hennes engelska följe tog avsked.

I Altona övertog den danska delegationen bevakningen av prinsessan. Hon fördes sedan i vagn genom Slesvig och Fyn, ”överallt hälsad med stormande begeistring” av den utkommenderade befolkningen, och kom den 3 november till Roskilde, där hon första gången skulle möta den danske konungen Christian den sjunde.

Man hade för ändamålet på torget byggt upp en glaspaviljong med två dörrar. Från vardera dörren skulle de två unga älskande träda in och gå mot centrum, mötas på mitten, och där för första gången se varandra. I ett köpmanshus strax intill ”glaspalatset” (som det oegentligt kom att kallas dessa veckor det existerade) hade förberedelserna för den blivande drottningen avslutats; de gick ut på att lugna prinsessan. Överhovmästarinnan Louise von Plessen, som ansvarade för bevakningsdelegationen, hade bemödat sig om att hejda den lilla engelskans tårar (uttrycket ”den lilla engelskan” användes nu genomgående vid det danska hovet) och hade besvurit henne att ej visa denna skräck inför offentligheten.

Hon hade svarat att den skräck hon kände inte var för det danska hovet, eller Konungen, men väl för kärleken. Vid förfrågan visade det sig att hon ej nöjaktigt kunde skilja på dessa tre begrepp, utan att Hovet, Konungen och Kärleken, dessa tre, i hennes föreställningsvärld smälte samman och förenades i "skräck".

Fru von Plessen hade till sist tvingats i detalj repetera alla prinsessans ceremoniella rörelser, som om själva inlärandet av ceremonins detaljer skulle lugna flickan.

Hon hade talat mycket lugnt till den i tårar upplösta femtonåriga flickan. Gå med små långsamma steg mot Majestätet, hade hon tillrått. Håll ögonen nedslagna, räkna till femton steg, slå då upp ögonen, se på honom, visa gärna ett litet blygt men lyckligt leende, gå ytterligare tre steg, stanna. Jag befinner mig tio alnar bakom.

Flickan hade då gråtande nickat, och snyftande upprepat på franska:

– Femton steg. Lyckligt leende.

Konung Christian den sjunde hade, vid trontillträdet i början av året, av sin informator Reverdil som gåva fått en hund, en schnauzer, som han efter hand kommit att fästa sig djupt vid. Till mötet med den lilla engelskan i Roskilde skulle han anlända i vagn, med stort följe, direkt från Köpenhamn.

I Konungens kalesch satt, förutom Christian, en före detta professor vid Sorø Akademi vid namn Guldberg, vidare Konungens lärare Reverdil, samt en hovman vid namn Brandt, som senare skulle spela en betydelsefull roll vid de händelser som inträffade. Guldberg, som under normala omständigheter ej skulle ha haft sin plats i Konungens vagn, enär hans position vid hovet ännu var alltför obetydlig, hade medföljt av skäl som kommer att framgå.

I vagnen medföljde också hunden, som hela tiden satt i Christians knä.

Guldberg, som var väl bevandrad i den klassiska litteraturen, hade nämligen inför mötet författat en kärleksförklaring som byggde på delar av ett drama av Racine, och hade i vagnen gett det Reverdil i sina memoarer kallar "de sista lugnande instruktionerna inför kärleksmötet".

Börja med kraft, hade Guldberg sagt till Majestätet, som tycktes nästan helt frånvarande och desperat tryckt den lilla hunden i sin famn. Prinsessan måste förstå Majestätets starka passion redan inför det första mötet. Rytmen! "Jag böjer mig för kärleksguden... jag BÖJER mig för kärleksguden..." Rytmen! Rytmen!

Stämningen i vagnen hade varit pressad, och Konungens tics och kroppsrörelser tidvis mer okontrollerade än någonsin. Vid framkomsten hade Guldberg antytt att hunden inte kunde medfölja vid de två kungligheternas kärleksmöte utan måste lämnas kvar i vagnen. Christian hade först vägrat släppa hunden, men därefter tvingats till detta.

Hunden hade gnytt, och senare våldsamt skällande synts bakom kaleschens fönster. Reverdil skriver att detta varit "ett av hans livs mest ångestfyllda ögonblick. Pojken syntes dock till slut så apatisk som ginge han i en dröm."

Ordet "skräck" återkommer ofta. Till sist hade prinsessan Caroline Mathilde och hennes trolovade Christian den sjunde ändå gjort allting nästan fulländat.

En kammarorkester hade placerats intill glaspaviljongen. Kvällsljuset hade varit mycket vackert. Platsen runt paviljongen fylld med tusentals människor; de hölls tillbaka av soldaterna, som i dubbla rader bildade vakt.

I exakt samma ögonblick, och ledsagade av musiken, hade

de två unga kungliga trätt in genom dörrarna. De hade närmat sig varandra exakt som ceremonielet hade föreskrivit. Musiken hade, när de stod tre alnar från varandra, tystnat. Prinsessan hade sett på Christian hela tiden, men med en blick som tycktes livlös, eller som ginge hon – också hon – i en dröm.

Christian hade i sin hand hållit dikten, utskriven på ett pappersark. När de till slut stod stilla framför varandra hade han sagt:

– Jag vill nu redogöra för min kärlek, dyra prinsessa.

Han hade sedan väntat på ett ord från henne, men hon hade bara sett på honom, alldeles tyst. Hans händer hade skakat, men han hade till sist lyckats bemanna sig, och så läst Guldbergs kärleksförklaring, som liksom den litterära förebilden var på franska.

Jag böjer mig för kärleksguden var jag går
jag hjälplös under hennes välde står
Inför er skönhet kommer jag till korta
er sköna bild är ständigt för mig trots att ni är borta
Långt in i skogens djup er bild når i mig fatt
I dagens ljus, liksom i becksvart natt
är kärleken till er ett ljus som aldrig viker undan
Se där är skälet för en ny begrundan

Hon hade då gjort en handrörelse, kanske av misstag; men det hade av honom uppfattats som att han skulle sluta. Han upphörde därför med sin läsning och såg frågande på henne. Hon hade efter en stund sagt:

– Tack.

– Det räcker kanske, hade han viskat.

– Ja, det räcker.

– Jag ville med dessa ord betyga Er min lidelse, hade han sagt.

– Jag hyser samma lidelse för Er, Ers Majestät, hade hon viskat med nästan obefintliga munrörelser. Hennes ansikte hade varit ytterst blekt, hennes tårar var överpudrade och ansiktet tycktes nästan vitkalkat.

– Tack.

– Kan vi då avsluta ceremonin, hade hon frågat.

Han hade bugat. Musiken hade, på ett tecken från ceremonimästaren, åter stämt upp, och de båda trolovade hade då, skräckslagna men med fulländade rörelser, börjat röra sig in mot den större ceremoni som var hyllningarna, ankomsten till Köpenhamn, bröllopet, deras korta äktenskap, och den danska revolutionen.

Den 8 november klockan 7.30 gick det unga paret in i Slotskirken i Köpenhamn, där den högtidliga stadfästelsen av äktenskapet ägde rum. I sex dagar fortsatte festligheterna. ”Oändliga förhoppningar knyts till den intagande engelska Drottningen”, skriver det engelska sändebudet i sin rapport till London.

Hon ansågs uppträda fulländat.

Inget klander mot Christian. Inga utbrott, inga felsteg. Hunden ej närvarande vid bröllopsceremonin.

4.

Christian hade, i sin tilltagande förvirring, uppfattat hovlivet som en teater; den föreställning han och den lilla engelska flickan nu deltog i var också en sedeskildring. Stycket handlade om osedlighet, eller "rättskaffenhet" som Christian kallade det; men var det fromheten som lockade fram liderligheten, eller var det ledan?

Den vällust som finns i samtida beskrivningar av liderlighet och leda vid detta hov! Denna instängda värld av hovmän, mätresser, horor, maskerader, dessa intriger som syftade till titlar och underhåll men ej till arbete, denna oändligt utdragna dans av orimliga intriger som länkade sig till varandra, och som för eftervärlden endast avspeglas i sina officiella texter: som är anständiga och bildade, formfulländade brev, självklart på franska, samlade i dessa vackra volymer. Det är beskrivningen av hur dårhusets aktörer på ett högst naturligt sätt verkställde sina orimligheter, som var leda och liderlighet.

Hur naturligt infogade i dårhusets scenerier tycks inte, i eftervärldens ögon, den sinnessjuke konung Christians utbrott och bisarra handlingar vara.

Hur förenades inte fromheten, liderligheten, och människor som söndersprängdes.

Man bekymrade sig mycket för Christians könsliv.

Återkommande är en alldeles speciell samtida förklaring till Christians melankoli, egendomliga raseriutbrott, oförklarliga anfall av förtvivlan och till sist dagslånga perioder av apati. Han hade, redan som trettonåring, av gunstlingen Sperling, som efter detta försvinner ur historien, förletts till en last som förlamade hans viljekraft och orsakade hans sinnessjukdom och tilltagande kroppsliga svaghet. Lasten återkommer i samtliga vittnesmål från tiden. Lasten beskrivs sällan i direkta termer, men några vittnesmål vågar dock språnget; lasten är onani.

Christians maniska sätt att dämpa sin melankoli med denna last försvagade långsamt hans ryggrad, angrep hans hjärna och bidrog till den tragedi som skulle komma. Maniskt, i timmar, försökte han onanera fram ett sammanhang, eller onanera bort sin förvirring. Men det tycktes inte räcka. Den lilla engelskans ankomst hade snarare förvärrat allting.

Det var något som nu gått sönder. Han tycktes inte veta sig någon levandes råd.

Reverdils anteckningar uttrycker sorg, men inte endast detta. ”Långt om länge upptäckte jag att det jag kallade ’uppfostran’ i hans föreställningsvärld bestod av de ’härdande’ upplevelser, med vars hjälp han skulle göra ’framsteg’. De bestod i allt väsentligt av att göra uppror mot allt det som varit hans uppväxt, kanske också mot det hov i vilket han levde. Det fanns inga förvillelser, inga utsvävningar, inga våldsamheter som han icke använde sig av som medel därtill. Han innefattade alltsammans i uttrycket ’att vara rask’, det vill säga löst från fördomar, värdighet och pedanteri. Jag besvor honom då att hans uppgift vore att bringa detta rike på fötter igen. Det rike han ärvde var mer skuldsatt och tyngt av skatter efter åttiofem års fred än det skulle varit efter ett krig. Han skulle, besvor jag honom, försöka klara statens skulder och lätta folkets bördor, ett mål han kunde uppnå genom att slopa alla dessa hovstatens helt onödiga utgifter, minska hären, frigöra bönderna i Danmark, och genom en förnuftig lagstiftning främja Norges fiskeri, bergshantering och skogar.”

Svaret blev att han gick in till sina rum och onanerade.

Drottningen ville han inte besöka. För henne hyste han endast skräck.

Christian hade många ansikten. Ett är upplyst av skräck, förtvivlan och hat. Ett annat är nedböjt, lugnt, lutat över de brev han skriver till herr Voltaire, den som, enligt hans egen utsago, har lärt honom att tänka.

Enevold Brandt hade suttit i den kungliga kaleschen på väg till Roskilde.

Han hade tillhört Altonakretsen, den krets av upplysningsmän som samlades kring greve Rantzau och den unge tyske läkaren Struensee vid 1760-talets början.

Nu fanns han i Köpenhamn. Han är nu en klättrare.

Han drevs av en obändig lust att behaga damerna, och samtidigt göra karriär vid hovet, och sökte därför efter den titel som bäst kunde tillfredsställa dessa hans båda önskemål. I ett av sina senare brev till Voltaire skriver Reverdil att det danska hovet styrdes av titelsjuka som annars ingenstans. "Det är ett ordspråk att man i Frankrike frågar: Är detta en bildad man? I Tyskland: Kommer han från god familj? I Holland: Hur stor är hans förmögenhet? Men i Danmark: Vilken titel har han? Här präglas livet i sin helhet av denna titelhierarki. Går man från ett rum till ett annat, sker det i rangordning, sätter man sig till bords likaså, betjänterna byter tallrikar i rangföljd, träffar man en begåvad och kompetent man som går sist in genom dörren, kort sagt ingen titel har, och man frågar vem han är, blir svaret: Han är ingenting. Till saken hör att dessa som äro någonting ha stort anseende, höga apanage och ingenting uträtta utan helt och hållet äro parasiter som bevaka sin rangordning."

Enevold Brandt såg sig dock som konstnär, hade ett livligt väsen, spelade flöjt och lyckades erövra titeln Teaterdirektör, senare ”Maître de plaisir”, alltså kulturminister, och Garde-rob-Stormästare med rätt att kallas Excellens.

I kulturministerns roll ingick, till skillnad från övriga roller, praktiska uppgifter, alltså makt. Till dem hörde att tillkalla franska teatertrupper, samt anordna förlustelser och maskerader för hovet. Man fick även inflytande över och tillgång till teatertruppernas damer, vilket för många blev ett tvingande skäl att befrämja teaterkonsten.

”Maître de plaisir” var den titel som därför var mest eftertraktad.

Brandt bekymrade sig också för Konungens könsliv. Till saken hör att ännu fem månader efter konung Christian den sjundes förmälning med Caroline Mathilde hade inget könsligt umgänge mellan kungligheterna förekommit.

Det var skräcken.

Brandt hade vid denna tid arrangerat en ryttarturnering på slottsgården. För detta hade en träläktare byggts upp, där de från hovet inbjudna placerats i rangordning. Ryttare på hästar iklädda rustning red an mot varandra, och tävlingar av skilda slag anordnades.

En av dessa tävlingar bestod i att lansiärer stormade fram mot upphängda ringar som skulle spetsas på lansen. Ringarna hängde i rep, och bragtes i svängning, vilket försvårade de tävlandes uppgift.

En av de tävlande misslyckades i sina första två försök, men lyckades i det tredje spetsa ringen. Han vände triumferande runt på sin häst, stegrade denna, och höll lansen snett uppåt.

Drottningen satt vid konung Christians sida. Snett bakom henne satt Enevold Brandt. Bakom Konungen informatorn Guldberg; han tycktes under de senaste månaderna på ett egendomligt sätt ha närmat sig centrum, men var ännu helt igenom betydelselös.

Kungaparet hade med uttryckslösa ansikten betraktat de tävlande. Christian, som under andra omständigheter säkert skulle glatt sig åt upptåget, tycktes förlamad av blygsel och motvilja inför Drottningens intima närvaro; hon satt endast fem tum ifrån honom. Brandt böjde sig fram och viskade i Drottningens öra:

– Jag fröjdar mig redan åt det ögonblick när den kungliga lansen skall bli lika segerrik.

Drottningen hade då häftigt rest sig, och gått.

Efteråt hade Guldberg utfrågat Brandt om vad han yttrat. Brandt hade sanningsenligt berättat. Guldberg hade inte klandrat honom, endast sagt:

– I sin stora ångest och förvirring behöver Majestätet stöd och hjälp.

Brandt hade uppfattat detta som en anvisning som kanske var ett råd. Guldberg var dock en obetydlig man. Hur kunde detta upplevas som ett råd, och av någon så obetydlig?

Brandt hade kanske sett ögonen.

Nästa dag hade Drottningen suttit på en stol i slottsträdgården.

Christian hade långsamt gående närmat sig.

När han passerat, utan att säga ett ord, bara med en lätt bugning, hade hon med låg röst sagt:

– Christian?

Han hade inte låtsats höra.

Hon hade då med högre röst, nästan som ett rop, upprepat:

– Christian!!!

Han hade endast påskyndat sina steg.

Det var skräcken. Men inte endast detta.

Fru von Plessen hade, under sitt engelska besök, haft ett långt samtal med Caroline Mathildes mor. De hade funnit att de delade uppfattning i mångt och mycket. Hovet var en pesthärd. Osedlighet frodades. Renhet måste skyddas.

Fru von Plessen hade, allteftersom månaderna gått, gripits av stark, kanske brinnande, tillgivenhet för den unga flickan. De båda hade funnit gemenskap, förstärkt av Konungens köld. Fru von Plessen hade inte sörjt över Konungens kyla. Hon hade tvärtom sett hur den ökade Drottningens tillgivenhet för henne, hennes beroende av henne, kanske med tiden också kärlek.

Inför Drottningen hade fru von Plessen utvecklat en strategi för att "föröka" Konungens kärlek, och genombryta den oförklarliga mur av köld som nu tycktes ha vuxit fram mellan makarna. Drottningen skulle visa sig oåtkomlig, och därmed locka fram hans kärlek. En händelse fem månader efter Drottningens ankomst till Danmark hade blivit avgörande.

Christian hade, för alla mycket överraskande, en kväll vid tiotiden kommit till Drottningens svit, och förklarat att han önskade sammanträffa med Drottningen inför hennes sänggående.

Avsikten hade varit bara alltför tydlig.

Fru von Plessen hade då förklarat att Drottningen nu avsåg att med henne spela ett parti schack, och att Christian fick vänta.

De hade påbörjat schackpartiet.

Christian hade vankat omkring i rummet med alltmer irriterad uppsyn, vilket mycket roat de båda kvinnorna. Klockan tolv var spelet avslutat, och Drottningen hade då, på fru von Plessens viskande inrådan, och medan de två sammansvurna utväxlade hemlighetsfulla skratt, sagt att hon önskade ett revanschparti.

Fru von Plessen hade meddelat Konungen detta, "med ett triumferande leende", varvid denne ursinnigt lämnat rummet och slängt igen dörren.

I fjorton dagar hade Konungen sedan vägrat att tala till Drottningen. Han såg bort när de möttes, han sade intet. Drottningen hade då gripits av förtvivlan, men också av agg till fru von Plessen.

Det var efter detta den händelse Guldberg berättar om hade inträffat. Drottningen hade apatisk legat på sin säng. Hon hade frågat varför Christian ej kom. Hon hade bett fru von Plessen försvinna. Och Drottningen hade sedan haft det olyckliga samtalet med Guldberg, där hon frågat Guldberg om befrielsen från lidelsen, lugnet, och tomheten; och så utmanande hade hon lutat sig fram mot honom att hennes till hälften avtäckta bröst ropat som en skymf mot honom, fått honom att genomskåda den lilla engelska horans liderlighet, hur farlig hon skulle komma att bli, och att här fanns ursprunget till syndens smitta.

Han hade sett. Där fanns källan.

Så hade det gått till.

5.

Den som, till sist, fick Christian att besegra sin skräck var Reverdil.

Han hade bett Christian övervinna sin motvilja, och göra sig hård. Blott en enda gång, för att tysta pratet, och bevisa att han var man. Reverdil hade senare samma dag sett Christian sitta på golvet med sin hund framför sig, intensivt mumlande till hunden, som för att redogöra för ett viktigt problem; och hunden hade uppmärksamt iakttagit sin herres ansikte.

Christian hade samma kväll uppsökt Drottningens sovgemak.

Han hade inte förklarat, men hon hade förstått.

Han hade genomfört samlaget med ursinnigt slutna ögon.

Den unga drottningen försökte hjälplöst smeka honom över hans tunna vita rygg, men han genomförde betäckningen, trots detta. Nio månader senare födde hon en son, Frederik.

Det var den enda gång han kom att besöka henne.

Kapitel 4

UNIVERSUMS HÄRSKARINNA

1.

De bilder som finns av dem från denna tid är i viss mån vilseledande. De målade porträtten tycks visa vuxna människor. Så var det dock inte.

När konflikten mellan de kungliga makarna skärptes våren 1767 var Christian arton år gammal, Caroline Mathilde femton.

Man glömmer lätt att de ännu var tonåringar. Vore porträtten rättvisande och sanna skulle de uttrycka rädsla, skräck, men också osäkerhet, och sökande.

Ingenting ännu fastlagt. Som om allting ännu vore möjligt.

Fru von Plessen var ett problem.

Det var något i hennes överdrivna omsorg som hade fått Drottningen att i raseri, eller villrådighet, be henne försvinna. Men fru von Plessen var ju den enda som brydde sig. Vad fanns det för alternativ till henne? Annat än tystnaden, eller hovets retorik, som endast uttryckte att Drottningen var ett föremål. Hon var den som talade, rådde, bekymrade sig, lyssnade.

Fru von Plessen var ett problem, men hon var ändå den enda människan. Efter den tillfälliga konflikten återtog de också sin förtroliga samvaro.

En skenbart obetydlig händelse, en incident som inträffade tre veckor efter Konungens könsliga samvaro med Drottningen, kom att skapa en kris.

Det som hände var följande.

Christian hade en morgon kommit in till Drottningen under hennes påklädning. Drottningen var sysselsatt med att – med fru von Plessens assistans – applicera en sidenscarf runt halsen. Konungen hade då fört den åt sidan ”med sitt ansikte” och tryckt sina läppar mot hennes hals. Fru von Plessen hade vänt sig bort med en min som om detta var en yttring av yttersta otuktighet, och gett ett tecken till Drottningen som nu, också hon, visade en vred uppsyn och anmärkte att detta var opassande, och att sidenscarfen blivit skrynklig.

Christian hade blivit förnedrad. Situationen hade verkat barnslig och komisk, föga passande en monark. Han hade blivit tillrättavisad som barnslig. Han hade inte tänkt ut gesten, men kanske hade denna kärlekshandling verkat alltför väl uttänkt för att framstå som naturlig.

Han hade gjort sig löjlig, och blivit tillrättavisad, som ett barn. Han hade försökt kyssa hennes hals. Det hade sett pinsamt ut. Han hade blivit pinsam. Fru von Plessen hade triumferat. Det hade varit uppenbart att de två kvinnorna hade handlat i samförstånd.

Christian hade blivit rasande över det som han uppfattade som en skymf, tagit scarfen, eller snarare slitit den av Drottningen, rivit den i stycken, och förbittrad gått sin väg.

Det var den utlösande incidenten. Än en gång: de var arton, respektive femton år gamla.

Följande dag utfärdade Konungen en order som innebar

att Överhovmästarinnan fru von Plessen fallit i onåd, förvisades från hovet, och beordrades att omedelbart lämna Köpenhamn. Man såg till att hon ej gavs möjlighet att ta avsked av Drottningen.

Hon skulle komma att bosätta sig i Celle.

Drottningen fick beskedet om förvisningen dagen efter hennes brådstörtade avfärd.

Hon hade då gripits av stort raseri, rusat in till Konungen, och ursinnigt kastat skymford över sin gemål. Christian hade ånyo gripits av den nervositet som yttrade sig i ryckiga handrörelser och tics, och stammande förklarat för henne att han misstänkte att fru von Plessen var en ond och pervers människa som hyste en onaturlig kärlek till Drottningen. Denna hade då skrikande svarat att detta var lögn, att hon för övrigt inte brydde sig om vad som var natur, onatur eller perversion hos sin väninna, särskilt med tanke på situationen vid detta perversa hov, men att fru von Plessen var den enda hon kunde tala med. Den enda som lyssnat till henne, och den enda som talat till henne som vore hon en levande människa.

Det hade varit ett fruktansvärt uppträde. Drottningen hade rasande lämnat Christian, som hon in i det sista överöste med skymford. Under de följande veckorna hade hon endast bemött honom med förakt och motvilja.

Hon grät mycket den närmaste tiden. Hon ville inte äta, grät bara. Hon hade sagt att hon var särskilt förtvivlad över att ej ens få ta avsked av sin väninna.

Dock skulle de mötas ännu en gång, långt senare, i Celle.

2.

Till detta kommer händelsen med Stövlette-Caterine. Den tog sin början den 4 maj 1767 sent på aftonen.

Hennes namn var Anna Catharine Beuthaken, hennes styvfar var stövlettmakare, därav hennes öknamn, hon hade en tid varit skådespelerska men ”från denna verksamhet glidit ut på lastens väg”.

Hon var prostituerad.

Hon var över meddellängd, kraftigt byggd, med mycket kvinnliga former. Hon var, när Christian den sjunde gjorde hennes bekantskap, tjugofyra år, och ”den mest beryktade personen i Köpenhamn”.

På bilder ser man ett vackert ansikte med antytt negroida drag; hon lär ha haft en mor med kreolskt blod i sig. Hon var viljestark och hade gjort sig känd för att, om förolämpad, med överraskande styrka slå ner och misshandla också män som annars ingen kvinna hade mod nog att angripa.

Krisen mellan de kungliga makarna var nu det allmänna samtalsämnet vid hovet. Konungen tycktes på ett onaturligt sätt vilja uppsöka ensamheten; han försjönk alltmer i melankoli, satt ensam på en stol, stirrade mumlande i väggen. Han fick obegripliga raserianfall, utfärdade order som var nyckfulla, greps av misstänksamhet också mot sina närmaste.

Alltmer tycktes han upptagen av samtalen med sin hund. Inför denne mumlade han ständigt om ”skuld” och ”straff”. Ingen hade dock kunnat ana sig till det egendomliga straff han ålade sig för sin skuld.

Det fick bli den mest älskade, Reverdil.

När kylan mellan de båda unga makarna, efter fru von

Plessens fördrivning, hade blivit outhärdlig, hade Christian en dag vid en teaterföreställning kommit fram till sin forne schweiziske lärare Reverdil, omfamnat denne, med tårar i ögonen försäkrat att han älskade och högaktade honom, att Reverdil stod hans hjärta allra närmast, och överlämnat ett brev som han bett denne läsa senare samma kväll.

I brevet stod att Reverdil nu inte längre hade Konungens gunst, att han omedelbart skulle lämna hovet och Konungens tjänst, och ej fick bosätta sig i Danmark.

Det var obegripligt. Reverdil hade genast återvänt till Schweiz.

Dagen efter hade Christian uppsökt Caroline Mathilde på hennes rum, och berättat. Han hade satt sig på en stol intill dörren, hållit händerna mellan sina knän som för att inte visa sina ryckningar och spasmer, och meddelat att han fördrivit Reverdil. Sedan hade han tystnat, och väntat. Drottningen hade inte förstått. Hon hade bara frågat vad skälet var.

Varför hade han gjort detta mot Reverdil?

Han hade svarat att detta var straffet. Straffet för vad? hade hon frågat.

Han hade bara upprepat att detta var straffet, och att straffet var nödvändigt.

Hon hade stirrat på honom, och sagt att han var galen.

De hade suttit så ganska länge, i tystnad, på var sin stol i Drottningens gemak och stirrat på varandra. Efter en ganska lång stund hade sedan Christian rest sig, och gått.

Det hade varit fullständigt obegripligt. Ingenting hade förändrats i förhållandet mellan dem. Vad ordet "straffet" betydde förstod hon aldrig. Straffet förändrade dock intet.

3.

Hon hette Anna Catharine Beuthaken, kallades Stövlette-Caterine, och var prostituerad. Konungens obalans och melankoli var ett faktum. Enevold Brandt och en hovman vid namn Holck, känd för sitt intresse för teater och italienska skådespelerskor, hade då funnit att Stövlette-Caterine kunde vara en lösning på Konungens melankoli.

De beslöt att introducera henne helt överraskande, utan att på förhand ha omtalat hennes person för Konungen. Brandt hade så en kväll fört in Stövlette-Caterine till Konungens svit.

Hon var iklädd en mansdräkt, hennes hår var hennarött och långt, och det första Christian hade noterat var att hon var huvudet högre än de två hovmännen.

Han hade tyckt att hon var mycket vacker, men farit ut i skräckslagna mumlanden.

Han förstod genast vad som skulle ske.

Hans begrepp om ordet ”oskuld” var mycket oklara. Han tycks ha förväxlat det än med ”renhet”, än med ”osårbarhet”.

Han menade, att frånsett den erfarenhet han tillägnat sig vid betäckningen av Drottningen var han vid denna tid fortfarande oskuld. Vid hovet hade man talat mycket om detta, om ”pojkens” oerfarenhet; det hade spritt sig. Vid maskeraderna hade ofta damerna, de många älskarinnorna och de för tillfället inbjudna kokotterna talat med Konungen, och utan att tveka låtit honom förstå att de ställde sig till hans förfogande.

Det allmänna intrycket var att han varit vänlig, skygg, men också skräckslagen inför tanken att i praktiken fullfölja vad de hade föreslagit. Det talades mycket om att han genom sin last hade förminskat sin kraft, och många sörjde över detta.

Nu förde man in Stövlette-Caterine till honom. Nu var det allvar.

Brandt hade medfört vin i bägare, och försökte skämtande lätta upp stämningen som varit mycket spänd. Ingen visste hur Konungen skulle reagera inför de förslag som nu skulle framställas.

Caterine hade gått fram till sängen, lugnt granskat denna, och till Konungen vänligt sagt:

– Kom nu, Ers Majestät.

Hon hade sedan långsamt gått fram mot Christian, och börjat klä av sig. Hon hade börjat med sin jacka, och låtit den falla ner på golvet, sedan tagit av plagg för plagg, för att till sist stå helt naken framför Majestätet. Hon var helt igenom rödhårig, hade svällande skinkor, hennes bröst var stora, hon hade företagit avklädningen långsamt, och sakligt, och väntade nu framför Christian som endast hade stirrat på henne.

– Christian? hade hon sagt med vänlig röst, vill du inte?

Den oväntade intimiteten i hennes tilltal – hon hade kallat honom du – hade chockerat alla, men ingen sade något. Christian hade endast vänt sig om, först gått mot dörren, men kanske erinrat sig att vakter stod utanför, och då vänt om, sedan gått fram till fönstret, vars draperier var fördragna; hans vandring i rummet var helt planlös. Hans händer hade nu åter börjat göra de pickande, rastlösa rörelser som var så karaktäristiska för honom. Han trummade med fingrarna mot magen, men sade intet.

Det hade blivit en lång stund av tystnad. Christian hade envist stirrat mot fönstrets draperi.

Holck hade då sagt till Brandt:

– Visa honom.

Brandt, som gripits av osäkerhet, började med tillgjord röst föredra något som han förberett men som nu tycktes malplacerat, i Caterines närvaro.

– Ers Majestät, när Drottningen måhända på grund av sin ringa ålder tvekar inför det heliga sakrament som den konungsliga lemmen inbjuder till, finns flera historiska episoder att erinra sig. Redan den store Paracelsus skriver i sin...

– Vill han inte? hade Caterine sakligt frågat.

Brandt hade då gått fram till Caterine, omfamnat henne, och med ett nästan gällt skratt börjat smeka henne.

– Vad i helvete gör du här, hade hon frågat.

Hon hade hela tiden sett mot Christian vid fönstret. Christian hade vänt sig om, och betraktat Caterine med ett ansiktsuttryck ingen av dem kunnat tolka.

– Jag vill nu visa Majestätet på detta objekt hur Drottningen skall... om hon grips av skräck inför den konungsliga lemmen...

– Skräck? hade Christian mekaniskt upprepat som om han inte förstod.

– Vänd upp röven, hade Brandt sagt till Caterine. Jag skall visa honom.

Men Caterine hade då plötsligt, och helt oförklarligt, gripits av raseri, slitit sig loss, och nästan väsande sagt till Brandt:

– Ser du inte att han är rädd??? Låt honom vara i fred!

– Håll din käft, hade Brandt rutit.

Han hade, trots att han var ett huvud mindre än hon, försökt tvinga ner henne på sängen, och börjat avtaga sina kläder; men Caterine hade då i raseri vänt sig om, våldsamt lyft sitt knä och träffat Brandt så exakt och skickligt mellan hans ben att han vrålande sjunkit till golvet.

– Du ska inte visa någonting på något jävla objekt, hade Caterine hätskt tillsagt honom.

Brandt hade legat hoprullad på golvet, med hat i sin blick, och trevat efter stöd för att resa sig; och då hörde de alla hur Christian började skratta, högt, som vore han lycklig. Efter endast en kort stund av förvånad tvekan hade Caterine instämt i hans skratt.

De båda var de enda som skrattade.

– Ut!!! hade sedan Christian sagt till de båda favoriterna. Försvinn!!!

De hade då under tystnad lämnat rummet.

Stövlette-Caterine hade tvekat, men efter en stund börjat klä på sig. När hon fått sin överkropp ånyo betäckt, men fortfarande varit naken nedtill där hennes röda behåring var det mest synliga, hade hon blivit stående, tyst, och endast betraktat Christian. Och till sist hade hon sagt till Konungen, med en ton som plötsligt tycktes mycket skygg, och alls inte liknade den stämma som nyss talat till Brandt:

– För helvete, hade hon sagt. Du ska inte vara rädd för mig.

Christian hade då, med ett uttryck av häpnad i sin röst, sagt:

– Du... slog... honom till golvet.

– Jodå.

– Rensade... rensade... templet.

Hon hade frågande sett på honom, sedan gått fram till honom, stått mycket nära intill honom, och rört med handen vid hans kind.

– Templet? hade hon frågat.

Han hade inte svarat, inte förklarat. Han hade bara sett på henne, och han hade ännu darrat i sin kropp. Då hade hon, mycket lågt, sagt till honom:

– Du ska inte behöva ta den här skiten, Ers Majestät.

Han hade inte upprörts av att hon både sagt "du" och "Ers Majestät". Han hade bara stirrat på henne, men nu lugnare. Darrningarna i hans händer upphörde långsamt, och han tycktes inte längre fylld av skräck.

– Du ska inte vara rädd för mig, hade hon sagt. Du ska vara rädd för dom där svinen. Dom är svin. Bra att du sa till dom jävla svinen att försvinna. Starkt.

– Starkt?

Hon tog honom då i handen, och ledde honom försiktigt bort till sängen där de båda satte sig.

– Du är så fin, hade hon sagt. Som en liten blomma.

Han hade stirrat på henne, som i outsäglig häpnad.

– En... blomma???

Han hade börjat snyfta, försiktigt, som om han skämdes; men hon hade utan att bry sig om detta långsamt börjat klä av honom.

Han hade inte försökt hindra henne.

Hon avtog plagg efter plagg. Han hindrade henne ej. Hans gestalt tycktes så liten, bräcklig och tunn vid sidan av hennes kropp, men han hade låtit det ske.

De hade lagt sig på sängen. Hon hade länge länge hållit om hans kropp, smekt den alldeles stilla, och till slut hade han upphört att snyfta. Hon hade övertäckt dem båda med ett täcke av dun. Han hade fallit i sömn.

Framemot morgonsidan hade de älskat, mycket stilla, och när hon gick hade han sovit, som ett lyckligt barn.

4.

Han sökte Caterine två dagar senare, och fann henne.

Han iklädde sig en grå kappa, och trodde sig icke bli igenkänd; att två soldater på avstånd alltid följde honom, också nu, bortsåg han från.

Han fann henne i Christianshavn.

Han hade vaknat på eftermiddagen efter den första natten med Caterine, och länge legat stilla i sin bädd.

Han kunde inte igenkänna det som hänt. Det tycktes omöjligt att inlära. Denna replik var ny för honom.

Kanske var det inte en replik.

Han tyckte sig simma i ett varmt vatten, som vore han ett foster i ett fostervatten, och visste att känslan som dröjt kvar kom från henne. Betäckningen av Drottningen hade efterlämnat känslan att han var oren, eftersom skräcken varit så stor. Nu var han inte längre ”oskuld”, men till hans förvåning var det inte något som fyllde honom med stolthet, nej, det var inte stolthet. Han visste ju att oskuld, den kan alla förlora. Men vem kan återvinna sin oskuld? Han hade denna natt återvunnit sin oskuld. Nu var han ett foster. Han kunde därför födas på nytt, kanske till fågel, kanske till häst, kanske till människa, och då till en bonde som vandrade på en åker. Han kunde födas till skuldfrihet. Han kunde ur detta fostervatten återuppstå. Det var början.

Han hade hos Caterine återvunnit sin hos Drottningen förlorade oskuld.

De ögonblick han föreställde sig att hovet var världen, och att det inte fanns något utanför, de ögonblicken hade fyllt honom med ångest.

Då kom drömmarna om sergeanten Mörl.

Innan han fått hunden hade all regelbunden sömn varit omöjlig; men när hunden givits till honom hade det blivit bättre. Hunden sov då i hans säng, och inför hunden kunde han upprepa sina repliker.

Hunden sov, han upprepade replikerna tills skräcken försvann.

Det var värre utanför hovets värld. Han hade alltid varit rädd för Danmark. Danmark var det som fanns utanför replikerna. Utanför fanns inga repliker att upprepa, och det som var utanför hängde inte samman med det som var innanför.

Utanför var det så ofattbart smutsigt och oklart, alla tycktes arbeta, vara sysselsatta, inte iaktta ceremoniel; han kände en stark beundran för det som var utanför, och drömde om att fly dit. Herr Voltaire hade i sina brev och skrifter berättat om hur det borde vara i utanför. Utanför fanns också något som kunde kallas godhet.

I utanför fanns den största godhet, och den största ondska, som vid avrättningen av sergeanten Mörl. Men hur det än var, kunde man inte lära in det.

Det var bristen på ceremoniel som lockade och skrämde honom.

Caterine hade varit den uteslutande godheten. Den var uteslutande eftersom där inte fanns annat, och för att den inneslöt honom och utestängde allt annat.

Därför sökte han upp henne. Och därför fann han henne.

5.

Hon hade, när han kom, satt fram mjölk och bullar till honom. Det var oförklarligt.

Han hade druckit mjölken och ätit en bulle.

Det var som en nattvard, hade han tänkt.

Nej, hovet var inte hela världen, men han tyckte sig ha funnit paradiset; det låg i ett litet rum bakom bordellen på Studiestræde 12.

Där hade han funnit henne.

Det fanns inga tapeter, som vid hovet. Det fanns dock en säng; och under några ögonblick, som gjorde lite ont, hade det föresvävat honom vad som hänt i sängen, och vilka som använt den; det hade flimrat förbi som de teckningar Holck en gång visat honom och som han lånat och sedan använt när han utövade lasten; lasten när han själv berörde sin lem medan han betraktade bilden. Varför hade då Den Allsmäktige Guden gett honom denna last? Var det ett tecken på att han tillhörde De Sju? Och hur kunde en som var av Gud utkorad ha en last som var en värre synd än hovets bolande; bilderna hade flimrat förbi när han såg hennes säng, men han hade gjort sig osårbar och så var de borta.

Han utövade ju bara lasten när han blev orolig och tänkte på skulden. Av lasten blev han lugn. Han hade sett lasten som ett sätt av Den Allsmäktige Guden att ge honom lugn. Nu hade bilderna flimrat förbi och han hade stött bort dem.

Caterine var icke en del av dessa bilder som var last, och skuld.

Han hade sett hennes säng, bilderna hade kommit, då hade han gjort sig hård, bilderna hade försvunnit. Caterine hade gett honom tecknet. Mjölken och bullarna var ett tecken. När hon såg på honom var han tillbaka i det ljumma varma fostervattnet igen, och inga bilder. Hon hade inte frågat. De hade klätt av sig.

Inga repliker att glömma.

De hade älskat. Han hade klängt sig över henne som en smal vit blomstängel över hennes mörka kropp. Han mindes ju det obegripliga hon sagt till honom, att han var som en blomma. Bara Caterine kunde säga något sådant, utan att han började skratta. För henne var allt rent. Hon hade i honom, och i sig! i sig!!!, utdrivit orenhetens månglare.

Alltså var hon ett tempel.

Efteråt, när han svettig och tom hade legat över henne, hade han börjat viska och fråga. Var jag stark? hade han frågat, Caterine du måste säga om jag var stark, stark??? Idiot, hade hon först svarat, men på det sätt som gjort honom lycklig. Då hade han frågat igen. Ja käraste, hade hon sagt, tyst nu, du måste lära dig, du ska inte fråga, inte prata, brukar ni fråga så där på slottet, tyst, sov nu. Vet du vem jag är, hade han frågat, men hon hade bara skrattat. Jag är! jag är! en bondpojke som föddes för arton år sedan i Hirshals av fattiga föräldrar och jag är en annan, en annan än den du tror. Ja ja, hade hon viskat. Liknar jag inte en bondpojke, du som känner så många?

Det hade länge varit alldeles tyst.

– Ja, hade hon till sist sagt. Du liknar en liten bondpojke jag kände en gång.

– Innan...?

– Innan jag kom hit.

– Innan?

– Innan jag kom hit.

– Caterine, innan...

Svetten hade torkat, men han låg ännu kvar över henne, och så hörde han henne viska:

– Jag skulle aldrig ha lämnat honom. Aldrig. Aldrig.

Han hade börjat mumla, först obegripligt, men senare allt tydligare och mer rasande; inte mot henne, men inför detta att lämna, eller var det lämnas bort? Hur svårt det var att bli förväxlad. Han hade mumlat. Att han var förväxlad, att han inte kunde sova på nätterna. Och om lasten, och att han hade sett henne komma emot sig en natt i mörkret med sergeanten Mörl vid handen, och att denne krävde att det stora straffet skulle utkrävas av Christian.

Som var förlupen.

– Vet du, hade han frågat, just innan sömnen överväldigade honom, vet du om det finnes någon som härskar i universum och står över den straffande Guden? Vet du om en sådan välgörare finnes?

– Ja, hade hon sagt.

– Vem är det? hade han frågat, långt inne i sömnen.

– Det är jag, hade hon sagt.

– Som vill vara min välgörare? Och som har tid?

– Jag har tid, hade hon viskat. Jag har all tid i hela universum.

Och han hade förstått. Hon var Universums Härskarinna. Hon hade tid. Hon var tid.

Det var efter midnatt bultningarna på dörren hade hörts. Den kungliga bevakningen hade blivit orolig.

Han rullade av hennes kropp. Bultningarna fortsatte. Hon

steg upp, svepte en schal över sig.

Sedan hade hon sagt till honom:

– Du är eftersökt. Gör dig nu hård, Christian.

De klädde sig båda snabbt. Han stannade upp framför dörren, som om skräcken hunnit ifatt honom, och han överväldigats. Då strök hon honom över kinden. Sedan öppnade han försiktigt dörren.

De två livréklädda betjänterna betraktade med ohöljd nyfikenhet det omaka paret, hälsade vördnadsfullt på Monarken, men den ene av dem började plötsligt skratta.

Stövlette-Caterines ena hand dök då nästan omärkligt ned i en ficka, en mycket smal kniv syntes så i hennes hand, och med en snabbhet som för dem alla var oväntad strök hon, mjukt som vore den en fågelvinge, med kniven över kinden på den som funnit det värt att skratta.

Den livréklädde tumlade tillbaka, satte sig. Snittet var klarrött och blodet rann jämnt och friskt; han vrålade till av häpnad och ursinne, och tog sig mot värjfästet. Konung Christian den sjunde – för i detta ögonblick tänkte de alla fyra på honom just så, som den av Gud utkorade envåldshärskaren – hade dock börjat skratta.

Och värjan kunde därmed inte användas; inte när Konungen på detta sätt behagade skratta.

– Nu, Christian, sade Stövlette-Caterine lugnt, nu ska vi måla stan röd.

Efteråt berättades det mycket om vad som hänt. Konungens vilja var allas lag, och Caterine hade varit nattens drottning.

Hon följde honom hela vägen hem. Han hade ramlat, var lerig, och redlöst berusad. Ena handen var blodig.

Hon var ännu prydligt klädd. Vid porten upptäckte vakterna att det var Konungen som kom; hon kunde därför lämna honom i säkra händer och gå sin väg. Vart hon gick brydde de sig inte om, men Christian föreföll, när han fann att hon var borta, alldeles översiggiven.

Vakterna tyckte sig höra honom säga "älskade... älskade", men var efteråt inte säkra.

De bar upp honom.

6.

I nära sju månader varade deras förhållande. Han var säker på att det aldrig skulle ta slut.

Dock skulle det komma att ta slut.

Vändpunkten kom vid en föreställning på Hofteatret av Cerills komedi "Den underbara trädgården". Konungen hade allt oftare medfört Stövlette-Caterine på hovmaskeraderna, hon hade suttit i hans loge, de hade spelat "Farao", ett kortspel, fullt synliga för alla, och efteråt hade de promenerat omkring bland hovfolket. Hon avtog då sin mask. Konungen hade hållit sin arm runt Caterines midja, och de hade förtroligt skrattat och samtalat.

Hovet befann sig i chock.

Det var inte existensen av en kokott bland dem. Det var den gryende misstanken att denna kvinna, om accepterad som konungslig mätress, inte skulle nöja sig med inflytandet över Majestätet i sängen, utan hade större och farligare ambitioner.

Hon hade skrattat dem rakt upp i ansiktet.

Detta hat som så skrämde dem! Vad var det för hämnd hon

ruvade på, vad var det för oförrätter hon tyst och leende dolde, vad hade hon upplevt som motiverade detta hat! Det skrämde alla. Vad var det som lyste ur hennes ögon där hon gick bland dem, omslingrad av den lille konungslige pojken.

Vad var det hennes ögon utlovade?

Eftersom änkedrottning Juliane Marie – som var styvmor till Christian, men gärna önskat att hennes egen son Frederik skulle ärva tronen – sett vad dessa ögon utlovat, tillkallade hon Ove Høegh-Guldberg för överläggning i, som hon skrev i ett meddelande, en angelägenhet som krävde den yttersta skyndsamhet.

Hon hade stämt möte i Slotskirken. Valet av plats hade förvånat Guldberg. Men, som han skriver, ”kanske Majestätet önskat den yttersta sekretess, och att denna kunde uppnås endast under Guds vakande öga”. När Guldberg anlände fann han kyrkan tom, så när som på en ensam gestalt som satt på den allra första bänken.

Han gick fram. Det var Änkedrottningen. Hon bjöd honom att sitta.

Problemet visade sig vara Stövlette-Caterine.

Änkedrottningen hade snabbt, med en förvånande rå konkretion, och med ett språk han knappast väntat sig, särskilt inte i denna kyrka, lagt fram problemet.

– Mina informationer är helt säkra. Han är hos henne nästan varje afton. Det har blivit allmänt bekant i Köpenhamn. Konungen, och hela kungahuset, ja hovet, har blivit till ett åtlöje för alla.

Guldberg hade suttit helt stilla, betraktande krucifixet med den lidande Frälsaren.

– Också jag har hört, hade han svarat. Ers Nåd, tyvärr förefaller Era informatörer vara korrekt informerade.

– Jag ber er intervenera. Den unga gemålen får ingen del i den kungliga säden.

Han hade inte trott sina öron, men så hade hon sagt, och sedan fortsatt:

– Situationen är allvarlig. Han gjuter sin kungliga säd i Stövlette-Caterines smutsiga sköte. Inget ovanligt i detta. Men han måste också tvingas betäcka Drottningen. Man säger att så skett en gång, det är inte tillräckligt. Landets tronföljd är i fara. Landets tronföljd.

Han hade nu sett på henne, och sagt:

– Men Er egen son... kunde ju då efterträda...

Hon hade inte sagt ett ord.

De visste ju båda hur omöjligt detta var. Eller visste hon inte? Eller ville hon inte veta? Hennes ende son, Arvprinsen, Konungens halvbror, var till kroppen deformerad, hans huvud toppigt och snedvridet, och han ansågs av de välvilliga som lättledd, men av andra som ohjälpligt debil. Det engelska sändebudet hade i ett brev till Georg den tredje beskrivit hans utseende. ”Hans huvud var oformligt, han däglade obehärskat och utstötte medan han talade ofta små besynnerliga grymtningar och log beständigt med en fånes uttryck i sitt ansikte.” Det var grymt, men sant. De visste det ju båda. Guldberg hade varit hans informator i sex år.

Han kände också hennes stora kärlek till denne missbildade son.

Han hade sett denna kärlek ursäkta allt, men också ofta observerat hennes tårar; att denna missbildade stackare, ”monstret” som han ibland benämndes vid hovet, skulle kunna bli Danmarks konung, det trodde väl icke heller denna älskande moder?

Han kunde inte veta säkert.

Men det andra hon sagt! Allting hon i övrigt sagt var, i sak, så egendomligt att han ej förmådde svara. Upprördheten över den förspillda konungsliga säden föreföll egendomlig: änkedrottning Juliane Marie hade levt i ett äktenskap med en konung som tömt sin kungliga säd i nästan samtliga Köpenhamns horor. Hon var inte omedveten om detta. Hon hade tålt det. Denne konung hade också tvingats betäcka henne själv, och hon hade tvingat sig till det. Hon hade också tålt detta. Och hon hade fött en son som var debil, ett stackars dräglande barn som hon älskade.

Hon hade inte bara ”tålt” sonens missbildning. Hon hade älskat honom.

– Min son, svarade hon till sist med sin metalliska klara stämma, vore säkert en bättre monark än denne... förvirrade och liderlige... min son vore... min älskade son vore...

Plötsligt hade hon inte sagt mer. Hon hade förstummats. Båda satt länge tysta. Så hade hon bemannat sig, och sagt:

– Guldberg. Om ni blir mitt stöd. Och ett stöd för... min son. Skall jag rikligt belöna er. Rikligt. Jag ser i er skarpa intelligens ett värn för riket. Ni har, liksom min son, till det yttre en... obetydlig... gestalt. Men ert inre...

Hon hade inte fortsatt. Guldberg hade tigit.

– I sex år har ni varit Arvprinsens lärare, hade hon till sist viskat. Gud har gett honom ett oansenligt yttre. Många föraktar honom därför. Jag ber er dock – vore det möjligt för er att älska honom lika mycket som jag gör?

Frågan hade varit oväntad, och tycktes alltför känslosam.

Efter en stund, då han inte svarat, hade hon upprepat:

– Att ni i fortsättningen älskar min son lika högt som jag gör? Då skall icke endast den allsmäktige och nåderike Fadern belöna er. Utan också jag.

Och efter ett ögonblicks tystnad hade hon tillagt:

– Vi tre skall rädda detta arma rike.

Guldberg hade svarat:

– Ers Nåd. Så länge jag lever skall så ske.

Hon hade då tagit hans hand, och tryckt den. Han skriver att detta var ett stort ögonblick i hans liv, som för alltid skulle förändra det. ”Från detta ögonblick omfattade jag den olycklige Arvprinsen Frederik med en så odelad kärlek att inte bara han, utan också hans Fru Moder Änkedrottningen, kom att hysa en villkorslös tillit till mig.”

Hon hade sedan åter talat om Stövlette-Caterine. Och till sist hade Änkedrottningen nästan väsande, men med tillräckligt hög röst för att ekot länge skulle höras i Slotskirken, sagt:

– Hon måste bort. FASTHET!!!

På trettondagsaftonens kväll den 5 januari 1768 hämtades Caterine av fyra poliser i hennes bostad i Christianshavn. Det var sen kväll, och kallt regn.

De kom vid tiotiden på kvällen och slet ut henne, och släpade henne sedan till den täckta vagnen. Soldater såg till att de nyfikna drevs undan.

Hon hade först gråtit, sedan rasande spottat på poliserna; först när hon satt i vagnen hade hon blivit varse Guldberg, som själv övervakat arresteringen.

– Jag visste det! hade hon skrikit, din lilla onskefulla råtta, jag visste det!

Guldberg hade då gått fram och slängt in en påse guldmynt på vagnens golv.

– Du får se Hamburg, hade han sagt med låg röst. Och inte alla horor får så bra betalt.

Så slängdes dörren igen, hästarna satte sig i rörelse, och Stövlette-Caterine hade påbörjat sin utländska resa.

7.

De första dagarna hade Christian inte förstått att hon var borta. Sedan började han ana. Han blev då nervös.

Han hade till hovets förvåning, utan föregående inbjudan, uppsökt greve Bernstorff, och där utan att ge någon förklaring intagit sin middag. Han hade under middagen helt förvirrat talat om kannibaler. Man hade tolkat detta som ett utslag av hans nervositet. Konungen hade ju rykte om melankoli, nervositet, samt våldsamhet; och allt detta utan att förklaring gavs. De följande dagarna vandrade han på nätterna oavbrutet genom Köpenhamns gator, och man förstod att han letade efter Caterine.

Efter två veckor, när den allmänna oron för Majestätets välbefinnande blivit stor, hade Konungen i ett brev underrättats om att Caterine företagit en utländsk resa utan att meddela destination, men bett om sin hälsning.

I tre dagar hade sedan Konungen hållit sig i avskildhet på sina rum. Sedan hade han en morgon försvunnit.

Hunden var också borta.

Man satte omedelbart igång eftersökningar. Redan efter några timmar kom meddelandet att Konungen återfunnits; han hade iakttagits vandrande på stranden vid Køge bugt, och soldater bevakade honom på avstånd. Änkedrottningen hade då sänt Guldberg att förklara brevets innebörd och besvärja Konungen att återvända till slottet.

Han satt på stranden.

Det var en patetisk syn. Han hade hunden intill sig, och hunden morrade mot Guldberg.

Guldberg hade talat till Konungen som en vän.

Han hade sagt till Christian att denne måste återta sitt konungsliga lugn, för landets skull. Att det inte fanns skäl till förtvivlan och nedstämdhet. Att hovet och Änkedrottningen, ja alla!, tyckt att Konungens välvilja mot Caterine blivit en orosfaktor. Att denna välvilja måhända skulle få Konungens, utan tvekan, ömma känslor för den unga drottningen att förblekna, och därmed hota tronens framtid. Ja, kanske också fröken Beuthaken tänkte på samma sätt! Kanske var detta förklaringen. Kanske var det så, att hennes oväntade resa grundade sig på en önskan att tjäna landet, det danska riket, att hon trott sig stå i vägen för hela rikets önskan att en arvinge skulle säkra tronföljden. Han sade sig nästan vara säker därpå.

– Var är hon, hade Christian sagt.

Kanske hon återvänder, hade Guldberg sagt, om landets tronföljd säkras? Ja, han hade sagt sig vara nästan säker på att hennes i oegennytta grundade omsorg om Danmark, hennes överraskande flykt, att denna oro då skulle kalmeras. Och att hon då skulle återvända, och då kunna återknyta den djupa vänskap med Konungen som...

– Var är hon, hade Konungen skrikit, vet ni om att man skrattar åt er? en så liten obetydlig... en så... vet ni att man kallar er Guldödlan?

Han hade sedan tystnat, som bleve han skräckslagen, och frågat Guldberg:

– Måste jag nu straffas?

I detta ögonblick, skriver Guldberg, hade han gripits av en stor sorg, och ett stort medlidande.

Han hade suttit intill Christian. Och det var ju sant det Konungen sagt: att han själv till det yttre, liksom Konungen! liksom Konungen!!!, var obetydlig, ringaktad, att Konungen skenbart var den förste men i verkligheten en av de yttersta. Om han inte böjt sig för kunglighetens krav på vördnad, inte följt ceremonielets regler, hade han velat berätta för denne unge pojke att han, också han, var en av de yttersta. Att han hatade orenheten, att det orena måste skäras bort, som man bortskär lemmar som är människan till förförelse, ja, att det skulle komma en skärandets tid när detta liderliga hov med alla dess parasiter skulle bortskäras från Guds stora verk, då slösarna, gudsförnekarna, drinkarna och horbockarna vid Christian den sjundes hov skulle få sitt rättmätiga straff. Statens säkerhet skulle garanteras, konungamakten förstärkas, reningens eld skulle gå genom detta stinkande rike. Och att de sista skulle komma att bliva de första.

Och att han då, tillsammans med den av Gud utkorade, skulle fröjda sig över det stora reningsverk de två utfört.

Men han hade endast sagt:

– Ja, Ers Majestät, jag är en liten och helt igenom oansenlig människa. Men dock en människa.

Konungen hade då sett på honom, med ett uttryck av förvåning i sitt ansikte. Sedan hade han på nytt frågat:

– Var är hon?

– Kanske Altona... Hamburg... Paris... London... Hon är en stor och rik personlighet, söndersliten av oro inför Ers Majestäts öde... och inför plikterna mot Danmark... men hon återvänder kanske om hon nås av tidender att landets tronföljd är säkrad. Är räddad.

– Europa? hade Konungen viskat i förtvivlan. Europa?

– Paris... London...

Konungen hade frågat:

– Måste jag söka henne i... Europa?

Hunden hade gnytt. Vattendimman hade legat över Öresunds vatten, man såg inte den svenska kusten. Guldberg hade vinkat till sig de väntande soldaterna. Danmarks konung var räddad ur den yttersta nöd och villfarelse.

8.

Inga förändringar i Konungens sinnelag. Men vid en överraskande extrainkallad konselj tillkännagav Konungen sin önskan att genomföra en stor europeisk resa.

Han hade lagt fram en Europakarta på bordet i konseljsalen. I rummet hade befunnit sig tre etatsråd, samt Guldberg och en viss greve Rantzau; konungen hade, osedvanligt beslutsam och koncentrerad, beskrivit färdvägar. Det var, nästan helt uppenbart, en stor bildningsresa han beskrev. Den ende som tycktes märkligt tankfull var Guldberg, men han sade intet. De övriga enades om att Europas furstar med säkerhet skulle välkomna den unge danske monarken som en jämlike.

Konungen hade, när bifall vunnits, dragit fingret över kartan och mumlat:

– Altona... Hamburg... Paris... Europa...

Efter att Konungen lämnat rummet hade Guldberg och greve Rantzau dröjt sig kvar. Rantzau hade frågat varför Guldberg tycktes så egendomligt tankfull.

– Vi kan inte utan säkerhetsåtgärder tillåta att Konungen reser, hade Guldberg svarat efter en stunds tvekan. Det är alltför stora risker. Hans nervositet... hans plötsliga vredesutbrott... det skulle väcka uppmärksamhet av oönskad karaktär.

– En livläkare borde införskaffas, hade greve Rantzau då sagt. Som kan övervaka. Och lugna.

– Men vem?

– Jag känner en mycket skicklig läkare, hade Rantzau sagt. Bildad, praktik i Altona. Specialist på koppning. Han är tysk, hans föräldrar är fromma pietister, hans far teolog. Han heter Struensee. Mycket skicklig. Mycket skicklig.

– En vän? hade Guldberg frågat med uttryckslöst ansikte. En av era protegéer?

– Just det.

– Och han har tagit intryck av era... upplysningsidéer?

– Helt opolitisk, hade Rantzau sagt. Helt opolitisk. Specialist på koppning och lemmarnas sundhet. Har skrivit sin disputats om det senare.

– Inte jude, som Reverdil?

– Nej.

– En vacker pojke... förmodar jag?

Rantzau blev då plötsligt på sin vakt; eftersom han var osäker om frågans innebörd svarade han endast undvikande, men med en kyla som markerade att han ej tålde insinuationen:

– Specialist på koppning.

– Kan ni gå i god för honom?

– Hedersord!!!

– Hedersord brukar inte väga så tungt för upplysningsmän.

Det hade uppstått en iskall tystnad. Så hade till sist Guldberg brutit denna, och med ett av sina sällsynta leenden sagt:

– Ett skämt. Naturligtvis. Var det... Struensee?

Det var så allting började.

Del 2

LIVLÄKAREN

Kapitel 5

DEN TYSTE FRÅN ALTONA

1.

Hans vänner kallade honom ”Den tyste”. Han var inte den som pratade, inte i onödan. Men han lyssnade uppmärksamt.

Man kan lägga vikt vid att han var tyst. Eller vid att han kunde lyssna.

Han hette Johann Friedrich Struensee.

I Holsten, några mil utanför Hamburg och den mindre stad som låg intill, Altona, fanns ett gods som hette Ascheberg. Godset hade trädgårdsanläggningar som var berömda i stora delar av Europa och ägdes av släkten Rantzau.

Trädgårdsanläggningarna blev färdigställda på 1730-talet, och omfattade kanaler, alléer och kvadratiska buskplanteringar enligt ett rätlinjigt system karaktäristiskt för tidig barock.

”Aschebergs Have” var ett storartat stycke landskapsarkitektur.

Men det var utnyttjandet av de egendomliga naturliga terrängformationerna som gett parken dess rykte. Naturen införlivades med onaturen. Barockanläggningen, med dess djupa centralperspektiv av alléer och kanaler, bredde ut sig längs sjöstranden. Men bakom den låg en höjdsträckning som kallades ”Berget”; det var en mjukt veckad höjd, med egendomliga dalar insprängda, som flikar i bergssidan; bakom den ganska anspråkslösa huvudbyggnaden reste sig denna terräng brant, och med en naturlig vildhet som var ovanlig i det mjuka danska landskapet.

”Berget” var skogklätt, det var ett naturligt berg, tuktat och i naturtillstånd på samma gång.

Mjuka ravinliknande dalar. Terrasser. Skog. Den fulländade naturen, på en gång kontrollerad och skapad av människan, och uttryck för frihet och vildhet. Från Bergets topp såg man långt. Man såg också vad människan kunnat åstadkomma: en naturlig avbildning av den vilda naturen.

Berget hade en utlöpare i trädgården. Det vilda i det tuktade. Det var en civilisatorisk dröm om behärskande, och frihet.

I ett av Bergets ”veck”, en dalsänka, hade man funnit två mycket gamla hyddor. Det hade kanske varit boplatser för bönder eller – som man hellre ville föreställa sig – herdar.

En av dessa hyddor blev restaurerad, och av en alldeles särskild anledning.

1762 hade Rousseau påbörjat sin landsflykt efter att Parisparlamentet låtit beordra bödeln att bränna hans ”Émile”.

Han sökte sin tillflykt på olika platser runt om i Europa, och ägaren till Ascheberg, en greve Rantzau, som då var mycket gammal men i hela sitt liv svärmat för radikala idéer, inbjöd den jagade mannen att slå sig ner på Ascheberg. Han skulle få denna hydda på Berget, han kunde bo där; man föreställde sig antagligen att den store filosofen, under dessa primitiva förhållanden, nära naturen, som han ju prisade och önskade återvända till, kunde fortsätta sitt stora författarskap, och att hans livsbehov och tänkande på detta sätt skulle på ett lyckligt sätt sammanfalla.

För detta ändamål anlades också en "kåltäppa" intill hyddan.

Här skulle han odla sin kål, kultivera sin trädgård. Om planteringen av kåltäppan refererade till det kända uttrycket om den "som i lugn och ro odlar sin kål och låter politiken fara" är inte känt. Men kåltäppan var, under alla omständigheter, förberedd. Och greven kände säkert sin "Nouvelle Héloïse" och den passus som lyder: "Naturen flyr besökta platser; det är på bergstopparna, i de djupaste skogarna, på de öde öarna som den visar sin egentliga förtrollning. De som älskar naturen, och inte kan uppsöka den långt borta, tvingas då våldföra sig på den, tvinga den till sig; och allt detta låter sig icke göras utan ett mått av illusion."

Aschebergs Have var illusionen om naturtillståndet.

Dock kom Rousseau aldrig till Ascheberg, men hans namn blev mytiskt knutet till Aschebergs Have, gav den europeiskt rykte bland natur- och frihetssvärmare. Aschebergs Have fick sin plats bland berömda "sentimentala platser" i Europa. Det "bondehus" som var tilltänkt Rousseau blev en tillflyktsort; hyddan i dalsänkan och den med tiden alltmer vanvårdade kåltäppan var värda ett besök. Något hus för en herde var det ju knappast frågan om, snarare en kultplats för intellektuella på väg från natursvärmeri och in i upplysningen. Väggar, dörrar och fönsterbräden var bemålade med sirliga franska och tyska poesicitat, verser av samtida poeter, men också av Juvenalis.

Också Christians far, Frederik den femte, företog vandringen upp till Rousseaus hydda. Berget kallades efter detta ”Königsberg”.

Hyddan blev vid denna tid något av en helig plats för danska och tyska upplysningsmän. De samlades på godset Ascheberg, de vandrade upp till Rousseaus hydda, de samtalade här om tidens stora idéer. De hette Ahlefeld och Berckentin, de hette Schack Carl Rantzau, von Falkenskjold, Claude Louis de Saint-Germain, Ulrich Adolph Holstein och Enevold Brandt. De betraktade sig som upplysningsmän.

En av dem hette också Struensee.

Här, i denna hydda, skulle han, långt senare, för drottningen av Danmark, Caroline Mathilde, uppläsa ett stycke ur Holbergs ”Moraliska tankar”.

Han hade mött henne i Altona. Det vet man.

Struensee hade sett Caroline Mathilde den gång hon anlände till Altona, på väg till sin förmälning, och noterat att hon var förgråten.

Hon såg dock inte Struensee. Han var en i mängden. De stod i ett rum. Hon hade inte sett honom. Nästan ingen tycks ha sett honom vid denna tid, få har beskrivit honom. Han var vänlig och tystlåten. Han var över medellängd, blond, med välformad mun och friska tänder. Samtiden hade noterat att han, som en av de första, använde tandkräm.

I övrigt nästan ingenting. Reverdil, som redan sommaren 1767 mötte honom i Holsten, noterar endast att den unge tyske läkaren Struensee uppträdde taktfullt, och utan att tränga sig på.

Än en gång: ung, tystlåten, lyssnande.

2.

Tre veckor efter det att konung Christian den sjunde fattat beslut om sin europeiska resa besökte greve Rantzau på den danska regeringens uppdrag den tyske läkaren Johann Friedrich Struensee i Altona, för att erbjuda honom att bli den danske konungens livläkare.

De kände ju varandra väl. De hade tillbragt många veckor på Ascheberg. De hade vandrat upp till Rousseaus hydda. De tillhörde Kretsen.

Rantzau dock mycket äldre. Struensee ännu ung.

Struensee bodde nu i en liten lägenhet i hörnet av Papagoyenstrasse och Reichstrasse, men var den dag erbjudandet kom som vanligt ute på sjukbesök. Efter viss möda hade Rantzau funnit honom i ett ruckel i Altonas slumkvarter där han verkställt koppningar på barn i distriktet.

Rantzau hade utan omsvep framfört sitt ärende, och Struensee hade genast och utan tvekan avböjt.

Han ansåg uppdraget ointressant.

Han hade just för tillfället avslutat koppning hos en änka med tre barn. Han tycktes vid gott lynne, men var inte intresserad. Nej, hade han sagt, detta intresserar mig icke. Han hade sedan samlat ihop sina instrument, leende klappat de små barnen på huvudet, mottagit hustruns tacksägelser och accepterat hennes erbjudande att tillsammans med den höge gästen förtära ett glas vitt vin i köket.

Köket hade jordgolv, och barnen fördes ut.

Greve Rantzau hade tålmodigt väntat.

– Du är sentimental, min vän, hade han sagt. Den Helige Franciscus bland Altonas fattiga. Men tänk på att du är en upplysningsman. Du måste se långt. Nu ser du bara människorna framför dig, men lyft blicken. Se bortom dem. Du är en av de briljantaste hjärnor jag mött, du har en stor livsuppgift framför dig. Du kan inte tacka nej till detta erbjudande. Sjukdom finns det överallt. Hela Köpenhamn är sjukt.

Struensee hade till detta intet svarat, bara smålett.

– Du borde ge dig själv större uppgifter. En livläkare till en konung kan få inflytande. Du kan förverkliga dina teorier... i verkligheten. I verkligheten.

Inget svar.

– Varför har jag annars lärt dig så mycket? hade Rantzau fortsatt, nu i irriterad ton. Dessa samtal! Dessa studier! Varför bara teorier? Varför inte verkligen göra något? Något... verkligt?

Struensee hade då reagerat, och efter en stunds tystnad mycket lågt men distinkt börjat tala om sitt liv.

Uppenbarligen hade han känt sig pikerad av uttrycket "något verkligt".

Han hade varit vänlig, men med en lätt ironisk underton. Min vän och vördade lärare, hade han sagt, jag har dock den uppfattningen att jag – "gör" – något. Jag har min praktik. Men dessutom – dessutom! – "gör" jag vissa andra saker. Något verkligt. Jag för statistik över alla medicinska problem i Altona. Jag visiterar de tre apotek som finns i denna stad på 18 000 människor. Jag hjälper sårade och dem som råkat ut för olycksfall. Jag granskar behandlingen av de sinnessjuka. Jag närvarar och assisterar vid vivisektionerna i Theatro Anatomico. Jag kryper in i slumbostäder, avskyvärda hålor där människor ligger i stinkande lukt, och uppsöker dem som är maktlösa. Jag lyssnar till dessa de maktlösas och sjukas anspråk. Jag drar omsorg om sjuka på kvinnofängelset, lasarettet, tukthuset, behandlar sjuka arrestanter i vakten och i bödelns hus. Också de dödsdömda är sjuka, jag hjälper de dödsdömda att överleva drägligt tills bödelns yxa drabbar dem, som en befrielse. Jag behandlar dagligen åtta till tio fattiga som inte kan betala men som fattigkassan sörjer för. Jag behandlar fattiga resenärer som fattigkassan inte betalar för. Jag behandlar lantarbetare som passerar Altona. Jag behandlar patienter med smittsamma sjukdomar. Jag håller föreläsningar i anatomi. Jag tror, hade han avslutat sitt genmäle med, att man kan säga att jag känner till vissa inte helt upplysta delar av verkligheten i denna stad. Icke helt upplysta! Detta apropå upplysningen.

– Är du klar nu? hade Rantzau frågat med ett leende.

– Ja, jag är klar.

– Jag är imponerad, hade Rantzau då sagt.

Detta var det längsta tal han hört ”Den tyste” någonsin hålla. Han hade dock fortsatt med sin övertalning. Se längre, hade han sagt. Du som är läkare skulle också kunna göra Danmark friskt. Danmark är ett dårhus. Hovet är ett dårhus. Kungen är begåvad men kanske... galen. En klok upplyst man vid hans sida kunde göra rent i skithuset Danmark.

Ett litet leende hade synts på Struensees läppar, men han hade endast tyst skakat på huvudet.

– Du kan i dag, hade Rantzau sagt, göra gott i det lilla. Det gör du. Jag är imponerad. Men du kan också förändra den större världen. Inte bara drömma om att göra det. Du kan få makt. Du kan inte säga nej.

De satt länge tysta.

– Min tyste vän, hade Rantzau till sist vänligt sagt. Min tyste vän. Vad skall det bli av dig. Som har så många ädla drömmar, och hyser denna skräck för att förverkliga dem. Men du är ju en intellektuell, som jag, och jag förstår dig. Vi vill inte smutsa ner våra idéer med verklighet.

Struensee hade då sett upp på greve Rantzau med ett uttryck av vaksamhet, eller som efter ett piskrapp.

– De intellektuella, hade han mumlat. De intellektuella, ja. Men jag betraktar mig inte som en intellektuell. Jag är bara läkare.

Senare samma kväll hade Struensee tackat ja.

En kort passus i Struensees fängelsebekännelser kastar ett egendomligt ljus över denna händelse.

Han säger sig "av en tillfällighet" ha blivit livläkare, egentligen inte önskat det. Han hade helt andra planer. Han stod i begrepp att lämna Altona, och resa bort, "till Malaga eller Ostindien".

Inga förklaringar. Bara önskan om flykt, till något.

3.

Nej, han betraktade sig ej som en intellektuell. Det fanns andra i Altonakretsen som bättre förtjänade beteckningen.

En var hans vän och lärare greve Rantzau. Han var en intellektuell.

Han ägde Aschebergs gods, som han nu ärvt efter sin far. Godset låg elva mil från Altona, en stad som vid denna tid var dansk. Godsets ekonomiska bas var livegenskap, eller bondeslaveri, "stavnsbåndet"; men liksom på många gods i Holsten var brutaliteten mindre, principerna humanare.

Greve Rantzau betraktade sig som en intellektuell, och upplysningsman.

Grunden till detta var följande.

Vid trettiofem års ålder, gift och far till ett barn, hade han utnämnts till regementschef i den danska hären, eftersom han tidigare fått militär erfarenhet i den franska hären under marskalk Loevendahl. Erfarenheten var påstådd, och svår att belägga. Den danska hären var i jämförelse med dessa erfarenheter dock en ännu lugnare fristad. Man behövde där som regementschef ej frukta krig. Han tyckte om lugnet i ett sådant arbete. Han hade trots detta blivit förälskad i en italiensk sångerska, vilket hade ödelagt hans rykte, eftersom han inte endast gjort henne till älskarinna, utan också medföljt hennes resande operettsällskap runt de södra delarna av Europa. Sällskapet hade turnerat från stad till stad, utan att han tagit sitt förnuft till fånga och bemannat sig. För att bevara sitt inkognito hade han beständigt bytt skepnad; än varit ”ståtligt utstyrd”, än förklädd till präst; detta allt nödvändigt eftersom han överallt ådrog sig skulder.

I två städer på Sicilien åtalades han för bedrägeri, dock förgäves, eftersom han då redan befann sig på fastlandet, i Neapel. I Genua utställde han en växel lydande på ”min fader, ståthållare i Norge”, men kunde ej domstolsprövas eftersom han då befann sig i Pisa, där han åtalades, på väg till Arles. Senare hade han ej för polisen varit möjlig att återfinna.

Den italienska sångerskan hade han, efter en svartsjukekonflikt, lämnat i Arles, varefter han kort återvänt till sitt gods för att förstärka sin kassa, vilket också hade möjliggjorts tack vare ett extra kungligt apanage. Efter besöket på Ascheberg, där han återknutit bekantskapen med sin hustru och dotter, hade han rest till Ryssland. Där hade han uppsökt den ryska kejsarinnan Elisabet, som då låg för döden. Hans analys hade varit att hennes efterträdare skulle behöva honom som expert på danska och europeiska frågor. Skälet till den ryska resan var dessutom att ett rykte sagt att krig snart skulle utbryta mellan Ryssland och Danmark, under kejsarinnans efterträdare, och att han då kunde erbjuda denna efterträdare vissa tjänster eftersom hans kunskaper om den danska och franska hären var stora.

Trots detta för Ryssland så gunstiga förslag hade många sett med ovilja på den danske ädlingen. Hans många kvinnliga förbindelser, och det faktum att krig ej utbröt, låg honom i fatet, och många hyste misstro mot ”den danske spionen”. Efter en konflikt vid det ryska hovet, som grundade sig i en tvist om en högt uppsatt dams gunst, tvingades han fly, och kom till Danzig, där hans reskassa tog slut.

Han mötte där en fabrikant.

Denne önskade slå sig ner i Danmark för att där investera, och ställa sig under en regerings beskydd som med välvilja betraktade utländska industriinvesteringar. Greve Rantzau försäkrade denne fabrikant att han, genom sina kontakter vid hovet, skulle framskaffa den önskade protektionen. Efter att till viss del ha förbrukat fabrikantens kapital, dock utan att uppnå den danska regeringens protektion, lyckades det greve Rantzau att återvända till Danmark, det rike som han nu ej längre ville förråda till den ryska kejsarinnan. Av hovet tilldelades han då, på grund av sitt namn och sitt anseende, ett årligt apanage. Han förklarade att han endast rest till Ryssland som dansk spion, och att han nu besatt hemligheter som skulle komma Danmark till godo.

Sin hustru och sin dotter hade han under hela denna tid förvarat på sitt gods i Ascheberg. Det var nu han samlade en grupp intellektuella upplysningsmän kring sig.

En av dem var en ung läkare vid namn Struensee.

Denna levnadsbana, och dessa omfattande internationella kontakter, samt det inflytande han ännu hade vid det danska hovet, var skälet till att greve Rantzau betraktade sig själv som intellektuell.

Han skall, i det kommande, spela en central roll i händelserna kring den danska revolutionen, en roll som i sin mångsidighet endast kan förstås i ljuset av ovanstående levnadsbeskrivning.

Den roll han spelar är den av en intellektuell.

Den första insats han gjorde för Danmark var att rekommendera den tyske läkaren J. F. Struensee till livmedikus för konung Christian den sjunde.

4.

Vilken märklig stad var inte Altona.

Staden låg vid Elbes mynning, den var ett handelscentrum med 18 000 invånare och hade vid mitten av 1600-talet fått stadsprivilegier. Altona blev utbyggt till Nordens första frihamn, men hade också blivit en frihamn för olika trosriktningar.

Frisinnet var nyttigt för handeln.

Det var som om det intellektuella klimatet drog till sig idéerna och pengarna, och Altona blev Danmarks port mot Europa, den näst viktigaste staden efter Köpenhamn. Den låg tätt intill den stora tyska fristaden Hamburg, och den hade hos reaktionen rykte om att vara ett ormbo för radikalt tänkande.

Det var den allmänna meningen. Ett ormbo. Men eftersom radikalismen hade visat sig ekonomiskt lönsam fick Altona behålla sin intellektuella frihet.

Struensee var läkare. Han var född 1737, vid femton års ålder inskrevs han som medicine studerande vid universitetet i Halle. Hans far var teologen Adam Struensee, som tidigt fångats av pietismen och senare blev professor i teologi vid universitetet i Halle. Han var from, lärd, rättskaffens, tungsint och benägen för melankoli, medan modern beskrivs som ljusare till sinnet. Pietismen var av Franckes karaktär, med betoning av samhällsnyttans betydelse, påverkad av den förnuftsdyrkan som vid denna tid präglade universitetet i Halle. Hemmet var auktoritärt, dygd och sedlighet var ledstjärnor.

Den unge Struensee kom dock att revoltera. Han blev frisinnad, och ateist. Han menade att om människan fick utveckla sig fritt skulle hon med förnuftets hjälp välja det goda. Han skriver senare att han tidigt kom att omfatta föreställningen om människan "som en maskin", ett uttryck som var karaktäristiskt för tidens dröm om rationalitet. Han använder verkligen detta uttryck: och att det endast var människans organism som skapade ande, känslor, gott och ont.

Med detta tycks han ha menat att skarpsinnighet och andlighet inte givits människan av något högre väsen, utan formades av våra livserfarenheter. Det var plikterna mot nästan som var alltings mening, som skapade den inre tillfredsställelsen, gav livet dess mening, och borde bestämma människans handlingar.

Därav det missvisande uttrycket ”maskin”, som säkert måste ses som en poetisk bild.

Han disputerade på avhandlingen ”Om riskerna vid felaktiga rörelser av lemmarna”.

Analysen är formalistisk, men mönstergill. Den handskrivna avhandlingen har dock ett egendomligt inslag; i marginalen har Struensee, med ett annat bläck, tecknat människors ansikten. Han ger här en tvetydig och oklar bild av sitt inre. Han låter den större intellektuella klarheten i avhandlingen skymmas av människors ansikten.

Tanken i avhandlingen är för övrigt att den förebyggande sjukvården är viktig, att fysisk träning är nödvändig, men att när sjukdom eller skada inträtt stor försiktighet är av nöden.

Han är en god tecknare, av denna avhandling att döma. De mänskliga ansiktena är intressanta.

Texten är av mindre intresse.

Tjugoårig flyttar Struensee till Altona, och öppnar där en läkarpraktik. Han vill alltid, också senare, bli betraktad som läkare.

Inte tecknare, inte politiker, inte intellektuell. Läkare.

Hans andra sida är dock publicistens.

Om upplysningen har ett rationellt och hårt ansikte, som är förnuftstron och empirin inom medicinen, matematiken, fysiken och astronomin, har den också ett mjukt, som är upplysningen som tankefrihet, tolerans och frihet.

Man kan säga: i Altona rör han sig från upplysningens hårda sida, den om vetenskapernas utveckling mot rationalism och empiri, till den mjuka, om frihetens nödvändighet.

Den första tidskrift han startar (Monatsschrift zum Nutzen und Vergnügen) innehåller i första numret en lång analys av riskerna med befolkningens flykt från land till stad. Det är en socialmedicinsk analys.

Han placerar här också läkaren i rollen som politiker.

Urbaniseringen, skriver han, är ett medicinskt hot med politiska orsaker. Skatterna, risken för krigstjänst, den eländiga sjukvården, alkoholismen, allt skapar ett stadsproletariat som en bättre utbyggd sjukvård bland bönderna skulle förhindra. Han ger en kylig men i sak fruktansvärd sociologisk bild av tillståndet i ett Danmark i förfall; sjunkande befolkningstal, oavbrutna koppepidemier. Han noterar att ”antalet tiggare inom bondeståndet nu är över 60 000".

Övriga artiklar har rubriker som ”Om själavandringen”, ”Om myggorna”, och ”Om solsting”.

En grovt satirisk text med rubriken ”Lovtal över hundar och hundskitens himmelska verkan” blir dock hans fall. Texten uppfattas, med rätta, som ett personangrepp på en känd läkare i Altona som gjort stora inkomster på ett tvivelaktigt medel mot förstoppning, extraherat ur hundskit.

Tidskriften dras in.

Nästa år startar han dock en ny tidskrift. Han bemödar sig om avhållsamhet från ärekränkningar, och om formuleringar som ej andas kritik mot stat eller religion, men misslyckas i en artikel om mul- och klövsjuka, som med rätta sägs andas religionskritik.

Också denna tidskrift dras då in.

I sin allra sista skrift, författad i fängelset och avslutad dagen före avrättningen, berör Struensee denna så att säga journalistiska period av sitt liv. ”Mina moraliska idéer under denna tid utvecklades under studiet av Voltaires, Rousseaus, Helvétius och Boulangers skrifter. Jag blev då fritänkare och menade att visserligen en högre princip skapat värld och människa, men att det ej funnes ett liv efter detta, och att handlingar endast ägde moralisk kraft om de på ett riktigt sätt påverkade samhället. Jag fann, att tron på bestraffning i ett liv efter detta var orimlig. Människan straffas tillräckligt i detta livet. Dygdig var den som utförde det nyttiga. Kristendomens begrepp var alltför stränga – och de sanningar den uttryckte funnos lika väl uttryckta i filosofernas skrifter. Vällustens förseelser ansåg jag som högst ursäktliga svagheter, bara de ej hade skadliga följder för en själv eller andra.”

Hans motståndare, i en alltför kort sammanfattning av hans tänkande, beskriver detta som att ”Struensee ansåg att människan endast var en maskin”.

Viktigast för honom blev dock Ludvig Holbergs ”Moraliska tankar”. Den återfanns, på tyska, efter hans död i ett tummat och förstreckat exemplar.

Ett av kapitlen i denna bok skulle förändra hans liv.

5.

Den 6 maj 1768 påbörjades konung Christian den sjundes stora europeiska resa.

Följet omfattade i allt femtiofem personer och skulle vara en bildningsresa, en sentimental resa i Laurence Sternes efterföljd (Christian påstods senare ha tagit starka intryck av ”Tristram Shandy”, den sjunde boken), men också, genom den prakt det konungsliga följet uppvisade, tjäna till att ge utlandet ett bestående intryck av Danmarks rikedom och makt.

Från början var följet planerat att omfatta fler deltagare, men kom att minskas successivt; en av dem som sändes bort var en kurir vid namn Andreas Hjort. Han blev tillbakasänd till huvudstaden, varifrån han förvisades till Bornholm, eftersom han "i lösmynthet och dryckenskap" en kväll för lyssnande öron hade avslöjat att Konungen gett honom i uppdrag att under resan eftersöka Stövlette-Caterine.

I Altona hade Struensee tillstött.

Mötet hade varit mycket egendomligt.

Konungen logerade i borgmästarens residens; när han på kvällen efterfrågat en kurir vid namn Andreas Hjort hade man meddelat honom att denne blivit återkallad. Någon förklaring hade inte givits. Kurirens agerande var helt oförklarligt, hade man sagt, men kunde ha orsakats av ett sjukdomsfall i familjen.

Christian hade då fått ett återfall i sina egendomliga spasmer, och hade sedan med raseri börjat demolera rummet, kastat stolar, krossat fönster, och på de mycket vackra sidentapeterna med ett kolstycke från elden i den öppna spisen skrivit Guldbergs namn, men med avsiktliga felstavningar. Under kalabaliken hade Konungens hand skadats, han blödde, och Struensee fick nu, som sin första uppgift på resan, förbinda Monarken.

Man hade alltså tillkallat den nye livläkaren.

Hans första minne av Christian var detta: att den mycket späde pojken satt på en stol, att hans hand blödde, och att han bara stirrade tomt rakt framför sig.

Efter en mycket lång stund av tystnad hade Struensee vänligt frågat:

– Ers Majestät, kan Ni förklara denna plötsliga... vrede? Ni behöver inte, men...

– Nej, jag behöver inte.

Sedan hade han efter en stund tillagt:

– Man har lurat mig. Hon finns ingenstans. Och finns hon någonstans, går resan i varje fall inte dit. Och går den dit, för man bort henne. Kanske är hon död. Det är min skuld. Jag måste straffas.

Struensee skriver att han då inte hade förstått (det gjorde han dock senare) och att han endast helt tyst fortsatt att förbinda Konungens hand.

– Ni är född i Altona? hade Christian sedan frågat.

Struensee hade sagt:

– Halle. Men jag kom mycket snart till Altona.

– Man säger, hade Christian sagt, att i Altona finns endast upplysningsmän och fritänkare som vill störta samhället i grus och aska.

Struensee hade endast nickat lugnt.

– Störta!!! Det bestående samhället!!!

– Ja, Ers Majestät, hade Struensee sagt. Det säger man. Ett europeiskt centrum för upplysningen, säger andra.

– Och vad säger ni, doktor Struensee?

Bandaget var nu färdigt. Struensee stod på knä framför Christian.

– Jag är en upplysningsman, hade han sagt, men framför allt läkare. Om Ers Majestät så önskar kan jag omedelbart lämna min tjänst och återgå till mitt vanliga läkarkall.

Christian hade då med ett nyväckt intresse betraktat Struensee, alls inte irriterats eller blivit upprörd över dennes nästan provokativa klarhet.

– Har ni aldrig, doktor Struensee, velat rensa templet från de otuktiga? hade han helt lågmält frågat.

På detta hade inget svar givits. Men Konungen hade fortsatt:

– Driva månglarna ur templet? Slå sönder? Så att allt kan resa sig ur askan som... Fågel Fenix?

– Ers Majestät kan sin bibel, hade Struensee avvärjande sagt.

– Tror ni inte att det är omöjligt att göra framsteg! FRAMSTEG! om man inte gör sig hård och... slår sönder... allt så att templet...

Han hade plötsligt börjat gå runt i rummet, där stolar och glassplitter låg överallt. Han hade på Struensee gjort ett nästan gripande intryck, eftersom hans pojkgestalt var så späd och obetydlig att man knappast kunde förstå att den kunnat åstadkomma denna förödelse.

Sedan hade han gått fram, mycket tätt inpå Struensee, och viskat:

– Jag mottog ett brev. Av herr Voltaire. En ansedd filosof. Som jag hade gett pengar till en rättegång. Och han hyllade mig i brevet. Som... som...

Struensee hade väntat. Sedan kom det, lågt, som ett första hemlighetsfullt meddelande som skulle binda dem samman. Ja, i efterhand skulle Struensee minnas ögonblicket, som han beskriver i sina fängelseanteckningar, ett ögonblick av absolut närhet, då denne vansinnige unge pojke, denne Konung av Guds Nåde, hade anförtrott honom en hemlighet som var oerhörd, och dyrbar, och som för alltid skulle förena dem.

– ...han hyllade mig... som upplysningsman.

Det hade varit mycket stilla i rummet. Och Konungen hade

fortsatt, med samma viskande ton:

– I Paris har jag stämt möte med herr Voltaire. Som jag känner. Genom min brevväxling. Kan jag då ta er med?

Struensee, med ett mycket litet leende:

– Gärna, Ers Majestät.

– Kan jag lita på er?

Och Struensee hade sagt, enkelt och stilla:

– Ja, Ers Majestät. Mer än Ni anar.

Kapitel 6

RESKAMRATEN

1.

De skulle färdas långt.

Resan skulle ta åtta månader, de femtiofem personerna skulle färdas något mer än fyratusen kilometer med häst och vagn, vägarna skulle vara eländiga, det skulle vara sommar och så höst och till sist vinter, vagnarna hade ingen uppvärmning och de visade sig otäta, och vad resan syftade till förstod egentligen ingen: annat än att den skulle företas, och att därför allmänheten och bönderna – man skilde på allmänhet och bönder – skulle stå gapande och jublande eller hatiskt tigande utefter färdvägen.

Resan skulle fortsätta och fortsätta; och det fanns säkert något mål.

Målet var att föra denne lille envåldshärskare framåt genom det fallande regnet, denne alltmer apatiske lille konung som hatade sin roll och dolde sig i sin vagn och vaktade sina spasmer och drömde om något annat, vad, det förstod ingen. Han skulle föras i denna jättelika kortege genom Europa på jakt efter något som kanske en gång varit en hemlig dröm om att återfinna Universums Härskarinna, hon som skulle få allting att hänga samman, en dröm i hans inre som nu falnade, suddades ut, endast molade som ett raseri han inte fick formulera.

De rörde sig som en luskung i det europeiska regnet mot ingenting. Resan gick från Köpenhamn till Kolding, Gottorp, Altona, Celle, Hanau, Frankfurt, Darmstadt, Strasbourg, Nancy, Metz, Verdun, Paris, Cambrai, Lille, Calais, Dover, London, Oxford, Newmarket, York, Leeds, Manchester, Derby, Rotterdam, Amsterdam, Antwerpen, Gent, Nijmegen – nej, allt blandades samman för dem i efterhand, kom inte Nijmegen före Mannheim, Amsterdam före Metz?

Jo, så var det.

Men vad var meningen med detta fantastiska fälttåg i det fallande europeiska regnet?

Ja, det stämde: Amsterdam kom efter Nijmegen. Det var i början av resan. Struensee mindes det helt säkert. Det hade varit i den obegripliga resans början, och det var någonstans före Amsterdam. Konungen hade, i vagnen, vid infarten till Amsterdam, och i djupaste förtroende, berättat för Struensee att "han nu avsåg att bryta sig loss från konungavärdighetens, etikettens och moralens fångenskap. Han skulle nu realisera den tanke på flykt som han en gång luftat med sin informator, Reverdil."

Och Struensee noterar: "Han föreslog mig, på fullt allvar, att fly med honom. Han ville då bli soldat, för att icke i fortsättningen stå i tacksamhetsskuld till någon annan än sig själv."

Det var vid infarten till Amsterdam. Struensee hade tålmodigt lyssnat. Sedan hade han övertalat Christian att vänta, några veckor, och i varje fall till efter mötet med Voltaire och encyklopedisterna.

Christian hade lystrat, som inför ett svagt lockrop från något som en gång varit oerhört betydelsefullt men nu fanns på ett oändligt avstånd.

Voltaire?

Man hade under tystnad åkt in i Amsterdam. Konungen hade slött stirrat ut genom vagnens fönster, sett många ansikten.

– De glor, hade han anmärkt till Struensee. Jag glor tillbaka på dem. Men ingen Caterine.

Konungen hade aldrig återkommit till denna flyktplan.

Just detta rapporterades icke tillbaka till hovet i Köpenhamn.

Nästan allting annat gjorde det. Depescherna var otaliga och lästes uppmärksamt.

Tre gånger i veckan var det sed att de tre drottningarna spelade kort. Man spelade tarok. Figurerna var suggestiva; Den Hängde särskilt. De spelande var drottning Sophie Magdalene, änkedrottning efter Christian den sjätte och som överlevt Majestätet i tjugofyra år, det var Juliane Marie, Frederik den femtes änka; och så alltså Caroline Mathilde.

Att tre drottningar, i tre generationer, fanns vid hovet ansågs naturligt, eftersom det normala för kungahuset ju varit att konungarna söp ihjäl sig innan de hunnit bli änkemän, och, om drottningen exempelvis dog i barnsäng, omgifte alltid verkställdes vilket, regelbundet, till sist ändå lämnade en änkedrottning efter sig, som ett övergivet snäckskal i sanden.

Eftervärlden talade alltid om änkedrottningarnas pietism och starka fromhet. Detta hade dock inte destruerat deras språk. Särskilt Juliane Marie utvecklade en ovanlig språklig stränghet, som ofta yttrade sig som en skenbar råhet.

Man kan kanske säga: religionens stränga krav på sanning, och hennes egna fasansfulla upplevelser, hade gett hennes språk en egendomlig tydlighet som kunde chockera många.

Under tarokaftnarna fick hon många möjligheter att ge den unga drottningen Caroline Mathilde informationer, och råd. Hon uppfattade ännu den unga drottningen som utan egenskaper, och viljelös.

Senare skulle hon ändra uppfattning.

– Vi har, hade hon en afton meddelat, erhållit mycket oroande depescher från resan. Den livläkare som anställts i Altona har vunnit Majestätets tillgivenhet. De sitter beständigt tillsammans i Konungens vagn. Denne Struensee sägs vara upplysningsman. I så fall är detta en nationell olycka. Att Reverdil bortvisades, vilket var en oväntad lycka, hjälper nu icke. Här finns således ännu en orm.

Caroline Mathilde, som trodde sig förstå skälet till Reverdils obegripliga utvisning, hade intet genmält till detta.

– Struensee? hade Caroline Mathilde endast frågat, är han tysk?

– Jag är orolig, hade Änkedrottningen svarat. Han beskrivs som intelligent, en charmerande kvinnokarl, osedlig, och kommer från Altona som alltid varit ett ormbo. Något gott kan aldrig komma från Altona.

– Depescherna meddelar dock, hade den äldsta änkedrottningen sagt i ett försök till invändning, att Konungen är lugn och inte går till horor.

– Var glad, hade då Juliane Marie sagt till Drottningen, var glad att han håller sig borta ett år. Min make, det framlidna Majestätet, skulle tömma sin sädesblåsa varje dag för att få ro i sin själ. Jag sade till honom: töm i horor, men inte i mig! Jag är ingen rännsten! Ingen slasktratt! Lär av detta, min unga vän. Sedlighet och oskuld skapar man sig. Oskuld återerövrar man genom motstånd.

– Om han är upplysningsman, hade den äldsta änkedrottningen då frågat, betyder detta i så fall att vi gjort ett misstag?

– Inte vi, hade Änkedrottningen svarat. Någon annan.

– Guldberg?

– Han gör inga misstag.

Men den unga drottningen hade endast, som en fråga, inför ett namn hon senare sade sig ha hört för första gången just vid detta tarokbord, sagt:

– Vilket egendomligt namn. Struensee...?

2.

Det var fasansfullt.

Europa var fasansfullt. Man glodde på Christian. Han blev trött. Han kände skam. Han fruktade något, visste inte vad, ett straff? Samtidigt längtade han efter straffet, så att han bleve befriad från skammen.

Han hade haft ett mål för resan. Sedan hade han förstått att målet inte fanns. Han hade då bemannat sig. Att bemanna sig var ett sätt att göra sig hård, och osårbar. Han hade sökt efter andra meningar med resan. Det kunde vara att en europeisk resa betydde utsvävningar eller möten med människor. Men det var inte så, hans utsvävningar var inte de andras. Möten gjorde honom rädd.

Kvar blev bara tortyren.

Han visste inte vad han skulle säga till dem som glodde. Reverdil hade lärt honom många bra repliker att vara lysande med. Det var korta aforismer, som nästan alltid kunde användas. Nu började han glömma replikerna. Reverdil var borta.

Det var så fasansfullt att spela med i föreställningen och så inte ha replikerna.

Den unga comtessan van Zuylen skriver i ett brev att hon mött den danske konungen Christian den sjunde på hans europeiska resa vid ett uppehåll på slottet Termeer.

Han hade varit liten och barnslig, ”nästan som en femtonåring”. Han hade varit smal, tunn, och hans ansikte hade varit sjukligt blekt, nästan som vore han vitsminkad. Han hade verkat paralyserad, och inte kunnat föra ett samtal. Han hade, inför hovmännen, avfyrat ett par repliker som verkade inlärda, men sedan applåderna tystnat endast stirrat rakt ner på sina skospetsar.

Hon hade då, för att förskona honom från det pinsamma, fört honom ut i parken, på en kortare promenad.

Det hade regnat lätt. Hennes skor hade därvid blivit våta, vilket hade blivit hans räddning. ”Majestätet såg under hela vår tid tillsammans i parken, som varade vid pass en halv timme, beständigt ner på mina skor, som kanske skulle bli våta, och talade icke om något annat under hela vår samvaro.”

Hon hade sedan fört honom tillbaka till de väntande hovmännen.

Till sist var han nästan säker på att han var en fånge som fördes, i en gigantisk procession, bort till ett straff.

Det gjorde honom inte längre rädd. Men en oändlig trötthet slöt sig om honom; han tyckte sig långsamt sjunka ner i sorg, och det enda som kunde få honom att stiga var de regelbundna raseriutbrotten, när han kunde dunka stolar i golvet tills de splittrades.

Rapporterna och depescherna var talande. ”Det fanns inte många hotell under resans gång där icke en viss ödeläggelse kunde spåras, och i London blevo möblerna i Konungens rum nästan alltid krossade.”

Det var sammanfattningen.

Det var bara tillsammans med Struensee han kunde känna sig lugn. Han förstod inte varför. En gång nämner Christian att, eftersom han ”varit föräldralös” – (hans mor dog när han var två år gammal och fadern hade han ju haft föga kontakt med) – och han därför inte visste hur föräldrar betedde sig, så hade Struensee genom sitt lugn och sin tystnad gett intryck av hur en fader (”en fader i himmelen” skriver han egendomligt nog!) borde vara.

Vid ett tillfälle hade han frågat Struensee om denne var ”hans välgörare”. Struensee hade med ett leende frågat hur en sådan vore beskaffad, och Christian hade då sagt:

– En välgörare har tid.

”Den tyste”, kallades nu Struensee allmänt i ressällskapet.

Varje kväll läste han Konungen till sömns. Under resans första hälft hade han som lektyr valt Voltaires ”Karl den tolftes historia”.

”Han är”, skrev Struensee senare, ”en av de mest känsliga, begåvade och lyhörda människor jag mött, men under resan tycktes han långsamt sjunka samman i tystnad, och sorg, och detta endast avbrutet av hans oförklarliga raseriutbrott, som dock endast riktade sig mot honom själv och de oskyldiga möbler som utsattes för hans oförklarliga vrede.”

När Struensee läste ur ”Karl den tolftes historia” skulle han sitta på en stol vid sidan av Konungens säng och hålla honom i vänster hand, medan han med den andra handen bläddrade i boken. När Konungen sedan somnat fick Struensee, försiktigt, lösgöra sin hand, och så lämna honom ensam med sina drömmar.

Långsamt började Struensee förstå.

3.

Christian den sjundes värd i London var den engelske konungen Georg den tredje, som detta år, 1768, hade återhämtat sig från sin första sinnessjukdom men nu var tungsint. Han skulle komma att regera över det engelska imperiet i sextio år, fram till 1820; han var under denna regeringstid återkommande sinnessjuk, från år 1805 var han blind, och efter 1811 otillräknelig.

Han ansågs obegåvad, tungsint, envis, och var trogen sin hustru som han skänkte nio barn.

Han gav sin systers gemål ett konungsligt välkomnande. Uppehållet i England kom att vara i två månader.

Det började långsamt löpa amok.

Oron spred sig genom hela det kungliga följet. Det fanns ingenting som riktigt hängde samman hos Majestätet, och i det som skedde. Prakten, hysterin och skräcken för att Christians sjukdom skulle bryta ut på allvar, och ödelägga det stora kungliga fälttåget, den skräcken ökade.

Sjukdom eller normalitet: ingen visste vad som för dagen skulle dominera.

Det var under tiden i London som Struensee började förstå att det inte heller *kunde* hänga samman. Långa förmiddagar kunde Konungen sitta som förlamad, bara stirra framför sig, mumla obegripliga ramsor och ibland, som i nöd, klamra sig fast vid Struensees ben. Men så förbyttes han; som den aftonen på det italienska Operahuset, där Christian lät ge en maskerad för tretusen personer, och dessa trakterades på ett sätt som vore hans avsikt att skapa sig en popularitet som skulle göra honom till Englands konung.

Så var stämningen! Denne obegripligt generöse lille danske kung! som höll ett förvirrat tal på danska (och det var häpnadsväckande, han tycktes plötsligt krypa ut ur sin skygghet) och sedan från balkongen kastade ut guldmynt till patrasket på gatan.

Maskeraden kostade 20 000 riksdaler, och Struensee hade, om han vetat det, kunnat konstatera att hans egen mycket generösa årslön som Konungens livmedikus var 500 riksdaler.

Natten efter den italienska maskeradorgien säger sig Struensee länge ha suttit ensam i mörkret, efter det att Konungen somnat, och tänkt igenom situationen.

Någonting var fundamentalt galet. Christian var sjuk, och han blev allt sjukare. Majestätet hade visserligen på ett besynnerligt sätt kunnat bevara det yttre skenet; men de som hade sett hans svaga ögonblick, de hade också skarpa tungor. Det fanns en ton av förakt i kommentarerna som skrämde Struensee. Horace Walpole hade sagt att ”Kungen är så liten som om han kommit ut ur en sagofes nötskal”; man talade om att han struttade omkring som en liten marionettdocka. Det inlärda hade de sett; det som gjorde Struensee ont var att man inte hade sett det andra, det som fanns under.

Man hade noterat hans spasmer, inte de plötsligt blixtrande ögonblicken. Men som helhet: alla var förbryllade. Samuel Johnson uppsökte Christian i audiens, lyssnade i en halv timme, och gick.

I dörren hade han bara skakat på huvudet.

Endast på gatorna var Christian den sjunde en succé. Det kunde hänga samman med att varje hyllningskör, placerad under det kungliga hotellets kungliga balkong, besvarades med en handfull guldmynt. Alla ekonomiska ramar tycktes nu mycket snart vara sprängda.

Vändpunkten inträffade i slutet av oktober.

4.

David Garrick hette en skådespelare, som också var direktör för Drury Lane-teatern; han var en storartad Shakespearetolkare och hans uppsättningar hade förnyat den engelska Shakespearetraditionen. Han ansågs oöverträffad i såväl komiska som tragiska roller, men särskilt hans uppsättning av ”Hamlet”, där han själv spelade huvudrollen, hade väckt stor uppmärksamhet.

Eftersom Christian den sjunde hade uttryckt sitt intresse för teater gavs en rad matinéer och kvällsföreställningar för honom. En kulmen skulle bli en ”Hamlet”-uppsättning med Garrick i huvudrollen.

Struensee fick meddelandet om den planerade föreställningen tre dagar innan, och uppsökte genast Garrick.

Det hade inte varit ett lätt samtal.

Struensee hade påpekat att han väl kände handlingen i dramat. Hamlet var en dansk kronprins, vars far blivit mördad. Den gamla sagan från Saxo var väl känd, och hade omformats av Shakespeare på ett sätt som utvisade snillrikhet, men skapade ett problem. Teaterstyckets huvudfråga var om Hamlet var sinnessjuk eller ej.

Han hade sedan frågat Garrick om de båda var ense om denna schematiserade tolkning av dramat. Garrick hade endast frågat vad Struensees slutpoäng skulle bli.

Problemet var, hade Struensee sagt, att det besökande danska sällskapet, liksom publiken i övrigt, riskerade att ställa frågan huruvida valet av teaterstycke var en kommentar om den kungliga gästen.

Eller, för att uttrycka det rakt på sak, många ansåg att denne danske konung Christian den sjunde var sinnessjuk. Var det då lämpligt att spela stycket?

Vilka skulle publikens reaktioner bli? Och vilken skulle konung Christian den sjundes reaktion bli?

– Känner han sin sjukdom, hade Garrick frågat.

– Han känner inte sin sjukdom, men han känner sig själv och förvirras av detta, hade Struensee sagt. Hans sensibilitet är högt uppdriven. Han upplever sin verklighet som ett teaterstycke.

– Så intressant, hade Garrick sagt.

– Möjligtvis, hade Struensee svarat. Men hur han kommer att reagera är omöjligt att veta. Kanske tror han sig då vara Hamlet.

En lång tystnad hade följt.

– Christian Amleth, hade Garrick till sist sagt med ett leende.

Han hade dock genast gått med på att ändra repertoar.

Man spelade i stället den 20 oktober 1768 "Rikard III" för den danske konungen och hans uppvaktning.

Christian den sjunde skulle aldrig komma att se någon uppsättning av "Hamlet". Men Struensee skulle alltid minnas Garricks replik; Christian Amleth.

På natten efter föreställningen hade Christian vägrat falla i sömn.

Han hade inte velat lyssna till högläsning av "Karl den tolftes historia". Han hade velat tala om något som uppenbarligen upprört honom. Han hade frågat Struensee varför den planerade föreställningen av "Hamlet" ersatts med ett annat stycke.

Han kände ju väl teaterstycket "Hamlet". Och han bad under tårar Struensee vara uppriktig. Ansåg man att han själv var galen? Han försäkrade att han trodde sig icke vara galen, det var hans fasta förvissning och hopp, han bad till sin Välgörare varje afton att detta icke skulle vara riktigt.

Men fanns sladder? Talade man om honom? Förstod man inte?

Han hade på intet sätt bemannat sig. Han hade inte varit rasande, inte konungslig, han hade saknat konungslig värdighet under utbrottet. Värdighet saknade han ofta. Men nu hade han, för första gången, berört misstanken och aningen om sin egen sjukdom, och det hade gjort Struensee djupt skakad.

– Ers Majestät, hade Struensee sagt, Ers Majestät är ibland inte helt lätt att förstå.

Då hade Kungen bara tomt stirrat på honom, och börjat

tala om det teaterstycke han sett, "Rikard III". Denna grymhet, hade han sagt. En Konung av Guds Nåde, och denna oerhörda grymhet han visade. Det var outhärdligt.

– Ja, hade Struensee sagt. Det är outhärdligt.

– Men när jag bevittnade denna grymhet, hade Christian sedan sagt, upplevde jag något... fasansfullt. I mitt sinne.

Christian hade legat hoprullad i sängen, höljt sitt ansikte i lakanet, som ville han dölja sig.

– Ers Majestät, hade Struensee sagt till honom i mycket lugn och vänlig ton, vad är då det fasansfulla?

Och till sist hade Konungen svarat:

– Lusten, hade han sagt. Jag kände lusten. Är jag sjuk, doktor Struensee? Säg att jag inte är sjuk.

Vad skulle han säga.

Den natten hade doktor Struensee för första gången i Konungens närvaro börjat gråta. Och då hade Christian tröstat honom.

– Vi reser, hade Christian sagt. Vi reser, min vän, jag beordrar i morgon att resan till Paris skall påbörjas. Paris. Vi måste se förnuftets ljus. Voltaire. Vi måste bort från detta engelska dårhus. Annars blir vi alla dårar.

– Ja, hade Struensee sagt. Vi måste bort. Detta är outhärdligt.

5.

Avkortningen av det engelska uppehållet hade överraskat alla; man hade begett sig av snabbt, som på flykt.

Man vet inte vad Christian hade föreställt sig om Paris. Men ceremonierna kastade sig över honom.

Den tionde dagen av uppehållet anförs att Konungen var ”opasslig på grund av förkylning”; sanningen var att han tillbringade dagen i fullständig apati, fullt påklädd på sitt rum, och kategoriskt vägrade samtala med någon. Struensee, som nu var den som, åtminstone i ringa mån, ansågs ha inflytande på Konungen, tillfrågades om ej medicin funnes för att mildra Konungens melankoli. Då svaret var nekande påbörjades planerna på omedelbar hemresa. Följande dag, då Konungens oförklarliga svartsyn inte ville ge vika, gick Struensee in till Majestätet.

En timma senare kom han ut och meddelade att Majestätet beslutat att dagen därpå mottaga de franska filosofer som skapat den stora encyklopedin.

I annat fall var omedelbar hemresa nödvändig.

Då detta möte inte var inplanerat blev uppståndelsen stor, och många fylldes av onda aningar, eftersom de franska upplysningsmännen ej sågs med välvilja vid det franska hovet; detta med undantag av Diderot, som tidigare protektionerats av Ludvig den femtondes älskarinna madame de Pompadour, som han på detta sätt delat med Konungen.

Mötet arrangerades i all hast. Konungens opasslighet upphörde plötsligt, han tycktes vara på gott humör, och intet i möblemanget förstördes.

Man möttes den 20 november 1768 hos det danska sändebudet i Paris, baron Carl Heinrich Gleichen.

Hela den stora encyklopedins redaktion – arton man – hade kommit. De anfördes av Matran, d'Alembert, Marmontel, La Condamine, Diderot, Helvétius, Condillac. Men den av Konungen särskilt önskade gästen, herr Voltaire, var inte där, han befann sig som alltid på Ferney.

Det var en märklig samling.

Den lille, kanske sinnessjuke, danske tonåringen – han var nitton år – satt där omgiven av den krets av upplysningsfilosofer som skulle förändra den europeiska historien för några hundra år framåt.

Han hade först varit skräckslagen. Sedan hade han, som genom ett mirakel, lugnat sig, skräcken hade vikit undan, och en känsla av förtroendefull tillit hade gripit honom. När Diderot djupt bugande hade hälsat på Majestätet hade denne, nästan viskande, sagt:

– Jag önskar att ni också meddelar er vän, den store Voltaire, att det är han som har lärt mig att tänka.

Han hade av stark inre rörelse darrat på rösten. Men det var inte skräck. Diderot hade stirrat på honom med överraskning, och förvåning.

Efteråt var Christian lycklig.

Han hade varit så duktig. Han hade talat med alla de franska filosoferna, en efter en, kunnat diskutera deras verk, han hade talat sin utmärkta franska och han hade känt värme strömma emot sig.

Det var kanske det största ögonblicket i hans liv.

Det korta tal Diderot som avslutning hade hållit till honom hade också fyllt honom med glädje. Jag tror, hade Diderot sagt, att upplysningens ljus kan tändas i det lilla landet Danmark. Att Danmark under denne upplyste Monark skall bli en förebild. Att alla radikala reformer – de som byggde på tankefrihet, tolerans, humanism – under det danska Majestätets ledning skulle kunna genomföras. Att Christian den sjunde av Danmark därmed för alltid skulle skriva in sig som ett kapitel i upplysningens historia.

Christian hade vid detta blivit djupt rörd, och inte kunnat säga något. Och herr d'Alembert hade då mjukt infogat:

– Och vi vet att en gnista kan tända en präriebrand.

Struensee hade följt gästerna ut till deras vagnar, medan Konungen vinkade avsked till dem uppifrån ett fönster. Diderot hade då dragit Struensee åt sidan, för ett kortare samtal.

– Och Konungen reser snart tillbaka till Köpenhamn? hade han frågat, trots att han inte tycktes särskilt intresserad av just detta, utan avsåg något annat.

– Ingen plan är fastlagd, hade Struensee sagt. Det bestäms i viss mån av Konungen. Av Konungens hälsa.

– Och ni är Konungens livmedikus? Och från Altona?

Struensee hade, med ett litet leende, sagt:

– Från Altona. Ni är väl underrättad.

– Och ni är, har jag hört, väl informerad om franska upplysningsmäns idéer?

– Om dem, men också om Holberg, den danske store upplysningsfilosofen, hade Struensee sagt med ett leende som var omöjligt för den franske gästen att tolka.

– Man säger, hade Diderot fortsatt, att Konungen är... sjuk?

Struensee hade inte svarat.

– Labil?

– En mycket begåvad men känslig ung människa.

– Ja. Jag är ganska väl underrättad. En märklig situation. Men ni lär ha hans fulla förtroende.

– Jag är Majestätets läkare.

– Ja, hade herr Diderot sagt. Man har i många brev från London berättat mig att ni är Majestätets läkare.

Det hade varit ett ögonblick av egendomlig spänning. Hästarna hade otåligt ryckt i sina selar, ett lätt regn hade fallit, men herr Diderot tycktes vilja säga något han tvekade om att framföra.

Men till sist hade han sagt det.

– Situationen är unik, hade herr Diderot sagt med låg röst. Makten finns formellt hos en begåvad, mycket begåvad, men psykiskt labil konung. Somliga påstår – jag tvekar att säga det – att han är sinnessjuk. Ni har hans förtroende. Det ger er ett stort ansvar. Ytterst sällan finns, som här, möjligheterna för en upplyst monark att genombryta reaktionens mörker. Vi har Katarina i Ryssland, men Ryssland är en ocean av mörker i öst. I Danmark finns möjligheten. Inte genom pöbelns eller massornas uppror nedifrån. Utan genom den makt som givits honom av Den Högste.

Struensee hade då börjat le, och frågande betraktat honom.

– Den Högste? Jag trodde inte att ni omfattade tron på Den Högste så varmt?

– Konung Christian den sjunde av Danmark har givits makten, doktor Struensee. Har givits. Vem som än gett den till honom, så har han den. Inte sant?

– Han är inte sinnessjuk, hade Struensee sagt efter en stunds tystnad.

– Men om så är. Men om så är. Jag vet inte. Ni vet inte. Men om så är... så lämnar hans sjukdom ett tomt rum inne i maktens centrum. Den som går in där har en fantastisk möjlighet.

De stod båda tysta.

– Och vem, frågade till sist Struensee, skulle väl kunna gå in där?

– De vanliga. Ämbetsmännen. Adeln. De som brukar gå in.

– Ja, självfallet.

– Eller någon annan, hade då herr Diderot sagt.

Han hade skakat hand med Struensee, gått upp i vagnen, sedan lutat sig ut, och sagt:

– Min vän Voltaire brukar säga att ibland öppnar historien, av en slump, en unik springa in i framtiden.

– Ja?

– Då får man tränga sig in genom den.

6.

Det var den 20 november 1768.

Det var Christians största ögonblick, och sedan fortsatte hyllningarna och mottagningarna, och långsamt sjönk han tillbaka i det grå, det som fanns alldeles intill mörkret.

Allt tycktes vara tillbaka. Egentligen var Paris fasansfullare än London. Men nu föreföll hans raseriutbrott ha mildrats. Han ansågs vara mycket teaterintresserad, och varje afton som ej ägnades åt mottagningar anordnades särskilda teaterföreställningar.

Han sov då oftast.

Han skulle ha rest långt vidare, till Prag, Wien och Sankt Petersburg, men situationen blev till sist orimlig. För att förhindra en större katastrof bestämdes det att resan skulle avkortas.

Den 6 januari 1769 satte konung Christian den sjunde åter foten på dansk jord.

De sista dagsresorna tillät han endast Struensee att sitta med honom i den kungliga vagnen.

Man förstod att något hade hänt. Den unge tyske läkaren med det blonda håret, det snabba avvaktande leendet och de vänliga ögonen hade blivit en person. Eftersom han inte hade någon titel, och inte kunde placeras in i en exakt hierarki, skapade detta oro.

Man försökte tolka honom. Han var inte lätt att tolka. Han var vänlig, diskret, ville inte använda sin makt; eller snarare detta som de antog vara makt.

Man förstod sig inte på honom.

Resan hem hade varit förfärlig.

En veckas snöstorm, hela resan med bitande köld. Vagnarna iskalla. Man lindade filtar om sig. Det var som en armé på återtåg från ett fälttåg genom den ryska ödemarken, det fanns inte något storartat eller lysande över detta danska hov på reträtt. Man tänkte inte ens längre på vad expeditionen kostat; det var alltför fasansfullt, men skatter kunde ju skrivas ut.

Det fick bli skatter. Det fick skjutas på framtiden. Nu måste man tillbaka.

Struensee satt ensam med den sovande, tigande eller gnyende pojke som sades vara en konung, och han hade god tid att tänka.

Eftersom han inte trodde på det eviga livet hade han alltid känt ångest inför risken att föröda det enda liv han hade. Medicinen hade gett honom en livsuppgift. Han intalade sig att detta med läkarkallet hade varit ett slags gudstjänst, att det var det heliga livets enda möjliga sakrament. Människans liv var ju det enda heliga, heligheten skilde människan från djuren, i övrigt ingen skillnad; och de som hade sagt att hans tro var att människan var en maskin, de hade inte förstått.

Livets helighet var hans världsliga tro. Han hade undervisat i anatomi i Altona: kropparna från de avrättade och självspillingarna var undervisningsobjekten. De avrättade var lätta att känna igen; de saknade ofta höger hand och huvud. Självspillingarna skilde sig dock inte från de i tron döda, de som fick begravas i vigd jord; på detta sätt var de lika. Maskinen människan, som låg där under hans kniv, var verkligen då en maskin. Det heliga, livet, hade flytt. Vad var då detta *heliga*?

Det var vad man gjorde medan det heliga fanns kvar.

Det heliga var vad det heliga gjorde. Han hade kommit fram till detta. Det fanns en liten smula hos Holberg, men Holberg hade ju i det 101:a epigrammet i ”Moraliska tankar” varit oklar; det var djuren som var maskiner, stod det hos Holberg, det var människans helighet som gjorde människan till icke-djur.

Han hade läst det som en möjlig anvisning. Han tyckte ibland att allt han tänkte var ekon av det som andra tänkt. Då gällde det att sovra, så att han inte endast blev en ekokammare; och ibland tyckte han sig ha en tanke som var bara hans egen. Då kunde det svindla till, som inför ett bråddjup, och han kunde tänka: detta är det heliga.

Denna tanke kanske är min egen, ingen annans, och då är detta det heliga som skiljer mig från ett djur.

Han brukade pröva sig mot Holberg. Det mesta fanns hos

Holberg, och så måste Holberg prövas, eftersom det var varje människas kall att tänka själv. Holberg hade nästan alltid rätt; men så, ibland, kom en tanke som bara var hans egen, som inte fanns hos Holberg, som bara var hans.

Och då svindlade det, och han tänkte att detta var det heliga.

Jag är ingen maskin.

Med Holberg var det också så, att man kunde välja att ta det man ville: använda det, och exkludera det andra. Han hade då exkluderat Holbergs ibland förvirrande metafysiska undergivenhet, och behållit det väsentliga.

Det hade till sist tyckts honom mycket enkelt och självklart.

Det heliga är vad det heliga gör. Och att det var ett stort ansvar.

Just ansvaret var viktigt.

Han skulle egentligen ha lämnat det kungliga följet på återvägen, i Altona. Han hade redan fått en belöning på tusen riksdaler, det kunde han leva länge på. Ändå hade han fortsatt. Det var kanske – ansvaret. Han hade kommit att tycka om denna vansinniga kloka förvirrade pojke som var av Gud utkorad, och nu skulle lämnas tillbaka till vargarna vid hovet som, med säkerhet, skulle driva honom än längre in i sjukdomen.

Kanske var det ofrånkomligt. Kanske var lille späde Christian, han med de stora skräckslagna ögonen, kanske var han räddningslöst förlorad. Kanske borde han spärras in, bli ett normalt konungsligt kadaver som utnyttjades av vargarna.

Men han tyckte om honom. I själva verket var det mer än

så; han visste inte riktigt ordet för det. Men det var en känsla han inte kom ifrån.

Han hade ju inga egna barn.

Han hade alltid föreställt sig det eviga livet som det att äga ett barn. Detta var att få evigt liv: att leva vidare genom ett barn. Men det enda barn han nu hade var denna skälvande sinnesrubbade pojke som kunde ha varit så helt igenom fin; om inte vargarna hade slitit honom nästan i stycken.

Han hatade vargarna.

Rantzau hade övertalat honom, den gången för nio månader sedan; det föreföll som en evighet. Det finns sjukdom i Köpenhamn också, hade han sagt. Och det kunde man säga. Men så enkelt var det ju inte. Han var inte naiv. Om han nu fortsatte till Köpenhamn så var det inte för att bli fattigläkare på Nørrebro och koppa det danska fattigeländet. Inte hovets barn heller. Han insåg vad det betydde.

Att han inte lämnade expeditionen i Altona. Inte flydde till Ostindien. Det var ett slags ansvar. Och han var nästan säker på att han fattat ett felaktigt beslut.

Om det nu var ett beslut.

Eller om det bara var så, att han inte själv beslutat att stanna vagnen i Altona, och inte beslutat stiga av, och därmed inte beslutat att bli kvarlämnad i sitt gamla liv: utan bara fortsatt, in i ett nytt liv. Bara fortsatt, och egentligen aldrig beslutat sig, bara fortsatt.

De hade stigit i land i Korsör, och fortsatt genom vinterstormen mot Köpenhamn.

Konungen och Struensee var ensamma i vagnen.

Christian sov. Han hade lagt sig med huvudet i Struensees

knä, utan peruk, med en filt om sig, och medan de långsamt körde mot nordost genom den danska snöstormen satt Struensee där alldeles stilla och tänkte på att det heliga är vad det heliga gör, samtidigt som han strök med handen över Christians hår. Den europeiska resan skulle snart vara slut, och någonting helt annat skulle ta vid, som han inte visste något om, och inte ville veta något om.

Christian sov. Han gnydde lågt, men ljuden gick inte att tolka: det lät som om han drömde om något ljuvligt eller fasansfullt; man förstod inte. Kanske var det om de älskandes återförening.

Del 3

DE ÄLSKANDE

Kapitel 7

RIDLÄRAREN

1.

Den 14 januari 1769 nådde det kungliga återtåget till sist Köpenhamn.

Tre kilometer utanför stadsportarna hade de slitna och leriga vagnarna gjort halt och blivit utbytta, nya vagnar hade stått till reds, med sidenplädar i stället för filtar, och till sist hade Drottningen tagit plats i gemålen Christian den sjundes vagn.

Endast dessa två. De hade noga betraktat varandra, som för att granska förändringar de hoppades på, eller fruktade.

Innan processionen kunde sätta sig i rörelse hade mörkret hunnit falla, det var bitande kallt, och intåget skedde genom Vesterport. Hundra soldater var utposterade med facklor i händerna. Gardet paraderade, men ingen musik.

De sexton vagnarna körde mot slottsporten. Inne på borggården stod hovet uppställt. De hade väntat länge i mörkret och kylan, och stämningen var låg.

Vid mottagandet glömde man att presentera Struensee och Drottningen för varandra.

Under facklornas sken, i det isande snögloppet, vidtog en hälsningsceremoni för Konungen. Denne hade, sedan vagnarna stannat, vinkat till sig Struensee, som nu gick snett bakom kungaparet. Sist i raden bland dem som väntade, den hyllande mottagningskommittén, hade Guldberg stått. Han hade oavvänt fixerat Konungen och dennes livläkare.

Det var många som fixerade, och granskade.

I trappan upp hade Struensee frågat Konungen:

– Vem var den lille mannen som tittade så ont?

– Guldberg.

– Vem är han?

Kungen hade väntat med svaret, gått vidare, sedan vänt sig om, och med ett absolut oväntat uttryck av hat väst fram:

– Han vet! VET!!! var Caterine finns!

Struensee hade inte förstått.

– Ond! hade han fortsatt i samma hatiska tonfall. Ond!!! och obetydlig!!!

– Hans ögon, hade då Struensee sagt, var i varje fall inte obetydliga.

2.

I vagnen, ensam med Konungen, hade den lilla engelskan inte sagt ett ord.

Hon visste inte om hon hatat tanken på denna återförening, eller längtat efter den. Det var kanske inte Christian hon längtat efter. Något annat. En förändring.

Hon hade börjat förstå att hon hade en kropp.

Förut var kroppen något som hovdamerna med sina taktfullt sänkta ögon hjälpte till att skyla, och som hon sedan förde runt inför hovets ögon i sin bepansring: som ett litet krigsfartyg. Först hade hon tyckt sig bara bestå av pansaret. Det var pansaret som drottning som var hennes egenskap. Iklädd denna roll var hon det lilla bepansrade fartyget, betraktad av dessa häpnadsväckande danskar som talade hennes språk så uselt, och vars personliga hygien var så motbjudande. De var alla dammiga, illaluktande av dålig parfym och gammalt puder.

Sedan hade hon upptäckt kroppen.

Efter det att barnet fötts hade hon, sedan hovdamerna gått på kvällen, tagit för vana att ta av sig sin nattdräkt, och legat skamlöst naken under de iskalla lakanen. Hon hade då rört vid sin kropp; inte för att vara liderlig, nej, det var inte liderlighet, tänkte hon, det var för att långsamt identifiera och utforska denna kropp som nu låg befriad från hovdräkter och puder.

Bara hennes hud.

Hon hade börjat tycka om sin kropp. Det kändes alltmer som om den var hennes. Sedan barnet fötts, och brösten sjunkit samman till sin egentliga storlek, hade hon börjat tycka om kroppen. Hon tyckte om sin hud. Hon tyckte om sin mage, sina lår, hon kunde ligga i timmar och tänka: detta är, faktiskt, min kropp.

Den är skön att röra vid.

Hon hade under Konungens europeiska resa blivit fylligare, och samtidigt hade hon tyckt sig växa in i sin kropp. Hon kunde känna att man betraktade henne inte bara som drottning, utan också som något annat. Hon var ju inte naiv. Hon visste att det fanns något i föreningen mellan hennes nakna kropp under rustningen och hennes titel, något som skapade ett osynligt strålfält av kön, lust och död omkring henne.

Drottningen var ju förbjuden, och kvinna. Därför visste hon instinktivt att männen såg rakt igenom hennes kläder, och såg den kropp som hon nu tyckte om. Hon var säker på att de önskade intränga i henne, och att det var döden i detta som lockade.

Det förbjudna fanns där. Det strålade rakt igenom pansaret. Hon var det allra mest förbjudna, och hon visste att den sexuella zonen runt omkring henne var fullständigt oemotståndlig för dem.

Det var det absolut mest förbjudna, det var en naken kvinna, och det var Drottningen, men därför var det också döden. Åtrådde man Drottningen rörde man vid döden. Hon var förbjuden, och åtråvärd, och rörde man vid det mest förbjudna måste man dö. Det upphetsade dem, hon visste det. Hon såg det på deras blickar. Och när hon blev medveten om det, var det som om alla de andra också fångades in, allt starkare, i ett tyst, intensivt strålfält.

Hon tänkte mycket på detta. Det fyllde henne med en egendomlig exaltation; att hon var Den Heliga Graal, och att om denna heliga graal erövrades skulle det ge dem den yppersta njutning, och döden.

Hon kunde se det på dem. Hennes kön fanns i deras medvetande hela tiden. Det var som en klåda för dem. Det var en plåga för dem. Hon föreställde sig hur de hela tiden tänkte på henne när de bolade med sina frillor och horor, hur de blundade och föreställde sig att det inte var horan eller hustrun utan Drottningens så oerhört förbjudna kropp de borrade sig in i; och det fyllde henne med en oerhörd känsla av makt.

Hon var i deras kroppar som en insikt att denna kropp var döden. Och Graal.

Hon var som en klåda i hovets lem. Och de kunde inte komma åt henne. Könet och döden och klådan. Och de kunde inte bli befriade från denna besatthet, hur mycket de än försökte bola sig fria från den, hur mycket de än försökte tömma ut klådan i sina kvinnor. Hon var alldeles ensam om att vara onåbar, och ensam om att så förena lidelsen och döden.

Det var ett slags – makt.

Men ibland tänkte hon: jag tycker om min kropp. Och jag vet att jag är som en klåda i hovets lem. Men kunde inte också jag få använda min kropp, i frihet, och känna dödens absoluta närhet till mitt kön, och njuta av den själv. Och ibland på nätterna, när hon låg naken, rörde hon sig själv, vid sitt kön, och njutningen kom som en het våg genom den kropp som hon tyckte om alltmer.

Och till sin förvåning kände hon ingen skam, bara att hon var en levande människa.

3.

Christian, den späde maken som inte talade till henne, vem var då han? Kände han inte klådan?

Han var den som befann sig utanför. Och hon försökte förstå vem han var.

I april bevittnade Drottningen på Hofteatret en föreställning av fransmannen Voltaires teaterstycke ”Zaïre”.

Herr Voltaire hade till Konungen översänt detta stycke med personlig hälsning, och Konungen hade önskat själv få uppträda i en av rollerna. Han hade också instuderat rollen.

I ett följebrev hade herr Voltaire antytt att det i stycket fanns ett hemligt budskap, en nyckel till de gärningar som

Den Högt Ärade Konungen av Danmark, Nordens Ljus och de förtrycktas räddare, skulle utföra inom kort.

Efter att många gånger ha läst stycket hade Konungen förklarat att han önskade spela Sultanens roll.

Han hade alls inte varit någon dålig skådespelare.

Han hade framsagt sina repliker långsamt, med egendomliga betoningar som skapade en överraskande spänning i verserna. Hans förbryllande pauser skapade en spänning som om han plötsligt förstått en innebörd och hejdat sig, som i steget. Och Caroline Mathilde kunde, när hon såg honom på scenen, känna en egendomlig och motvillig dragning till sin make.

På teaterscenen var han en annan. Replikerna kändes mer äkta än hans konversation. Det var som om han först nu trädde fram.

> *– Vad vet jag nu, vad annat har jag lärt*
> *om ej att lögn och sannhet är så lika*
> *som vore de två droppar vatten.*
> *Tvivel! Tvivel! ja allt är tvivel.*
> *Och intet annat sant än tvivlet.*

På ett sätt hade han sett komisk ut i sin kostym. Denna orientaliska förklädnad! denna turban! och den krokiga sabeln som tycktes alltför stor till hans lilla och späda kropp! Men ändå: han hade framsagt sina långa monologer med en egendomlig övertygelse, som om han nu på denna scen, inför allt hovet, skapat replikerna. Det var just i detta ögonblick de föddes. Ja, det var som om denne galne lille pojke, som hittills framlevt sitt liv med att säga hovets repliker på hovets teater, nu för första gången talade utanför manuskriptet. Först nu gjorde det inifrån sig själv.

Som skapade han replikerna just i detta nu, på teaterscenen.

– Ett brott har jag begått
emot min härskarstav
och kraft har jag förspillt när jag försökt
att bära den.

Han hade spelat rollen stillsamt men lidelsefullt, och det var som om de andra skådespelarna hade förlamats av hans uppträdande; de hade ibland glömt sina egna repliker, och bara frusit fast i sina poser och stirrat på Konungen. Varifrån kom detta Majestätets kontrollerade raseri, och denna övertygelse, som ju inte kunde vara teaterns?

Jag ensam vara vill – i detta helvete!
Jag själv min skam i blod, i blod!
skall tvätta bort.
Här är mitt altare, ett hämndens altare
och jag – överstepräst!

Efteråt hade applåderna varit långa, men nästan förskrämda. Hon hade noterat att den tyske livläkaren, doktor Struensee, efter endast en kort stund hade upphört med sina applåder; kanske inte av brist på uppskattning, föreställde hon sig, utan av något annat skäl.

Han hade med en egendomlig nyfikenhet, framåtböjd som om han varit på väg att resa sig och gå fram till Konungen, iakttagit Christian, som med en fråga på läpparna.

Hon hade blivit nästan helt säker på att denne nye favorit, läkaren Struensee, var hennes farligaste fiende. Och att det var absolut nödvändigt att krossa honom.

4.

Det var som om tystnaden kring Drottningen långsamt magnetiserades sedan den nye fienden tillkommit.

Hon var helt säker. Något farligt var på väg att hända, något hände, något förändrades. Förut hade världen bara varit olidligt långtråkig; det var en leda som om livet vid hovet och i Köpenhamn och Danmark varit likt en av dessa vinterdagar när dimman från Öresund låg tät och absolut stilla över vattnet, och hon låtit sig köras ner till stranden, stått på stenarna och sett fåglarna vila i det svarta orörliga kvicksilverlika vattnet; och när en fågel hade lyft och piskat med vingspetsarna mot vattenytan och försvunnit i vattendimman hade hon tänkt att *detta vatten är det stora havet, och på andra sidan ligger England och vore jag en fågel som ägde vingar* men sedan hade kylan och ledan drivit henne tillbaka.

Då hade livet stått stilla, och luktat död och tång. Nu stod livet stilla men luktade död eller liv; skillnaden var att stillheten kändes farligare, och fyllde henne med en egendomlig upphetsning.

Vad var det? Var det den nye fienden?

Doktor Struensee liknade inte de andra, och var hennes fiende. Han ville förgöra henne, det var hon säker på. Han befann sig alltid i Konungens närhet, och hade makt över honom. Alla hade noterat doktor Struensees makt. Men det som förvirrade alla, och henne, det var att han inte tycktes vilja utnyttja denna makt. Han utövade makt, mer och mer, det var uppenbart. Men med något slags stillsam motvilja.

Vad ville han egentligen?

Han ansågs vara en vacker man. Han var ännu ung. Han var huvudet högre än alla hovmännen, han var mycket vänlig och tystlåten, och vid hovet kallades han "Den tyste".

Men vad var det han teg om?

Hon hade en dag suttit i Rosengången utanför den inre slottsgården med sin virkning; och plötsligt hade hon överväldigats av en så stor sorg att hon inte kunnat behärska sig. Virkningen hade fallit ner i hennes knä, hon hade böjt sitt huvud, dolt ansiktet i sina händer, och inte vetat sig någon levandes råd.

Det var inte första gången hon grät i Köpenhamn. Ibland tyckte hon att tiden i Danmark varit en enda lång tid av tårar. Men det här var första gången hon grät utanför sina rum.

Där hon satt ensam med ansiktet dolt i händerna hade hon inte sett att Struensee kom. Så var han plötsligt där. Han hade mycket stilla och lugnt gått fram till henne, dragit fram en spetsprydd näsduk, och räckt henne den.

Han hade alltså markerat att han sett hennes tårar. Vilken oförskämdhet, vilken brist på takt.

Hon hade dock tagit emot näsduken, och torkat tårarna. Då hade han bara bugat sig, och tagit ett steg tillbaka, som för att gå. Hon tyckte att det då varit helt nödvändigt att tillrättavisa honom.

– Doktor Struensee, hade hon sagt. Kring Konungen vill alla flockas. Men snart flockas bara ni. Vad är det ni önskar så hett? Vad flockas ni kring?

Han hade bara lett ett litet snabbt, humoristiskt leende, skakat på huvudet, bugat sig, och gått utan ett ord.

Utan ett ord!

Det som gjorde henne mest rasande var hans vänliga oåtkomlighet.

Han tyckes inte ens se in genom hennes kläder, som de andra, in på hennes förbjudna kropp. Om hon var det mest förbjudna, Den Heliga Graal, en klåda i hovets lem, varför tycktes han då så tyst, vänlig och ointresserad?

Hon tänkte ibland: lockas han inte ens av suget från dödens svarta kvicksilverlika hav?

5.

I april kom sommaren.

Den var tidig, grönskan exploderade snabbt, och promenaderna i Bernstorffparken var underbara. Hovdamerna med barnet i en vagn följde efter. Själv ville hon gå ensam, och tio meter före uppvaktningen.

Sedan fru von Plessen tagits från henne hade hon inte velat ha någon närstående. Det hade varit ett principiellt beslut.

Det var den 12 maj hon mötte Struensee i parken.

Han hade stannat upp, han gick ensam, han hade bugat höviskt och med det lilla vänliga, kanske ironiska leende på läpparna som irriterade och förvirrade henne så mycket.

Varför hade då hon, också hon, stannat till? För att hon hade ett ärende. Det var orsaken. Hon hade ett fullständigt legitimt och självklart ärende, och det var därför hon stannat upp och tilltalat honom.

Därför var det helt naturligt att hon stannat till.

– Doktor... Struensee, hade hon sagt. Det var... Struensee... eller hur?

Han låtsades inte om den lilla ironin, utan hade bara svarat:

– Ja, Ers Majestät?

– Det gäller koppningen av Kronprinsen. Kopporna går i

Köpenhamn, man säger att ni är specialist, men jag är rädd, jag vet inte om vi skall våga...

Han hade allvarligt sett på henne.

– Inget fel att hysa fruktan.

– Nej???

Hovdamerna med barnet i sin vagn hade stannat på respektfyllt avstånd och väntat.

– Jag kan, hade han då sagt, om Ers Kunglig Höghet vill och önskar det, göra en koppning. Jag tror att jag har stor erfarenhet. Jag har arbetat med koppning i Altona i många år.

– Och ni är... vetenskapsman... vet allt om koppning?

– Jag har, svarade han med ett litet leende, inte skrivit min avhandling om koppning. Det har bara varit praktik. Några tusen barn. Min avhandling handlade inte om detta.

– Utan om?

– "Om riskerna vid felaktiga rörelser av lemmarna".

Han tystnade.

– Och... vilka lemmar löper då de största riskerna?

Han svarade inte. Vilken egendomlig spänning i luften, hon visste att han blivit osäker, det fyllde henne med ett slags triumf, nu kunde hon fortsätta.

– Konungen talar väl om er, hade hon sagt.

Han bugade sig lätt.

– De gånger Konungen talar till mig talar han väl om er, hade hon preciserat och ögonblickligen ångrat sig; varför hade hon sagt detta? "De gånger han talar till mig." Han förstod givetvis vad hon menade, men det angick ju inte honom.

Inget svar.

– Men jag känner er ju inte, hade hon tillagt i kylig ton.

– Nej. Ingen gör det. Inte i Köpenhamn.

– Ingen?

– Inte här.

– Har ni andra intressen än... Konungens hälsa?

Han tycktes nu nyfiknare, som om det oåtkomliga bräckts upp, och han såg för första gången intensivt på henne, som om han vaknat upp och sett henne.

– Filosofi, hade han sagt.

– Aha. Och mer?

– Och ridning.

– Aaaaa..., hade hon sagt. Rida kan jag inte.

– Man kan... lära sig... rida.

– Svårt?

– Jo, hade han sagt. Men fantastiskt.

Nu, tänkte hon, nu har detta korta samtal alltför snabbt blivit alltför intimt. Hon visste att han sett det förbjudna. Det var hon helt säker på; plötsligt blev hon rasande på sig själv, att det var hon själv som behövt tvinga fram det. Han skulle ha sett själv. Utan hjälp. Som de andra.

Hon började gå. Så stannade hon upp, vände sig om, och frågade snabbt:

– Ni är ju främling vid hovet.

Det var inte en fråga. Det var ett konstaterande. Det skulle placera in honom.

Och det var då han sagt, som en självklarhet, alldeles naturligt, de absolut rätta orden:

– Ja. Som Ni, Ers Majestät.

Hon hade då inte kunnat hejda det.

– I så fall, hade hon sagt snabbt och uttryckslöst, får ni lära mig att rida.

6.

Greve Rantzau, som en gång för endast ett år sedan för Guldberg framkastat idén att den tyske läkaren Struensee vore en lämplig livmedikus för Konungen, visste inte längre hur situationen var.

Han kände på ett egendomligt sätt att den var utom kontroll.

Antingen hade allt gått mycket väl. Eller också hade han missbedömt sig på sin vän och lärjunge Struensee. Denne befann sig alltid i Konungens närhet, men tycktes märkligt passiv. Så nära Majestätet, men runt omkring de två denna tystnad. Det sades att Struensee nu öppnade Konungens post, gallrade fram det viktiga, och skrev förlagorna till Konungens dekret.

Vad var detta om inte antydan till makt. Inte bara antydan.

Han hade på grund av detta bett Struensee att de skulle företa en stadspromenad för att utforska situationen i ”koppningsangelägenheten”.

Så hade han uttryckt sig. Koppningsangelägenheten var det han trodde vara den riktiga anknytningspunkten, för att återfå den gamla intimiteten med sin vän.

Den tyste mannen från Altona.

De hade gått genom Köpenhamn. Struensee hade tyckts obekymrad inför förfallet och smutsen, som vore han alltför väl bekant med den, men Rantzau hade förfärats.

– En koppepidemi kan nå in till hovet, hade Rantzau sagt. Den kan tränga in... lämna oss försvarslösa...

– Trots det danska försvaret, hade Struensee sagt. Trots härens stora anslag.

– Kronprinsen måste skyddas, hade Rantzau då kyligt genmält eftersom han inte fann att detta var ägnat för skämt.

– Jag vet, hade Struensee svarat snabbt och till synes avvärjande. Drottningen har redan bett mig. Jag skall göra det.

Rantzau hade nästan blivit förstummad, men bemannat sig och sagt det riktiga i rätt ton.

– Drottningen? Redan? Så utmärkt.

– Ja, Drottningen.

– Konungen skulle dyrka dig för resten av ditt liv om koppningen är framgångsrik. Dyrkar gör han ju redan. Det är fantastiskt. Han litar på dig.

Struensee hade inte svarat.

– Hur är Konungens... situation? Egentligen?

– Den är komplicerad, hade Struensee sagt.

Mer hade han inte sagt. Det var också vad han tänkte. Han trodde sig under dessa månader som gått efter hemkomsten från Europa ha förstått att Konungens situation var just – komplicerad.

Det hade varit ett oerhört ögonblick i Paris när Christian samtalat med de franska encyklopedisterna. Och under några veckor hade han trott att Christian skulle kunna läkas samman; att denne lille pojke visserligen hade fått en frostskada i själen, men att inte allt var för sent. Christian hade de veckorna tyckts vakna ur sin dvala, talat om att hans uppgift var att skapa ett förnuftets rike, att hovet var ett dårhus, men att han fullt och fast litade på Struensee.

Han litade fullt och fast. Fullt och fast. Det upprepade han ständigt.

Men det var motiven till denna tillgivenhet som var så gåtfulla, eller hotfulla. Struensee skulle bli hans ”stok”, hade han sagt; som om han på nytt hade blivit ett barn, erövrat käppen från den fasansfulle övervakaren, och nu satt den i händerna på en ny vasall.

Struensee hade sagt att han inte ville vara en ”stok”, inte ens ett svärd, inte en hämnare. Förnuftets rike kunde inte byggas på hämnd. Och de hade tillsammans, som en liturgi, gång på gång läst brevet som Voltaire skrivit till honom, och om honom.

Ljuset. Förnuftet. Men Struensee visste samtidigt att detta ljus och förnuft befann sig i händerna på en pojke som bar mörkret inom sig som en väldig svart fackla.

Hur skulle därur ljus kunna födas?

Ändå var det något i bilden av ”stokken” som motvilligt hade attraherat Struensee. Var ”stokken” nödvändig för förändringen? Voltaire hade sagt något som bitit sig fast; om nödvändigheten, eller hade han sagt plikten?, att tränga sig igenom den springa som plötsligt kunde skapas i historien. Och han hade alltid drömt om att förändringarna kunde vara möjliga, men trott att han själv, en obetydlig tysk läkare från Altona, bara var en livets lille hantverkare vars uppgift varit att, från alla dessa människor, bortskrapa livets smuts med sin kniv. Han hade inte tänkt ”skalpell”; det var för vasst och hotfullt. Det kändes kopplat till obduktionerna, när han skurit upp självmördarna, eller de avrättade. Nej, han hade tänkt det som en hantverkares enkla kniv. Att skära fram livets rena trä. Som en hantverkare.

Skrapa, med hantverkarens kniv. Skrapa bort livets smuts. Så att träytan blev ren, ådrig, och levande.

Men Diderots hälsning från Voltaire innebar något annat.

Han hade inte sagt plikt. Men han hade menat det. Och Struensee kunde vakna på nätterna i sitt rum i detta iskalla förfärliga slott och ligga stilla och stirra upp i taket och plötsligt tänka att det kanske är jag och *detta är det ögonblick som aldrig återkommer men fångar makten mig är jag förlorad och dömd till undergång och jag önskar icke*, det fick honom att andas snabbare, nästan ångestfullt, och han började tänka att detta var ett ansvar, att det var ett oerhört ansvar, och att detta ögonblick aldrig skulle återkomma. Detta ögonblick som var Köpenhamn.

Att det var HAN!!!

Och det var som om han såg historiens springa öppna sig, och han visste att det var livets springa, och att det bara var han som kunde tränga sig igenom denna springa. Att det kanske, kanske var hans plikt.

Och han hade blivit oerhört rädd.

Han hade inte velat beskriva Konungens situation för Rantzau. Det hade plötsligt känts klibbigt. Rantzau var klibbig. Han hade inte sett det förut, inte i Aschebergs Have, inte under dessa underbara sommarkvällar i Rousseaus hydda, men nu kände han det klibbiga tydligt.

Han ville hålla honom undan.

– Komplicerad? hade Rantzau frågat.

– Han drömmer om att skapa ett ljus, hade Struensee sagt. Och förnuftets rike. Och jag fruktar att jag skulle kunna hjälpa honom.

– Fruktar? hade Rantzau sagt.

– Ja, jag är rädd.

– Mycket bra, hade Rantzau sagt med ett egendomligt tonfall. Förnuftets rike. Förnuftet. Och Drottningen?

– En märklig kvinna.

– Bara då inte förnuftet dödas av passionens hydra, hade Rantzau sagt i lätt ton.

Till detta kommer en händelse som inträffat tre dagar tidigare.

Efteråt var Struensee rädd att han feltolkat den. Men det – just komplicerade – i situationen hade uppfyllt honom i flera dagar.

Det var kanske på grund av denna händelse han, inför Rantzau, använt ordet ”komplicerad”.

Det som hänt var följande.

Christian och Struensee hade ensamma befunnit sig i Konungens arbetsrum. Hunden hade, som vanligt, suttit i Konungens knä, och denne hade med den ena handen underskrivit en rad dokument som Struensee, på Konungens uppmaning, rent språkligt hade bearbetat.

Det var överenskommelsen dem emellan. Struensee skrev allt. Han insisterade dock på att detta endast var en rent språklig bearbetning. Christian hade långsamt och sirligt undertecknat, och under tiden mumlat för sig själv.

– Vilket raseri! skall inte detta framkalla. Bernstorff. Guldberg. Guldberg! skall veta sin plats. Får nu veta sin plats!! Jag skall slå sönder. Kabinettet. Allt.

Struensee hade vaksamt iakttagit honom, men inte sagt något, då han ju väl lärt känna Konungens maniska ramsor om destruktion, Fågel Fenix, och templets rensning.

– Slå! Allt i stycken!!! Inte sant, Struensee, jag tänker rätt, inte sant!!

Struensee hade då lugnt och stilla sagt:

– Ja, Ers Majestät. Något måste göras med detta förfallna rike.

– Ett ljus! Från Norden!

Han hade kysst hunden, något som ofta äcklade Struensee, och fortsatt:

– Templet skall rensas! Total destruktion!!! Ni håller med, inte sant!!!

Så långt hade allt varit välbekant. Men Struensee, som ett ögonblick känt ett slags trötthet inför Konungens utbrott, hade lågt och egentligen för sig själv mumlat:

– Ers Majestät, det är ibland inte helt lätt att förstå Er.

Han hade trott att detta helt obemärkt skulle glida förbi Konungens uppmärksamhet. Men denne hade lagt ner sin penna och betraktat Struensee med ett uttryck av intensiv sorg, eller skräck, eller som om han ville få Struensee att förstå.

– Ja, hade han sagt. Jag har många ansikten.

Struensee hade betraktat honom med uppmärksamhet, eftersom han hade hört ett tonfall som var nytt för honom.

Konungen hade sedan fortsatt:

– Men, doktor Struensee, i det förnuftets rike ni vill skapa, där finns det kanske bara plats för människor gjutna i ett stycke?

Och efter en stund hade han tillagt:

– Men finns det då plats för mig?

7.

De tycktes avvakta.

Drottningen hade, efter mötet i parken med Struensee, känt ett egendomligt raseri; hon hade klart identifierat det som raseri.

Hon hade inte varit lugn. Det hade varit raseri.

På natten hade hon åter tagit av sig sin nattdräkt, och intensivt smekt sin blygd. Tre gånger hade lusten kommit i en stor våg, men denna gång inte skänkt henne något lugn, utan efterlämnat just raseri.

Jag håller på att förlora kontrollen, hade hon tänkt. Jag måste återvinna kontrollen.

Jag måste återvinna kontrollen.

Christian, Caroline Mathilde, Struensee. De tre.

De tycktes betrakta varandra med nyfikenhet, misstro. Hovet betraktade dem också. De betraktade hovet. Alla tycktes vänta.

Någon gång blev de också betraktade utifrån. Senare på hösten skrevs ett brev som i viss mån förebådar det som skulle hända. En skarpsynt iakttagare, den svenske kronprinsen Gustav, sedermera konung Gustav den tredje, gjorde detta år en resa till Paris, och stannade en kort tid i Köpenhamn. Han har sett något. Något har kanske inte hänt, men något kommer kanske att hända.

Han rapporterar i några brev till sin mor om situationen vid det danska hovet.

Han är missnöjd med det danska hovet, finner slottet smaklöst. Guld, guld, allt är guld övermålat med guld. Ingen stil. Paraderna är jämmerliga. Soldaterna går inte i takt, vänder långsamt, utan precision. Liderlighet och sedeslöshet vid hovet, "till och med värre än hos oss". Danmark kan knappast vara ett militärt hot mot Sverige, det är hans bedömning.

Dålig smak och långsamma vändningar.

Dock är det kungaparet och Struensee som fångar hans största intresse.

"Men det märkligaste av allt, det är slottets herre, och allt som omger honom. Hans figur är snygg, men han är så liten och spinkig att man lätt kunde ta honom för ett barn på tretton år eller en flicka utklädd till man. Madame Du Londelle i manskläder skulle likna honom mycket, och jag tror inte alls att Kungen är mycket större än hon.

Vad som gör, att man absolut inte tror, att han kan vara Kung, det är, att han inte bär någon orden, och inte nog med att han avstått från att bära serafimerorden, han bär inte ens ordensstjärnan. Han liknar mycket vår svenska Kronprinsessa, och han talar som hon, med den skillnaden att han talar mer. Han verkar blyg, och när han har sagt någonting, ändrar han sig precis som hon och tycks vara rädd att han sagt något galet. Hans gång är något utöver det vanliga, det är som om benen ger vika under honom.

Drottningen är något helt annat. Hon ger intryck av att vara tilltagsen, stark och robust. Hennes sätt är mycket otvunget, och utan hämningar. Hennes tal är livfullt och spirituellt men också mycket snabbt. Hon är varken snygg eller ful; till sin längd är hon som folk är mest, men hon är kraftig utan att vara fet, alltid iklädd riddräkt, med stövlar, och alla damerna i hennes följe måste vara likadant klädda som hon, vilket gör, att man på teatern, ja överallt, kan särskilja damerna i hennes svit från de andra."

Han har också noga iakttagit Struensee. Vid bordet har denne suttit mittemot Drottningen. Han har ”sneglat” på Drottningen på ett sätt som den svenske kronprinsen inte tyckt om. ”Men det allra märkligaste är, att Struensee blivit herre på slottet, och att han regerar t.o.m. över Kungen. Missnöjet med detta är oerhört stort och tycks öka dagligen. Om det funnes lika mycket kraft i den här nationen, som det finns missnöje i detta nu, skulle saker och ting kunna ta en allvarlig vändning.”

Det är på hösten. Den svenske kronprinsen, sedermera konung Gustav den tredje – han ärver tronen senare samma år – tycker sig ha sett något.

Det har också inträffat något.

Kapitel 8

EN LEVANDE MÄNNISKA

1.

Guldberg tyckte sig ofta se historien som en flod som obönhörligt växande flöt mot havet, och där förenade sig med det stora vatten han föreställde sig som urbilden av Det Eviga.

Vattnets rörelser var Guds vilja. Han själv endast den obetydlige betraktaren på stranden.

Det lämnade skenbart inte mycket till övers för honom i det stora historiska skeendet. Men han hade samtidigt tänkt sig att denne lille obetydlige betraktare, Guldberg, han själv, med sina klara isblå ögon, tack vare sin obetydlighet, sin uthållighet, och sina skarpa aldrig blinkande ögon, hade tilldelats en roll. Han var icke endast betraktaren av Guds obönhörliga makt, utan också en uttolkare av vattenvirvlarna. Floden var till sin karaktär outgrundlig. Men någon var det förunnat att se vattenvirvlarnas underströmmar, bemästra det outgrundligas logik, och förstå Guds Viljas hemligheter.

Det var också därför han för säkerhets skull skaffat sig rapportörer.

Efter mötet med Änkedrottningen i Slotskirken hade han förstått vad hans uppgift var. Den var inte endast uttolkarens. Det måste ju finnas en riktning på tolkningen. Uppgiften var att älska hennes lille son, den lille vanskapte; och genom kärleken till denne den obetydligaste skulle Guds vilja till sist förverkligas i Danmark.

Men Guds vilja var, framför allt, att smutsen skulle brännas bort, och upplysningstankarna förbrinna i Guds stora eld.

Mötet i Slotskirken hade betytt mycket. Men han hade inte blivit en lejd hejduk. Denna uppgift, detta kall, var inte resultatet av en lust att bli belönad. Han kunde inte köpas. Han hade velat säga detta till Änkedrottningen vid mötet i kyrkan, men kunde ju inte. Han hade tagit illa vid sig av ordet "belöning". Hon hade inte förstått att han inte kunde köpas. Han ville inte ha titlar, belöningar, makt; han ville förbli den oansenlige, vars uppgift var att uttolka Guds stora outgrundliga vatten.

Hans oro för utvecklingen var stor. Den hängde samman med att han ej trodde Struensee heller kunde köpas. Kunde han verkligen köpas, så visste Guldberg ännu inte med vad. Kanske kunde han inte köpas. Kanske skulle detta stora träd fällas av något annat; men då måste han genomskåda Struensee, förstå var denne besatt en svag punkt.

Struensee var en uppkomling, på denna punkt liknade han Guldberg själv. De var båda små buskar bland de stora högmodiga träden. Han älskade dessa bilder. Buske, träd, fälld skog. Och slutlig triumf. Ibland kunde han hata Struensee med kärlek, nästan medkänsla, kanske ömhet. Men han visste att hans uppgift var att genomskåda honom.

Han fruktade att Struensee inte var en gängse intellektuell. Men han anade var den svaga punkten fanns. Endast Guldberg, vid flodens strand, hade förstått detta. Att svagheten paradoxalt nog var att Struensee inte åtrådde makten. Att hans hycklande idealism var äkta. Kanske var det så att Struensee inte önskade låta sig infångas, korrumperas, av makten. Kanske avstod han från det stora spelet. Kanske var han en helt igenom ren människa i det ondas tjänst. Kanske hyste han en naiv dröm om att renhet var möjlig. Kanske ville han inte nedsmutsas av makten. Kanske skulle han lyckas i detta, att motstå maktens smuts, inte döda, inte förinta, inte spela maktens stora spel. Kunna förbli ren.

Och att det var därför Struensee var dömd till undergång.

2.

Guldberg hade följt den stora europeiska resan på avstånd, nästan dag för dag, genom sina rapportörer. Med orörligt ansikte hade han läst breven om detta sinnessjuka slöseri. Ändå hade han inte blivit orolig förrän de första breven från Paris anlänt.

Då hade han förstått att en annan fara hotade.

Vem kunde ha anat. Rantzau kunde ha anat. Han rekommenderade Struensee, och måste ha vetat. Beskedet om Konungens möte med encyklopedisterna rågade måttet. I juni hade han därför haft ett långt samtal med greve Rantzau.

Det hade förts i saklig ton. Guldberg hade rekapitulerat en del av Rantzaus curriculum vitae, inklusive hans påstådda spioneri för den ryska kejsarinnan, och hur viktigt det var att glömma denna obetydliga incident med tanke på de orimligt grymma straffen för landsförräderi. Han hade kort skisserat spelets förutsättningar. De hade enats om vissa saker: att Struensee var en parveny och livsfarlig.

Rantzau hade för sin del mest tigit, eller gett uttryck för nervositet.

Guldberg hade fått allting bekräftat. Rantzau var en helt igenom karaktärslös människa.

Han hade dessutom stora skulder.

Guldberg hade under samtalet tvingat sig till den största behärskning, så att hans förakt ej skulle bli synligt. De stora vackra träden kunde köpas, och skulle fällas.

Men de små buskarna: nej.

I maj hade situationen blivit oklar, därför farlig. I juli tvingades han till en särskild avrapportering till Änkedrottningen.

De hade stämt möte på Hofteatret, då ju samtal i Änkedrottningens kungliga loge före en föreställning knappast kunde misstänkas vara konspiratoriska, och därför genom den höga graden av offentlighet väl lämpade sig för sekreta samtal.

Dessutom stämde orkestern sina instrument.

Han gjorde en snabb, detaljerad sammanfattning. I maj hade koppningen av den lille kronprinsen genomförts, och blivit framgångsrik. Det hade stärkt "Den tystes" position. Intrigläget var att Holck var i onåd, Rantzau i nåd, men en karaktärslös och ofarlig människa. Bernstorff skulle entledigas till hösten. Struensee var inte längre Rantzaus protegé, och Struensee ägde snart all makt. Därför hatade Rantzau honom, men betraktade sig som Struensees ende och närmaste vän. Brandt var i nåd. Konungen, utom all kontroll, skrev mekaniskt under dekreten. Struensee skulle den följande veckan utnämnas till konferensråd med en årslön av 1 500 riksdaler. Det brev angående förbud, eller "upphörande", av utdelning av ordenstecken och belöningar som Konungen veckan innan undertecknat var skrivet av "Den tyste". En flod av ”reformer” väntade.

– Hur vet ni? hade Änkedrottningen frågat. Struensee lär inte ha berättat det för er.

– Men kanske Rantzau, hade Guldberg då svarat.

– Är han inte Struensees ende vän?

– Struensee har vägrat anbefalla att hans skulder avskrivs, hade Guldberg kort förklarat.

– En intellektuell med skulder i konflikt med en upplysningsman med principer, hade Änkedrottningen tankfullt sagt som för sig själv. En tragedi för båda.

Guldberg hade då gått vidare i sin analys. Det Struensee nyligen kallat ”språklig bearbetning” av Konungens dekret var nu ohöljd maktutövning. Konungen skrev under allt som Struensee pekade på. Reformer vällde fram som en flod. Planerna, som snart skulle förverkligas, omfattade också oinskränkt tryckfrihet, religionsfrihet, att Öresundstullen ej längre skulle gå till hovstaten utan till staten, bondefrågans lösning och livegenskapens upphävande, att bidragen till olönsamma industrier ägda av adeln skulle dras in, en reformering av sundhetsväsendet, samt en lång rad detaljplaner, som till exempel att kyrkans lokaler i Amaliegade skulle beslagtas och omvandlas till barnhem.

– Barnhem för horungar, hade Änkedrottningen bittert infogat.

– Samt självfallet förbud mot användning av tortyr vid förhör.

– Denna punkt, hade Änkedrottningen då genmält, skall i varje fall definitivt bli upphävd när denna råtta är infångad och oskadliggjord.

Musiken hade nu slutat stämma sina instrument, och

Änkedrottningen hade till sist viskande frågat:

– Och Drottningens syn på Struensee?

– Om henne, hade Guldberg likaså viskande svarat, vet ingen någonting. Men när någon vet, då är jag den förste att få veta.

3.

Hon lät sig allt oftare köras längs kusten. Hon gick ut, och stod väntande längst nere vid vattenbrynet. Doften var densamma, hav och tång, men ändå inte densamma. Först hade det bara varit leda. Sedan blev det föreningen av lust och död. Sedan blev det något annat.

Det hängde kanske samman med Struensee. Hon ville veta vad det var.

Hon hade frågat var han fanns och fått veta; därför hade hon förlagt sin eftermiddagspromenad till de kungliga hovstallarna, där doktor Struensee varje tisdag och fredag plägade företa sina ridturer.

Han var mycket riktigt där. Det var därför hon gått dit, utan hovdamer i följe. Hon hade gått dit för att få veta vad det var som skapade hennes raseri, och för att sätta honom på plats.

Han var upptagen med att sadla sin häst, och eftersom hon bestämt sig för att sätta honom på plats och var rasande hade hon gått rakt på sak.

– Doktor Struensee, hade hon sagt, å, ni är upptagen med er ridning, jag vill inte störa, ni är så upptagen.

Han hade endast förbryllad bugat sig, fortsatt sadlingen av hästen, men intet sagt. Det var oerhört. Minsta kännedom om hovets etikett sade att han måste svara, och på föreskrivet höviskt sätt; men han var ju en plebej.

– Ni förolämpar Danmarks drottning, hade hon då sagt, jag talar till er, ni svarar inte. Så oförskämt.

– Det var inte meningen, hade han sagt.

Han tycktes inte ens bli rädd.

– Alltid upptagen, hade hon tillagt. Vad gör ni egentligen?

– Jag arbetar, hade han sagt.

– Med vad?

– Jag står i Konungens tjänst. Förbereder skrivelser. Samtalar. Ger råd ibland, om Konungen så önskar.

– Ni lovade att ge mig ridlektioner, jag tillät er lova det, och sedan har ni inte tid! inte tid! men akta er, ni kan falla i onåd! ONÅD!!!

Han hade då upphört med att sadla hästen, vänt sig om, och bara betraktat henne med häpnad, kanske irritation.

– Får jag fråga, hade hon tillagt med så okontrollerad röst att hon ett ögonblick hört det själv och fyllts av skam, får jag fråga om detta ARBETE är så nödvändigt, får jag fråga detta? och det får jag!!! vad är det som...

– Skall jag svara, hade han frågat.

– Gör det, doktor Struensee.

Det kom så plötsligt. Hon hade inte väntat det. Han hade svarat henne med ett plötsligt raseri som överraskat dem båda.

– Ers Majestät, med all respekt, jag arbetar verkligen, hade han sagt med lågmält ursinne, men inte så mycket som jag borde. Det jag borde arbeta med kräver tid, jag har den inte, jag måste också sova, jag är otillräcklig, men ingen skall säga att jag inte försöker. Jag vet mycket väl vad jag inte gör, tyvärr, Ers Majestät, tyvärr; jag borde arbeta med att göra detta förbannade Danmark anständigt, arbeta med böndernas rättigheter, det gör jag inte, med att skära ner hovstaten till hälften, minst! minst!!!, det gör jag inte heller, med att ändra lagar så att mödrar till oäkta barn inte skall bestraffas, ICKE SKALL BESTRAFFAS!!!, det gör jag inte, arbeta med att de hycklande straffen för otrohet avskaffas, det gör jag inte heller, min Högt Ärade Drottning, det är så ofattbart mycket jag icke! icke!!! arbetar med, som jag borde, men inte kan, jag kan fortsätta länge, med andra exempel på det jag icke!!! arbetar med, jag kan...

Han hade plötsligt avbrutit sig. Han visste att han förgått sig. Det hade uppstått en lång tystnad, sedan hade han sagt:

– Jag ber om förlåtelse. Jag ber... att Ni förlåter mig. För denna...

– Ja?

– Oursäktliga förlöpning.

Plötsligt hade hon känt sig alldeles lugn. Hennes raseri hade försvunnit, inte för att hon satt honom på plats, inte för att hon blivit satt på plats; nej, det var bara borta.

– Vilken vacker häst, hade hon sagt.

Ja, så vackra hästarna var. Så underbart det måste vara att arbeta bland dessa vackra djur, deras hud, deras näsborrar, deras ögon som alldeles tyst och stilla betraktade henne.

Hon gick fram till hästen, strök över länden.

– Ett så vackert djur. Tror ni att hästar tycker om sina kroppar?

Han svarade inte. Hon strök vidare: halsen, manken, huvudet. Hästen stod alldeles stilla och väntade. Hon vände sig inte om mot Struensee, sade bara lågt:

– Föraktar ni mig?

– Jag förstår inte, sade han.

– Tänker ni: liten vacker flicka, sjutton år, dum, ingenting sett av världen, ingenting förstått. Ett vackert djur. Är det så?

Han bara skakade på huvudet.

– Nej.

– Och vad är jag då?

Han hade börjat rykta hästen, långsamt; så stannade handen upp.

– Levande.

– Vad menar ni?

– En levande människa.

– Så det har ni sett?

– Ja. Det har jag sett.

– Så bra, hade hon sagt mycket tyst. Så... bra. Det finns inte så många levande människor i Köpenhamn.

Han såg på henne.

– Det kan Ers Majestät inte veta. Det finns en värld utanför hovet också.

Hon tänkte: det är sant, men tänk att han vågar säga det. Han kanske har sett något annat än det bepansrade krigsskeppet, eller kroppen. Han ser något annat och han är modig. Men säger han det eftersom han ser mig som en liten flicka, eller säger han det för att det är sant?

– Jag förstår, hade hon sagt. Ni tänker att hon har inte sett mycket av världen. Eller hur? Det tycker ni? Sjutton år, aldrig levt utanför hovet? Ingenting sett?

– Det är inte åren, hade han då sagt. Somliga blir hundra år och har ändå ingenting sett.

Hon såg rakt på honom och kände för första gången att hon inte var rädd, eller rasande, utan bara lugn och nyfiken.

– Det gjorde ingenting att ni blev arg, sade hon. Det var så fint att se någon som... brann. Som var levande. Jag har aldrig sett det förr. Det var så fint. Nu kan ni börja rida, doktor Struensee.

4.

Kabinettet var församlat, för en gångs skull i sin helhet, när Konungen lät meddela att med. dr J. L. Struensee utnämnts till Kunglig Föreläsare med titeln Konferensråd.

Det var väntat. Ingen rörde en min.

Han meddelade vidare att skäl ej funnes för ytterligare kabinettssammanträden före september månads utgång, och att de kungliga dekret han under tiden undertecknat ej behövde konfirmeras i Kabinettet.

Det blev en iskall, lamslagen tystnad. Detta var inte väntat. Vad betydde det, i praktiken?

– Samtidigt vill jag allernådigst meddela, avslutade Konungen, att jag denna dag behagat utnämna min hund Vitrius till Riksråd, och skall han hädanefter behandlas med den vördnad som tillkommer denna titel.

Det blev mycket tyst mycket länge.

Sedan reste sig Konungen utan ett ord, alla följde hans exempel, och salen tömdes.

I gången utanför samlades för några ögonblick små grupper som snabbt upplöstes. Under denna korta tid hann dock Guldberg växla några ord med hovmarskalken greve Holck och utrikesministern greve Bernstorff.

– Landet, sade han, står nu inför sin värsta kris genom tiderna. Möte i afton hos Änkedrottningen klockan tio.

Det var en egendomlig situation. Guldberg tycktes överträda både sin titels befogenheter och etiketten. Men ingen av de båda andra hade upprörts. Och han hade sedan, som han senare tänkte "helt i onödan", tillagt:

– Absolut sekretess.

Vid förmiddagsmötet följande dag hade endast tre varit närvarande.

Det var konung Christian den sjunde, det var hans hund, det nyutnämnda riksrådet, schnauzern Vitrius, som lagt sig över Konungens fötter och sov, samt Struensee.

Struensee hade överlämnat dokument efter dokument till Konungen, som dock efter ett tag, med en handrörelse hade visat att han önskade göra ett uppehåll i arbetet.

Konungen hade envist tittat ner mot bordsskivan, han hade inte trummat med sina fingrar, han hade inga spasmer, hans ansikte tycktes endast präglat av en sorg så stor att Struensee ett ögonblick blev rädd.

Eller var det kanske en oerhörd ensamhet?

Utan att lyfta blicken, och med ett tonfall av absolut lugn och stor koncentration, hade Konungen sedan sagt:

– Drottningen lider av melancolia. Hon är ensam, hon är en främling i detta land. Jag har funnit det omöjligt att lindra denna melankoli. Ni måste lyfta denna börda från mina skuldror. Ni måste! ta er an henne.

Struensee hade efter en stunds tystnad sagt:

– Min enda önskan är att det nuvarande spända förhållandet mellan makarna måtte upphöra.

Konungen hade då endast upprepat:

– Ni måste lyfta denna börda från mina skuldror.

Struensee hade stirrat på de papper som låg framför honom. Christian lyfte inte blicken. Hunden sov tungt över hans fötter.

5.

Han blev inte klok på henne.

Struensee hade sett henne i Altona under hennes uppehåll där före ankomsten till Köpenhamn, och han hade knappast sett henne. Det var uppenbart att hon då bara var ett barn, och skräckslagen.

Han hade blivit upprörd. Man borde inte få behandla människor så. Men han hade inte sett henne.

Sedan hade han sett henne. Plötsligt hade han förstått att hon innebar en stor fara. Alla hade talat om henne som ”förtjusande” eller ”charmerande”, men detta var ju vad man tvingades säga om drottningar. Det betydde ingenting. Man hade utgått från att hon var viljesvag och charmerande, och att hennes liv skulle bli ett helvete, dock på ett högre plan än för borgerskapets hustrur, och på en annan planet i jämförelse med folkets. Men någonting i henne fick honom att tro att man underskattat den lilla engelskan.

Hennes hy var fantastisk. Hon hade mycket vackra händer. En gång hade han kommit på sig själv med att föreställa sig hennes hand omsluten kring hans lem.

Hennes önskan att lära sig rida hade varit förbluffande.

Hon förbluffade honom nästan alltid, de få gånger de möttes. Han tyckte sig se henne växa, men visste inte var det skulle sluta.

Arrangemangen kring den första ridlektionen hade varit utan problem. Men när tidpunkten var inne hade hon anlänt iklädd manskläder; ingen kvinna inom kungahuset hade någonsin ridit som en man, alltså med benen skilda och på var sin sida av hästen.

Det ansågs obscent. Ändå hade hon kommit iklädd manlig riddräkt.

Han hade inte kommenterat det.

Han hade tagit henne mjukt i handen, lett henne fram mot hästen för den första lektionen.

– Den första regeln, hade han sagt, är försiktighet.

– Och den andra?

– Mod.

– Jag tycker bättre om den andra, hade hon då sagt.

Hästen var noga utvald, den hade varit mycket lugn. De hade ridit i Bernstorffparken en timma.

Hästen hade skrittat mycket stilla. Allting hade gått mycket bra.

Hon hade ridit, för första gången i sitt liv.

Öppna fält. Träddungar.

Struensee hade ridit vid hennes sida. De hade talat om djur.

Hur djuren rörde sig, om djur kunde drömma, om de hade föreställningar om ett eget liv. Om deras kärlek var förbehållen någon speciell.

Om de själva kunde uppleva sina kroppar, hur de såg på människorna, om hur hästens drömmar var.

Drottningen hade sagt att hon föreställt sig hästarna som

annorlunda än andra djur. Att de föddes som obetydliga, med alltför långa ben, men att de mycket snart blev medvetna om sitt liv, sin kropp, och började drömma, att de kunde känna ångest eller kärlek, att de ägde hemligheter som kunde avläsas i deras ögon, bara man såg in i dem. Det var nödvändigt att se in i deras ögon, då förstod man att hästarna drömde när de sov, stående, omslutna av sina hemligheter.

Han hade sagt: Jag förstår att jag aldrig någonsin i hela mitt liv vågat se in i en hästs drömmar.

Och då hade Drottningen skrattat, för första gången under hennes snart tre år långa tid i Köpenhamn.

Redan nästa dag hade ryktet spritt sig.

Struensee hade passerat genom slottets valvgång och där mött Änkedrottningen; hon hade hejdat honom.

Hennes ansikte hade varit som sten. Hennes ansikte var strängt taget alltid som sten; men nu låg därunder ett raseri som gjorde henne nästan skrämmande.

– Doktor Struensee, hade hon sagt, jag har blivit informerad om att Drottningen ridit på häst iklädd mansdräkt, och grensle på hästen. Är det riktigt?

– Det är riktigt, hade han sagt.

– Det är ett brott mot etiketten, och ovärdigt.

– I Paris, hade han svarat, rider damerna alltid på detta sätt. På kontinenten betraktar ingen detta som ovärdigt. I Paris är detta...

– I Paris, hade hon snabbt genmält, finns mycken osedlighet. Vi behöver inte importera allt detta till Danmark.

Han hade bugat sig, men inte svarat.

– Bara ytterligare en fråga, doktor Struensee, om dessa

kontinentala... tankar.

Han hade bugat lätt.

– Vad är det slutgiltiga målet för dessa... upplysningsmän? Jag har bara... undrat?

Han hade noga valt sina ord.

– Att skapa en himmel av jorden, hade han sedan sagt med ett lätt leende.

– Och vad sker då med den... riktiga... himlen? Och jag menar då Guds himmel.

Han hade med ett lika milt leende sagt:

– Den blir då... enligt deras mening... mindre nödvändig.

Änkedrottningen hade med samma lugna tonfall sagt:

– Jag förstår. Det är också därför dessa hädare måste förintas.

Hon hade sedan vänt sig om, och gått.

Struensee hade länge stått stilla, och sett efter henne. Han hade tänkt: Egentligen är jag ingen modig människa. Jag kan känna ett iskallt stråk av rädsla när en gammal kvinna tilltalar mig. Om man ser en springa i historien, och vet att man borde tränga sig in – är det då riktigt att en man som kan känna rädsla för en gammal kvinna påtager sig denna uppgift?

Han tänkte senare: motståndet börjar bli synligt. Inte bara en gammal kvinna. Adeln. Guldberg. De är många. Motståndet avtecknar sig snart mycket klart.

De som är mot, dem kan jag nog urskilja. Men vilka är med?

Kapitel 9

ROUSSEAUS HYDDA

1.

Allt svårade att förstå vad som händer.

Ljuskäglan tycks krympa kring några få skådespelare på en teaterscen. Dock står de ännu med sina ansikten vända från varandra.

Mycket snart beredda till replik. Ännu frånvända ansikten, och tystnad.

När Christian en afton, än en gång, för Struensee berättade om sina mardrömmar kring sergeanten Mörls smärtsamma död, och förirrade sig i detaljer, hade Struensee överraskande börjat vandra omkring i rummet och ursinnigt tillsagt Konungen att sluta.

Christian hade häpnat. Medan Reverdil fanns kvar, innan han blivit utvisad som bestraffning, hade han kunnat tala om detta. Nu tycktes Struensee tappa fattningen. Christian hade frågat varför. Struensee hade endast sagt:

– Ers Majestät förstår inte. Och har aldrig bemödat sig om att förstå. Trots att vi känt varandra så länge. Men jag är ingen modig människa. Jag hyser skräck för smärta. Jag vill inte tänka på smärta. Jag är lätt att skrämma. Så är det, vilket Ers Majestät skulle ha vetat, om Ers Majestät varit intresserad.

Christian hade förvånad betraktat Struensee under dennes

utbrott, och sedan sagt:

– Jag är också rädd för döden.

– Jag är icke rädd för döden!!! hade Struensee då otåligt sagt. Endast för smärta. Endast för smärta!!!

Från sensommaren 1770 finns en teckning av Christians hand föreställande en negerpojke.

Han tecknade annars mycket sällan, men de teckningar som finns är gjorda med stor begåvning. Teckningen föreställer Moranti, negerpagen, som givits till Konungen för att förminska dennes melankoli, och "så att han fick någon att leka med".

Ingen borde uttrycka sig så. Melankoli var det korrekta ordet, inte lekkamrat. Men Brandt, som kommit på idén, uttrycker sig just så: en lekkamrat till Majestätet. Det hade spridit sig en stämning av dov resignation kring Konungen. Svårt var att bland hovmännen hitta lekkamrater. Konungen tycktes koncentrera dagens energi till den timme när han undertecknade de dokument och skrivelser som Struensee förelade honom; men sedan de skilts åt för dagen föll apatin över honom, och han sjönk in i sitt mumlande. Brandt hade tröttnat på Konungens sällskap och hade köpt en negerpage som leksak till honom. När han begärt tillstånd hade Struensee endast resignerat skakat på huvudet, men accepterat.

Struensees ställning vid hovet var nu så självklar att det också krävdes hans acceptans för inköp av negerslavar.

Det var ganska förklarligt att han tröttnat, hade Brandt framhållit, då lekfull samvaro med Majestätet inte kunde räknas till hans självklara uppgifter som teaterchef. I själva verket var Brandt utmattad och rasande. Samvaron med

Majestätet hade blivit allt enformigare, då denne ofta satt hela dagarna i en stol, viftade med händerna, mumlade för sig själv, eller slött stirrade rakt in i väggen. Konungen hade dessutom för vana att ställa stolen nära väggen, och vänd mot väggen, för att slippa betrakta omgivningen.

Vad skulle Brandt göra? Konversera var svårt. Han kunde ju inte ställa sig mellan stolen och väggen, förklarade han för Struensee.

Gör som ni vill, hade Struensee sagt. Detta är ändå ett dårhus.

Negerpagen hade döpts till Moranti.

Moranti kom att spela en viss roll i det följande, också i den diplomatiska rapporteringen.

Senare samma höst, när situationen tillspetsats och de oroande rapporterna om Struensees makt nått också främmande makter, hade det franska sändebudet ansökt om audiens hos Konungen. Men när ambassadören anlände hade endast Struensee befunnit sig i rummet och förklarat att konung Christian den sjunde i dag var opasslig, men att han velat betyga den franska regeringens utsände sin vördnad och tillgivenhet.

– Doktor Struensee..., hade det franska sändebudet börjat, men omedelbart korrigerats av Struensee.

– Konferensrådet.

Stämningen hade varit laddad och fientlig, men hövisk.

– ...vi har nåtts av rykten om den danske monarkens närmast... revolutionära planer. Intressant. Intressant. Vi är ju väl bekanta med dessa tankegångar i Paris. Och kritiska mot dem. Som ni säkert känner till. Vi vill, med all respekt, försäkra oss om att inte mörka... revolutionära... krafter av misstag! av misstag! släpps loss. Hos er. Och i Europa. Så att icke upplysningens smitta... ja så vill jag nog uttrycka mig, smitta! griper omkring sig. Och då vi vet att den unge monarken har ert öra, vill vi...

Struensee hade, mot etiketten, inte bjudit det franska sändebudet att sitta; de stod nu båda mitt emot varandra på vid pass fem alnars avstånd.

– Är man rädd i Paris? hade Struensee frågat med ett tonfall av lätt ironi. Rädd för det lilla obetydliga landet Danmark? Är det detta ni vill säga?

– Vi kanske vill veta vad som pågår.

– Det som pågår är en dansk angelägenhet.

– Som inte angår...?

– Precis.

Sändebudet hade iskallt stirrat på Struensee, och sedan yttrat med häftig röst, som om han för ett ögonblick hade tappat sin självbehärskning:

– Upplysningsmän som ni, doktor Struensee, borde inte vara oförskämda!

– Vi är bara sakliga.

– Men om kungamakten är i fara...

– Den är inte i fara.

– Vi har hört annat.

– Låt bli att lyssna då.

Plötsligt hade vilda rop hörts från slottsgården. Struensee ryckte till och gick fram till fönstret. Det han såg var att konung Christian den sjunde lekte med sin page. Christian föreställde ridhäst, och den lilla negerpojken satt på hans rygg och svängde vilt hojtande sin ridpiska medan Majestätet kravlade fram på alla fyra.

Struensee vände sig om, men det var för sent. Det franska sändebudet hade följt honom fram till fönstret, och sett. Struensee drog då, med sammanbitet ansikte, draperierna för fönstret.

Men situationen hade varit mycket tydlig.

– Herr Struensee, hade det franska sändebudet sagt med ett tonfall av förakt och raseri, jag är ingen idiot. Det är inte heller min konung, inte heller andra regenter i Europa. Jag säger detta med den klarhet ni säger er uppskatta så mycket. Ni leker med elden. Vi kommer inte att tillåta att den stora förtärande revolutionära branden startar i detta lilla skitland.

Och så: den exakta bugning som höves.

Situationen där nere på slottsgården hade varit absolut tydlig, och sann. Det gick inte att komma ifrån.

Var detta envåldshärskaren med förnuftets fackla i sin hand? Eller en dåre. Vad skulle han göra med honom?

Nej, han visste inte vad han skulle göra med Christian.

Problemet växte hela tiden. Till slut var det ett problem som tycktes sätta honom själv i fråga. Var han den rätte? Eller fanns den svarta facklan också inom honom själv?

Veckan innan den lilla negerpagen kom till hovet hade Struensee gripits av desperation. Kanske borde förnuftets röst tala. Kanske klokast vore att överlämna Christian åt sin sjukdom, låta honom uppslukas av mörkret.

Kunde ljuset komma ur den svarta facklans mörker? Förnuftet skulle ju vara den hävstång som sattes under världens hus. Men utan den fasta punkten? Om förnuftet icke fann en svängtapp?

Men han tyckte ju om detta barn. Han ville inte överge

Christian, som kanske var en av de onödiga, en av dem som inte hade någon plats i den stora planen. Men var inte de onödiga också en del av den stora planen.

Var det inte för de onödigas skull planen skapats.

Han grubblade mycket över sin egen tvehågsenhet. Christian var skadad, hade en frostskada i själen, men samtidigt var hans makt nödvändig. Vad var det han själv åtrådde, eller nu i varje fall använde sig av? Christians sjukdom skapade ett tomrum i maktens centrum. Dit hade han kommit på besök. Det borde finnas en möjlighet att rädda både pojken och drömmen om det förändrade samhället.

Han hade sagt sig detta. Han visste då inte om han, i första hand, försvarade Christian eller sig själv.

Bilden med den svarta facklan som utstrålade mörker lämnade honom inte. Det brann en svart fackla i denne unge monark, det visste han nu, och dess sken tycktes utsläcka förnuftet. Varför lämnade bilden honom inte i fred? Kanske fanns en svart fackla också inom honom själv. Nej, kanske inte.

Men vad var det då som fanns där.

Ljuset, präriebranden. Det var så vackra ord.

Men Christian var både ljus och möjlighet, och en svart fackla som slungade sitt mörker in över världen.

Var det så människan var. Både möjlighet och svart fackla.

Christian hade en gång, i ett av sina klara ögonblick, talat om människor gjutna i ett stycke; själv var han inte gjuten i ett stycke, hade han sagt. Han hade många ansikten. Sedan hade Christian frågat: finns det då plats för sådana som jag i förnuftets rike?

En så enkel, barnslig fråga. Och plötsligt hade den gjort så ont inne i Struensee.

Det borde finnas plats också för Christian. Var det inte detta allt gick ut på? Var det inte just därför sprickan i historien skulle öppnas framför Struensee; var inte också detta en del av uppdraget?

Vad var då uppdraget. Han kunde se sig själv inför eftervärlden som den tyske läkare som kom på besök i dårhuset. Som givits en mission?

"Besök" var ett bättre ord, bättre än kall och uppdrag. Jo, han hade börjat tänka så. Det hade växt inom honom. Ett besök, ett uppdrag som fullföljdes, en uppgift som ställdes, en springa som öppnade sig i historien; och då skulle han tränga in, och sedan försvinna.

Med Christian vid handen. Kanske var detta just det som var viktigt. Att inte lämna Christian efter sig. Han som hade många ansikten, och icke var gjuten i ett stycke, och i vars inre en svart fackla nu brann allt häftigare och kastade sitt mörker över allting.

Vi två, hade Struensee ibland tänkt. Ett storartat par. Han med sin svarta fackla som kastar sitt mörker, och jag med min klara blick och fruktansvärda rädsla, den jag döljer så skickligt.

Och dessa två skall då sätta en hävstång under världens hus.

2.

Han visste att han inte borde ha tillåtit gåvan.

Den lille negerpojken var en leksak. Det var inte leksaker

Konungen behövde; det förde honom i fel riktning, som en illa riktad stöt mot en biljardkula.

Skälet till att han – som han senare tänkte – "gav efter" var en händelse som inträffat den första veckan i juni 1770.

Christian hade börjat följa honom som en hund: pladdrande, tillgiven, eller bara tyst vädjande. Något måste göras för att upprycka Konungen ur hans letargi. Struensee hade därför beslutat att en resa skulle företas, en kortare, icke till de europeiska hoven, utan till verkligheten. Verkligheten skulle upplyfta Konungen ur hans melankoli. Resan skulle förläggas till den danska landsbygden och ge Konungen en bild av de livegna danska böndernas situation; men en verklig och realistisk, utan "hoveri", utan att dessa livegna vore medvetna om att Konungen fanns i deras närhet och betraktade deras liv.

Resan måste därför företas inkognito.

Dagen före resan, vars plan accepterats av Konungen utan invändningar eftersom han varken informerats om den egentliga avsikten eller skulle ha varit intresserad av den, hade ryktet om planen emellertid nått ut. Det hade kommit till en häftig uppgörelse med Rantzau, som vid denna tid tycktes ha återerövrat sin ställning vid hovet, åter hade Konungens gunst, och räknades som en av Struensees närmaste vänner.

Struensee befann sig denna morgon vid stallet, för att företa en tidig ridtur; det var kort efter soluppgången. Han hade sadlat sin häst, ridit ut genom stallgrinden, men där fångats upp av Rantzau som huggit tag i hästens betsel. Struensee hade då, med skymten av irritation, frågat vad denne ville.

– Vad jag har förstått, hade Rantzau sagt med illa kontrollerat ursinne, är det du som vill mycket. Men vad är nu detta.

Vad ÄR nu detta. Konungen skall släpas runt bland bönderna. Inte uppsöka beslutsfattare och andra som vi behöver för våra reformer. Utan bönder. För att se... vad?

– Verkligheten.

– Du har hans förtroende. Men du är på väg att göra ett misstag.

Struensee hade ett ögonblick varit nära att mista besinningen, men bemannat sig. Han hade förklarat att Konungens letargi och tungsinne måste helas. Konungen hade så länge vistats i detta dårhus att han förlorat förståndet. Konungen visste ingenting om Danmark.

– Vad säger Drottningen, hade Rantzau frågat.

– Jag har inte frågat henne, hade Struensee svarat. Släpp hästen.

– Du gör ett misstag, hade Rantzau då skrikit med så hög röst att det kunde höras av alla som befann sig i närheten, du är naiv, du har snart allt i din hand, men du förstår inte spelet, låt dåren vara, du kan inte...

– Släpp, hade Struensee sagt. Och jag tål inte att du kallar honom för dåre.

Men icke hade Rantzau släppt, endast fortsatt tala med hög röst.

Då hade Struensee sporrat hästen, Rantzau hade snubblat bakåt, fallit, och Struensee hade ridit ut och icke sett sig tillbaka.

Följande morgon hade Konungen och Struensee anträtt sin observationsresa bland de danska bönderna.

De första två dagarna hade varit mycket lyckosamma. Den tredje dagen hade katastrofen inträffat.

Det var sent på eftermiddagen, i höjd med Hillerød. Från vagnen hade de, på avstånd, kunnat se en grupp bönder samlade runt – något. Som till ett oskyldigt möte. Sedan hade vagnen kommit närmare, och situationen hade klarnat.

En skara människor var grupperade kring ett föremål. När vagnen närmade sig uppstod oro, flocken skingrades, någon begav sig springande mot huvudbyggnaden till det gods som låg intill.

Vagnen hade stannat. Inifrån vagnen betraktade Konungen och Struensee en människa sittande på en träställning. Konungen befallde att vagnen skulle köra närmare, och man hade nu tydligare kunnat urskilja gestalten.

På en trähäst, tillverkad av två bockar med en grovt tillyxad bjälke emellan, satt en ung bondpojke, naken, med bakbundna händer och fötterna surrade samman under bjälken. Han var kanske sexton sjutton år. Hans rygg var blodig, han tycktes ha blivit piskad, och blodet hade levrat sig.

Han skälvde våldsamt och tycktes mycket nära att förlora medvetandet.

– Jag antar, hade Struensee sagt, att han försökt rymma. Då sätts de upp på trähästen. De som överlever rymmer aldrig mer. De som dör slipper livegenskapen. Så är det i Ert rike, Ers Majestät.

Christian hade med uppspärrad mun, full av fasa, stirrat på den torterade. Den lilla folksamlingen hade under tiden retirerat.

– En hel bondeklass sitter där på trähästen, hade Struensee sagt. Det är verkligheten. Befria dem. Befria dem.

När stavnsbåndet infördes 1733 hade det varit ett sätt för

adeln att kontrollera, eller rättare sagt förhindra, arbetskraftens rörlighet. Var man bonde och född på ett gods fick man inte lämna godset före fyrtio års ålder. Villkoren, lönen, arbetsförhållandena och boendet, bestämdes av godsets ägare. Efter dessa fyrtio år tilläts man flytta. Verkligheten var då den, att de flesta bönder var så passiviserade, gravt alkoholiserade, skuldtyngda och fysiskt nedslitna att någon förflyttning sällan inträffade.

Det var det danska slaveriet. Det hade fungerat utmärkt som ekonomisk bas för adeln; det var värre villkor i norr än i södra Jylland, men det var slaveri.

Slavarna rymde ibland. Det hade Struensee haft rätt i. Och de måste därför bestraffas.

Men Christian tycktes inte ha förstått; det var som om scenen endast påmint honom om något annat, som han upplevt tidigare. Han tycktes inte ha uppfattat Struensees förklaringar, började tugga vilt, malde runt med käkarna som om orden inte velat nå fram; och han hade efter endast några sekunder påbörjat en osammanhängande skrikande ordramsa som, till slut, endast utmynnat i ett mumlande.

– Men denna bondpojken – är kanske förväxlad – som jag!!! varför straffar man mig? På detta sättet!!! Struensee!!! vad har jag gjort, är det ett rättvist straff, Struensee, straffas jag nu...

Christians mumlande blev allt högljuddare.

– Han har rymt, straffet är trähästen, hade Struensee försökt förklara, men Konungen hade endast fortsatt med sina alltmer otydliga och meningslösa paroxysmer.

– Ni måste lugna Er, hade Struensee enträget sagt. Lugn. Lugn.

Men nej.

Skymningen hade kommit, den fastbundnes rygg var svart av levrat blod, han tycktes ha suttit på trähästen länge. Struensee, som till sist tvingades ge upp försöken att lugna Konungen, såg hur den torterade pojken mycket långsamt föll framåt, gled runt träbjälken, och hängde med huvudet snett nedåt.

Christian skrek rakt ut, vilt och ordlöst. Pojken på trähästen var tyst. Allt var nu utom kontroll.

Det gick inte att lugna Konungen. Människor kom springande från huvudbyggnaden. Konungen skrek och skrek, gällt skärande, och lät sig ej tystas.

Pojken på trähästen hängde stum, med ansiktet bara en fot över markytan.

Struensee ropade till kusken att vända vagnen. Konungen var opasslig, det var nödvändigt att återvända till Köpenhamn. Men just när vagnen i stor brådska vänts, kom Struensee att tänka på den hängande pojken på trähästen. De kunde ju inte lämna honom. Han skulle då dö. Han hoppade ur vagnen, för att om möjligt utverka en benådning; men vagnen satte sig genast i rörelse, Christians förtvivlade rop blev allt högre.

Pojken hängde stilla. De annalkande människorna tycktes fientliga. Struensee hade blivit rädd. Det gick inte att kontrollera. Han var ute i den danska vildmarken. Förnuft, regler, titlar eller makt gällde icke i denna vildmark. Här var människorna djur. De skulle sönderslita honom.

Han kände en oerhörd skräck uppfylla sig.

Struensee uppgav därför tanken att rädda pojken på trähästen.

Hästarna och vagnen, med den ännu skrikande Konungen hängande ut genom fönstret, var på väg bort i skymningen. Det hade regnat. Vägen var lerig. Struensee sprang, ropande efter kusken att vänta, snubblande i leran, sprang efter vagnen.

Det var slutet på resan till de danska slavarna.

3.

Konungen lekte allt oftare med negerpagen Moranti.

Ingen förvånade sig. Konungen blev lugn när han lekte.

I början av augusti drabbades Moranti av en plötslig febersjukdom, låg i tre veckor till sängs och kom sig endast långsamt; Konungen var då ytterst orolig och fick återfall i sin melankoli. Under de två dagar Morantis sjukdom tycktes livshotande var Konungens lynne utan stabilitet. Överstesekretär B. W. Luxdorph, som från kanslibyggnadens fönster bevittnat händelsen, skriver kortfattat i sin dagbok att ”mellan klockan 11 och 12 blev från slottsaltanen utkastat porslinsdockor, böcker, bokhyllor, noter etc. Över 400 människor samlades under altanen. Alla sprang sin väg med sitt.”

Efter Morantis tillfrisknande blev Konungen lugnare, men scenen upprepades dock ytterligare en gång, med en icke obetydlig skillnad: han var inte längre ensam på balkongen. Händelsen rapporterades av en diplomat, med diskreta formuleringar. ”Konungen, som är ung och har ett skämtsamt lynne, fann fredag morgon på att gå ut på sin balkong ledsagad av sin lilla neger, och roade sig med att kasta ner allt han fick tag på. En flaska träffade den ryske legationssekreteraren i benet och sårade honom illa.”

Inga noteringar om huruvida också Moranti deltog i själva utkastandet.

Utbrotten betecknades som fullständigt oförklarliga.

De rörde sig i cirklar runt varandra, cirklarna allt snävare. De rörde sig in mot varandra.

Drottning Caroline Mathilde och livläkaren Struensee umgicks allt intensivare.

De gick ofta genom skog.

I skogen kunde de samtala, i skogen kunde den efterföljande uppvaktningen plötsligt bli efter; det roade Drottningen att gå genom skog med Struensee.

Det var en bokskog.

Struensee talade om vikten av att genom fysiska övningar stärka den lille kronprinsens lemmar; denne var nu två år. Drottningen talade om hästar. Struensee betonade vikten av att den lille fick lära sig leka som vanliga barn. Hon berättade om havet och svanarna på en vattenyta som var som kvicksilver. Han menade att den lille tidigt måste lära sig statskonstens alla detaljer; Drottningen frågade ånyo om träd kunde tänka.

Han svarade: endast i situationer av den yttersta fara. Hon genmälde: endast när trädet var helt igenom lyckligt kunde trädet tänka.

När man gick genom skog, där täta buskage fanns, kunde uppvaktningen ofta inte helt följa med. Hon tyckte om att gå genom skog. Hon trodde att bokträd kunde älska. Att träd kunde drömma fann hon vara självklart. Man behövde endast betrakta en skog i skymningen för att veta.

Han frågade om ett träd också kunde känna rädsla.

Plötsligt kunde hon säga nästan allt till honom. Nej, inte allt. Hon kunde fråga honom varför alla blev upprörda när hon red i manskläder; då kunde han svara. Men hon kunde inte fråga varför hon utkorats att bli denna kungliga ko som skulle betäckas. Hon kunde inte säga: varför skall jag kalva regenter. Varför är jag den första och högsta när jag bara är ett avelsdjur, den nedersta och lägsta.

Hon gick snabbt. Hon kom ibland före honom, hon såg till att komma före honom. Det var lättare att ställa vissa frågor när han inte kunde se hennes ansikte. Hon vände sig inte om, frågade med ryggen mot honom:

– Hur kan ni ha detta tålamod med denne sinnessjuke dåre. Jag förstår det inte.

– Konungen?

– Han är sjuk.

– Nej nej, hade han sagt. Jag vill inte att Ni talar så om Er make. Ni älskar honom ju.

Hon hade då plötsligt stannat.

Skogen var tät. Han såg hur hennes rygg började skaka. Hon grät, ljudlöst. Långt bakom sig hörde han ljuden från hovdamerna, rösterna från dem där de försiktigt arbetade sig fram genom snåren.

Han kom fram till henne. Hon snyftade översiggivet och lutade sig mot hans axel. De stod några ögonblick alldeles stilla. Ljuden allt närmare.

– Ers Majestät, sade han med låg röst. Ni måste vara försiktig så inte...

Hon såg upp på honom, tycktes plötsligt lugn.

– Varför det?

– Man kan... missuppfatta...

Ljuden nu mycket nära, hon stod fortfarande mycket tätt intill honom, tryckt mot hans axel; och hon såg upp, och sade nästan helt uttryckslöst:

– Låt dem då göra det. Jag är inte rädd. Inte för någonting. Inte för någonting.

Och då såg han redan de första spejande ansiktena mellan trädens och buskarnas grenar; snart nära, snart alltför nära. Men Drottningen var, ännu några ögonblick, icke rädd för någonting alls; också hon såg ansiktena genom skogens grenar, men var icke rädd.

Han visste det, hon var inte rädd, och det fyllde honom med en plötslig fruktan.

– Ni fruktar ingenting, sade han lågt.

Sedan gick de vidare genom skog.

4.

De förut regelbundna aftnarna med kortspel för de tre drottningarna hade upphört; Änkedrottningen hade inte fått någon förklaring till detta. Caroline Mathilde ville inte mer. Utan förklaring varför. Tarokaftnarna hade endast upphört.

Änkedrottningen visste dock vad skälet var. Hon befann sig icke längre i mitten.

För att ändå få en förklaring, eller för att en gång för alla få situationen uppklarad, hade Änkedrottningen uppsökt Caroline Mathilde i hennes rum.

Änkedrottningen hade inte velat sätta sig ner. Hon hade stått mitt på golvet.

– Ni har, hade Änkedrottningen sagt med iskyla i rösten, förändrat er sedan ni kommit till Danmark. Ni är inte längre så charmant. Ni är på intet sätt lika förtjusande som förut. Det är inte bara min mening, det är allas mening. Ni håller er på avstånd. Ni förstår inte att uppföra er.

Caroline Mathilde hade inte ändrat en min, endast svarat:

– Det är riktigt.

– Jag ber er – enträget – att inte rida i mansdräkt. Aldrig förut har en kvinna av kunglig börd använt mansdräkt. Det är stötande.

– Det stöter inte mig.

– Och denne doktor Struensee...

– Det stöter heller icke honom.

– Jag ber er.

– Jag gör som jag vill, hade Caroline Mathilde då svarat. Jag klär mig som jag vill. Jag rider som jag vill. Jag talar med vem jag vill. Jag är drottning. Jag skapar alltså reglerna. Som jag uppför mig, sådan är också god sed. Avundas ni mig inte?

Änkedrottningen hade inte svarat, endast betraktat henne stumt, och stel av ursinne.

– Ja, är det inte så? hade Caroline Mathilde tillfogat. Ni avundas mig.

– Akta er, hade Änkedrottningen sagt.

– Det, hade Drottningen då sagt med ett leende, skall jag förvisso göra. Men bara när jag själv vill.

– Ni är oförskämd.

– Snart, hade Caroline Mathilde sagt, rider jag barbacka. Man säger att det är så intressant. Avundas ni mig inte? Som vet hur världen ser ut? Jag tror ni avundas mig.

– Akta er. Ni är ett barn. Ni vet ingenting.

– Men somliga blir hundra år och har ändå ingenting sett. Vet ingenting. Och det finns en värld utanför hovet.

Och då hade Änkedrottningen gått, i raseri.

Drottningen hade suttit kvar. Hon hade tänkt: alltså hade han rätt. Somliga blir hundra år, men har ingenting sett. Det finns en värld utanför hovet; och säger jag detta spricker hinnan, skräck och raseri uppstår, och jag är fri.

5.

Den 26 september företog konungaparet, ledsagade av Struensee och ett mindre följe, en kortare rekreationsresa till Holsten. Man skulle besöka Ascheberg, och Struensee ville visa Drottningen den berömda Rousseaus hydda.

Det var en så vacker höst. Några dagar av kyla hade färgat bladen gula och svagt karmosinröda; när de på eftermiddagen hade kört in mot Ascheberg hade Berget lyst i alla höstens färger och luften hade varit ljum och underbar.

Det var indiansommaren 1770. Redan nästa dag hade de påbörjat promenaderna.

Denna sommar hade han börjat läsa för henne. Till resan hade hon begärt att han skulle utvälja en bok som speciellt engagerat honom. Han skulle välja en bok som gav henne förströelse, som fångade hennes intresse genom att skänka nya kunskaper, som lärde henne något om Struensee själv, och som passade till den plats de skulle besöka.

Ett lätt val, hade han sagt, men inte berättat mer. Han skulle överraska henne, hade han sagt, när de väl satt på plats i Rousseaus hydda.

Då skulle hon förstå.

De hade den andra dagen ensamma vandrat upp mot hyddan. Den var omsorgsfullt och pietetsfullt bevarad och inredd, den hade två små rum, ett rum där filosofen skulle arbeta, ett där han skulle sova. Man hade glömt att inrätta ett kök; det antogs att de primitiva förhållandena skulle mildras genom att mat bars upp av tjänare från Aschebergs gods.

Hon hade med stort intresse läst diktcitaten som fanns på väggar och tak, och Struensee hade berättat om Rousseau.

Hon kände att hon var fullständigt lycklig.

Han hade sedan tagit fram boken. De hade satt sig i den mycket vackra barocksoffa som fanns i arbetsrummet, och som den äldre Rantzau inköpt i Paris 1755 och sedan låtit placera i hyddan inför Rousseaus väntade besök. Boken han skulle läsa för henne var Ludvig Holbergs ”Moraliska tankar”.

Varför hade han valt just den?

Hon menade först att denna bok, och detta val, tycktes henne alltför tungsint; han bad henne då ett ögonblick glömma den kanske ej så exalterande titeln och låta honom läsa upp epigrammens rubriker, som, antydde han, gav en bild av något helt annorlunda.

– Något förbjudet? hade hon frågat.

– I högsta grad, hade han svarat.

Rubrikerna fångade mycket riktigt hennes intresse. ”Spill inte tid på tom aktivitet. Endast de galna är lyckliga. Jag vill inte gifta mig. Lämna en ståndpunkt om den är vederlagd. Alla förbrytelser och synder är icke lika grova. Endast de okunniga tror sig veta allt. Du är lycklig om du inbillar dig vara lycklig. Somliga syndar och ber växelvis. Tid och plats bestämmer vad som är sedligt. Dygd och last skiftar med tiden. Avskaffa rim inom diktkonsten. Diktaren lever i heder och armod. Reformer går lätt över styr. Överväg noga en reforms konsekvenser. Lärare skall inte docera, men väl svara på frågor. Enighet dövar, konflikter stimulerar. Dålig smak gör stor nytta. Vi har mest lust till det förbjudna."

Där, vid denna sista rubrik, hade hon hejdat honom.

– Det är sant, hade hon sagt. Det är mycket sant. Och jag vill veta vad Ludvig Holberg säger om det.

– Som Ni vill, hade han sagt.

Han hade dock börjat med ett annat epigram.

Hon hade föreslagit att han skulle välja fritt mellan epigrammen, så att läsningen till slut ändade vid texten om det förbjudna. Man skulle då förstå sammanhanget, och Holbergs tänkande. Han började med numero 84, med rubriken "Tid och plats bestämmer vad som är sedligt". Han började läsa texten denna andra eftermiddag efter ankomsten till Rousseaus hydda, denna sena septembervecka på Ascheberg, detta gods han kände så väl, som fanns i hans tidigare liv, detta liv som han nästan glömt men nu försökte knyta an till.

Han försökte få sina liv att hänga ihop. Han visste att det fanns ett sammanhang, men ännu styrde han det icke.

Den tredje eftermiddagen läste han det epigram som började med satsen "Sedlighet kallas det som överensstämmer med det för tillfället antagna modet, och osedlighet det som strider däremot". Sedan läste han epigram numero 20 i Libr. IV, det som inleds med satsen "Den mest sällsamma av människans egenskaper är den att hon får den största lusten till det som är det mest förbjudna".

Hon tyckte att han hade en så vacker röst.

Hon tyckte om Ludvig Holberg också. Det var som om Struensees röst, och Holbergs, gled samman till en enhet. Det var en mörk, varm röst som talade till henne om en värld hon inte känt till förut; rösten omslöt henne, det var som om hon vilat i ett ljumt vatten, och det utestängde hovet och Danmark och Konungen och allting; som ett vatten, som om hon flöt i livets varma hav och inte var rädd.

Hon tyckte att han hade en så vacker röst. Det hade hon sagt till honom.

– Ni har en så vacker röst, doktor Struensee.

Han läste vidare.

Hon hade burit en aftonklänning, tyget var lätt eftersom det var varm sensommar, det var ett mycket lätt tyg som hon utvalt på grund av den milda sommarkvällen. Hon hade känt sig friare i den. Klänningen var urringad. Hennes hud var mycket ung, och ibland när han såg upp från boken hade hans blick betraktat denna hud; sedan hade den stannat vid hennes händer, och han hade plötsligt erinrat sig en tanke om hur denna hand omslöt hans lem, en tanke han haft en gång, och så hade han läst vidare.

– Doktor Struensee, hade hon plötsligt sagt, ni måste röra vid min arm när ni läser.

– Varför, hade han frågat efter endast en kortare paus.

– Eftersom orden annars blir torra. Ni måste röra vid huden, då kan jag förstå vad orden betyder.

Han rörde då vid hennes arm. Den var obetäckt, och mycket mjuk. Han visste med ens att den var mycket mjuk.

– Rör handen, hade hon sagt. Långsamt.

– Ers Majestät, hade han sagt, jag är rädd för...

– Rör, hade hon sagt.

Han hade läst, handen hade glidit mjukt över hennes bara arm. Hon hade då sagt:

– Jag tror att vad Holberg säger är att det mest förbjudna är en gräns.

– En gräns?

– En gräns. Och där gränsen finns uppstår liv, och död, och därför den största lust.

Hans hand hade rört sig, hon hade då tagit den i sin hand, fört den till sin hals.

– Den största lusten, hade hon viskat, finns vid gränsen. Det är sant. Det är sant det Holberg skriver.

– Var är gränsen, hade han viskat.

– Sök, hade hon sagt.

Och då hade boken fallit ur hans hand.

Det var hon, inte han, som hade låst dörren.

Hon hade inte varit rädd, hon hade inte fumlat när de tagit av sig kläderna; hon tyckte fortfarande att hon befann sig i detta varma livets vatten och ingenting var farligt och döden mycket nära och allt därför upphetsande. Allting tycktes mycket mjukt och långsamt och varmt.

De hade lagt sig intill varandra, nakna, i den säng som fanns i den inre avdelningen av hyddan och där en gång den franske filosofen Rousseau skulle ha legat, men aldrig kom att ligga. Nu låg de där. Det fyllde henne med upphetsning, det var en helig plats och de skulle gå över en gräns, det var det yttersta förbjudna, det allra yttersta. Platsen var förbjuden, hon var förbjuden, det var nästan fulländat.

De hade rört vid varandra. Hon hade rört med sin hand vid

hans lem. Hon hade tyckt om den, den var hård, men hon väntade eftersom närheten till gränsen var så upphetsande och hon ville hålla kvar tiden.

– Vänta, hade hon sagt. Inte än.

Han hade legat vid hennes sida och smekt henne, de andades in i varandra, alldeles lugnt och lustfyllt, och hon förstod med ens att han var som hon. Att han kunde andas som hon. I samma andetag. Att han fanns i hennes lungor och att de andades med samma luft.

Han hade velat komma in i henne, ett litet stycke, han hade nu varit mycket nära, hon hade smekt hans hals och viskat:

– Inte helt. Inte än.

Hon hade känt hans lem röra vid henne, glida in ett litet stycke, gå igen, komma igen.

– Inte helt, hade hon sagt, vänta.

Han hade väntat, nästan inne i henne, men väntande.

– Där, hade hon viskat. Inte än. Min älskade. Du måste röra dig in och ut vid gränsen.

– Gränsen? hade han frågat.

– Ja där. Känner du gränsen.

– Rör dig inte, hade han sagt. Rör dig inte.

Han hade förstått. De skulle vänta, nosa vid varandra som hästar rör vid varandras mular, allt skulle ske mycket stilla, han hade förstått.

Och hon greps av en våg av lycka, han hade förstått, han skulle vänta, snart skulle hon ge tecknet, snart; han hade förstått.

– Gränsen, viskade hon gång på gång medan lusten långsamt, långsamt steg i hennes kropp, känner du, den största lusten, mer, där är gränsen.

Därute en fallande skymning. Han låg över henne, nästan orörlig, gled nästan omärkligt in och ut.

– Där, viskade hon. Nu snart. Kom över gränsen nu. Kom in. Å, gå över nu.

Och så hade han till sist, mycket stilla, glidit ända in i henne, och passerat den mest förbjudna gränsen, och det var som det borde vara.

Nu är det, tänkte hon, som i paradiset.

När det var över låg hon med slutna ögon, och log. Han hade tyst klätt på sig, och ett ögonblick stått i fönstret och sett ut.

Det var skymning och han såg ut över den väldiga parken, ner på dalgången, sjön, kanalen, träden, det tuktade och det vilda.

De befann sig på Berget. Och det hade skett.

– Vi måste gå ner till dem, hade han sagt med låg röst.

Här var den fulländade naturen. Här var det vilda, och det tuktade. Han tänkte plötsligt på det som de lämnat bakom sig, hovet, Köpenhamn. Hur det var när lätt vattenrök hängde över Öresund. Det var den andra världen. Där var säkert vattnet denna kväll alldeles svart, svanarna låg inrullade i sig själva och sov, han tänkte på det hon berättat, om vattnet som kvicksilver och fåglarna som sov inrullade i sina drömmar. Och så plötsligt hur en fågel lyfte, vingspetsarna piskade vattenytan, hur den blev fri, och försvann in i vattendimman.

Vattenrök, vatten, och fåglar som sov inrullade i sina drömmar.

Och så slottet, som en hotfull skräckfylld fornborg som bidade sin tid.

Del 4

DEN FULLÄNDADE SOMMAREN

Kapitel 10

I LABYRINTEN

1.
Maktövertagandet hade skett snabbt, nästan konstlöst. Det kom bara ett meddelande. Det bekräftade bara något som redan var verklighet.

Den formella bekräftelsen av den danska revolutionen var ett dekret. Ingen vet vem som skrivit eller dikterat den skrivelse som så skulle förändra den danska historien. Det kom en kunglig order om vissa förändringar i de inre kommandolinjerna; man skulle ha kunnat kalla dem konvulsioner tätt intill maktens mörka och outgrundliga hjärta.

J. F. Struensee utnämndes till ”Gehejmekabinetsminister”, och i den kungliga ordern hette det vidare: ”Alla order, som jag giver honom muntligt, må han utfärda efter min avsikt och förelägga mig till underskrift efter att ha paraferat dem, eller utfärda dem i mitt namn under kabinettssigillet.” Det hette vidare, som en precisering, att Konungen visserligen en gång i veckan skulle tillställas ett ”extrakt” av de av Struensee utfärdade dekreten, men det påpekades, klargörande, om någon inte förstått den inledande sentensens grundläggande betydelse, att dekret med Struensees underskrift ”hade samma giltighet som voro de försedda med Konungens”.

Titeln ”Gehejmekabinetsminister”, som var ny och blev exklusiv eftersom denne nyutnämnde Struensee blev ensam kvarvarande bland de många exkluderade, betydde kanske inte så mycket. Det var rätten att utfärda *lagar* utan Konungens underskrift som var betydelsefull. ”Eller utfärda dem i mitt namn under kabinettssigillet”, som formuleringen alltså löd.

I praktiken betydde det att den enväldige konung Christian den sjunde överlämnat all makt till en tysk läkare, J. F. Struensee. Danmark var i tyska händer.

Eller i upplysningens; man kunde inom hovet inte riktigt klargöra vad som var värst.

Maktövertagandet var ett faktum. Ingen förstod i efterhand hur det gått till.

Kanske hade de båda funnit det praktiskt. Om revolution hade det inte varit tal.

En praktisk reform. Det praktiska var att Struensee skulle utöva all makt.

När beslutet var fattat tycktes Christian lättad; hans tics avtog, hans aggressionsutbrott upphörde under en period helt och hållet, och han föreföll korta stunder helt lycklig. Hunden, och negerpagen Moranti, upptog alltmer av Konungens tid. Han kunde nu ägna sig åt dem. Struensee kunde ägna sig åt sitt arbete.

Ja, det var praktiskt.

Det kom en tid efter dekretet när det praktiska fungerade mycket fint och de kom varandra allt närmare. De kom varandra nära på praktiska och vansinniga villkor, tänkte Struensee ofta. Han hade känslan av att Christian, han själv, negerpagen Moranti och hunden svetsades samman: som sammansvurna deltagare i en hemlig expedition in mot förnuftets mörka hjärta. Allt var klarhet och förnuft, men upplyst av Konungens sinnessjukdom, den egendomliga svarta fackla som bröt fram och försvann, nyckfullt och skoningslöst, och som lät sitt fladdrande mörker omsluta dem på ett fullständigt naturligt sätt. Långsamt kom de att sluta sig samman som i ett tryggt bergrum, retardera, återvända till ett slags familjeliv som såg fullständigt normalt ut, vore det inte för omständigheterna.

Vore det inte för omständigheterna.

Han kunde sitta i kabinettsrummet, med låst dörr och med vakter utanför, med pappershögar på bordet och skrivdonen uppställda, medan pojkarna och hunden lekte omkring honom. Pojkarna var ett så fint sällskap. Han koncentrerade sig så bra när pojkarna lekte. Det var långa eftermiddagar i absolut lugn och nästan lycklig ensamhet; frånsett det att pojkarna, som han brukade kalla dem när han tänkte på dem, alltså Konungen och negerpagen, befann sig i samma rum.

Pojkarna lekte tyst och stilla under bordet. Hunden, en schnauzer, var alltid med.

Medan han skrev och arbetade hörde han deras rörelser i rummet, deras viskande röster; inte mer. Han tänkte: de ser mig som en far som inte bör störas. De leker vid mina fötter, och de hör raspandet från min penna, och de viskar.

De viskar av hänsyn. Så fint. Och han kunde ibland känna en alldeles stillsam våg av värme stiga inom sig; rummet var så stilla, hösten därute så vacker, stadens ljud så avlägsna, barnen så behändiga, hunden så lustig, allt var så fint. De tog hänsyn. De lekte under det gigantiska ekbordet som nu inte längre var omringat av rikets mäktiga, utan endast av en Mäktig. Men de såg honom inte som den Mäktige, utan endast som den vänlige, tyste, den som endast fanns som en fadersgestalt närvarande genom de skrapande ljuden från pennan.

Den tyste. Vati. Lieber Vati, ich mag Dir, wir spielen, liber lieber Vati.

Kanske de enda barn jag någonsin får.

Är det så här livet skall vara, tänkte han ibland. Stilla arbete, en penna som raspar, oerhörda reformer som alldeles smärtfritt glider ut i det verkliga livet, mina pojkar som leker med hunden under bordet.

Så fint, i så fall.

Det fanns dock ögonblick vid detta arbetsbord som innehöll ett moment av fruktan.

Christian hade dykt upp från de tysta lekarna under bordet. Han hade satt sig på bordskanten och betraktat Struensee fundersamt, blygt, men nyfiket. Peruken låg slängd i ett hörn, kläderna var tilltufsade; han såg dock, eller därför, behändig ut.

Han satt där bara och tittade, sedan frågade han blygt vad Struensee skrev, och vad han själv sedan skulle underteckna.

– Ers Majestät reducerar just nu hären, hade denne då sagt med ett leende. Vi har inga yttre fiender. Denna meningslösa här blir nu mindre, och billigare, en besparing på 16 000 riksdaler per år.

– Är det riktigt, hade Christian sagt. Har vi inga yttre fiender?

– Det är riktigt. Inte Ryssland, inte Sverige. Och vi tänker inte angripa Turkiet. Är vi inte eniga om detta?

– Och vad säger generalerna?

– De blir då våra fiender. Men vi kan klara av detta.

– Men de fiender som vi får vid hovet?

– Mot dem, hade Struensee sagt med ett leende, är det svårt att använda denna mycket stora armé.

– Det är riktigt, hade då Christian med stort allvar sagt. Vill vi alltså skära ner armén?

– Ja, det vill vi.

– Då vill jag det också, hade Christian sagt med samma stora allvar.

– Inte alla tycker om det, hade sedan Struensee tillagt.

– Men tycker ni om det, doktor Struensee?

– Ja. Och vi skall göra mycket mycket mer.

Det var då Christian hade frågat. Struensee skulle aldrig glömma det; det var endast en månad efter det ögonblick när boken hade fallit ur hans hand, och han hade överskridit gränsen till det mest förbjudna. Christian hade satt sig tätt intill honom vid bordet, den bleka oktobersolen hade lyst in och bildat stora fyrkanter på golvet, och då hade han sagt det.

– Doktor Struensee, hade Christian sagt med låg stämma och så allvarligt som om han aldrig någonsin hade varit den vansinnige pojke som lekt under kabinettsbordet med sin negerpage och sin hund. Doktor Struensee, jag ber er enträget. Drottningen är ensam. Ta hand om henne.

Struensee hade blivit alldeles stel.

Han hade lagt ner sin penna, och efter en stund sagt:

– Vad menar Ers Majestät? Jag förstår Er inte riktigt?

– Ni förstår allt. Ta hand om henne. Denna börda kan jag icke bära.

– Hur skall jag förstå detta?

– Ni förstår allt. Jag älskar er.

Därtill hade Struensee intet genmält.

Han hade förstått, och inte förstått. Hade Konungen vetat? Men Christian hade bara med en lätt handrörelse vidrört hans arm, sett på honom med ett leende som var så smärtsamt osäkert och samtidigt vackert att Struensee aldrig skulle glömma det, och sedan med en nästan omärklig kroppsrörelse glidit ner från bordskanten och återvänt till den lille negerpagen, och hunden, därnere under bordet där smärta inte var synlig och den svarta facklan inte brann, och bara den lilla hunden fanns, och negerpojken.

Och där allt var mycket stillsam lycka och tillgivenhet i den enda familj konung Christian den sjunde någonsin skulle få uppleva.

2.

När Livgardet avrustade var Guldberg närvarande, och till sin förvåning såg han att greve Rantzau också hade kommit för att betrakta denna nya besparingsåtgärd.

Insamling av vapen, klädespersedlar. Hempermittering.

Guldberg hade gått fram till Rantzau och hälsat; gemensamt och under tystnad hade de betraktat ceremonierna.

– En omvandling av Danmark, hade Rantzau avvaktande sagt.

– Ja, hade Guldberg genmält, det sker nu många omvandlingar. Allt i mycket högt tempo, som ni vet. Jag har förstått att ni gläder er åt detta. Er vän, ”Den tyste”, är mycket snabb. Jag har denna morgon också läst dekretet om ”Tankefrihet och yttrandefrihet”. Så oförsiktigt av er. Att slopa censuren.

Mycket oförsiktigt.

– Vad menar ni?

– Tysken förstår inte att friheten kan användas emot honom. Ger man friheten till detta folk kommer pamfletter att skrivas. Kanske också mot honom. Mot er, menar jag. Om ni är hans vän.

– Och vad, hade Rantzau då frågat, kommer dessa pamfletter att innehålla. Tror ni? Eller vet ni?

– Folket är så oberäkneligt. Kanske fria pamfletter kommer att skrivas som berättar sanningen, och uppeldar de okunniga massorna.

Rantzau hade intet svarat.

– Mot er, hade Guldberg upprepat.

– Jag förstår inte.

– Massorna förstår tyvärr inte upplysningens välsignelser. Tyvärr. För er. Massorna är endast intresserade av smutsen. Av ryktena.

– Vilka rykten, hade då Rantzau frågat, nu mycket kyligt och på sin vakt.

– Det vet ni nog.

Guldberg hade betraktat honom med sina lugna vargögon, och ett ögonblick känt något som liknade triumf. Endast de mycket obetydliga, och ringaktade, som han själv, saknade rädsla. Han visste att detta skrämde Rantzau. Denne Rantzau, med sitt förakt för hedern, sederna, och för uppkomlingar. Hur föraktade han inte, i sitt inre, sin vän Struensee! Uppkomlingen Struensee! Det var så tydligt.

Han föraktade uppkomlingar. Inklusive Guldberg själv. Sonen till en begravningsentreprenör från Horsens. Fast skillnaden var att Guldberg inte kunde känna rädsla. Och därför kunde de stå här, en uppkomling från Horsens och en greve och upplysningsfjant, som två fiender som hatade varandra, och Guldberg kunde säga allt, med lugn röst, som om fara inte funnes. Som om Struensees makt bara var en lustig eller skrämmande parentes i historien; och han visste att Rantzau visste vad fruktan var.

– Vilka rykten, hade Rantzau upprepat.

– Rykten om Struensee, svarade då Guldberg med sin torra stämma, säger att den unga liderliga drottningen nu öppnat sitt sköte för honom. Vi behöver endast bevis. Men det kommer vi att få.

Rantzau hade förstummad stirrat på Guldberg, som om han inte förmådde fatta att någon kunnat framföra denna oerhörda beskyllning.

– Hur vågar ni! hade han till sist sagt.

– Det är skillnaden, greve Rantzau. Det är skillnaden mellan oss. Jag vågar. Och jag utgår från, hade Guldberg sagt med helt igenom neutralt tonläge och innan han vände sig bort och gick, att ni nu mycket snart kommer att tvingas välja sida.

3.

Han låg alldeles stilla inne i henne och väntade på pulsslagen.

Han hade börjat förstå att den yppersta njutningen fanns när han väntade in pulsslagen djupt inne i henne, då deras hinnor andades och rörde sig i takt, mjukt, pulserande. Det var det mest fantastiska. Han hade tyckt om att lära sig vänta in henne. Hon hade aldrig behövt säga något, nästan med en gång hade han lärt sig. Han kunde ligga alldeles stilla, länge, med sin lem djupt inne i henne, och lyssna till hennes slemhinnor som om deras kroppar hade försvunnit och bara könen funnes. Han rörde sig nästan inte alls, låg stilla, kropparna var borta, och tankarna, de var båda helt igenom koncentrerade på att lyssna in pulsslagen och rytmen. Det fanns inte något annat än hennes fuktiga, mjuka hinnor, hon rörde sitt underliv nästan omärkligt, oändligt långsamt, han trevade med sin lem inne i henne som vore den en känslig tungspets som sökte efter något, och han låg stilla och väntade, det var efter pulsslagen, som om han inne i henne sökte efter hennes pulserande ytor som skulle bulta i samma takt som hans egen lem, så rörde han sig försiktigt, han väntade, det skulle snart komma ett ögonblick när han kunde känna hur hon drog sig samman och slappnade av, drog sig samman och slappnade av, hans lem låg väntande i hennes trånga slida och han kunde då känna ett slags rytm, ett slags puls. Om han väntade så kom hennes puls, och när han fann den skulle allting kunna ske i samma rytm, som hennes inre pulsslag. Hon låg blundande under honom och han kände att hon väntade in pulsslagen, de väntade båda, han långt inne i henne, men det var som om deras kroppar inte längre existerade utan allt fanns inne i henne, hinnor mot varandra, hinnor som sakta, omärkligt svällde och sjönk tillbaka och sökte efter pulsslag som så långsamt anpassade sig till varandra och rörde sig tillsammans, mycket långsamt, och när han kände hur hennes hinnor och hans lem befann sig i samma andning kunde han långsamt börja röra sig, i rytmen, som ibland försvann och då fick han ligga stilla igen tills han fann pulsslagen, och så kunde hans lem andas i samma takt som hennes hinnor igen, långsamt; det var detta långsamma väntande på de hemliga hinnornas puls som hon lärt honom, han förstod inte hur hon kunnat veta, men när rytmen kom och hinnorna andades i samma takt kunde de långsamt börja röra sig och det blev denna oerhörda njutning, och de försvann i samma utdragna långsamma andning.

Mycket stilla. Inväntande de inre pulsslagen, rytmen, och så försvann deras kroppar och allting fanns bara därinne i henne, och han andades med sin lem i samma långsamma takt som hennes hinnor, och han hade aldrig någonsin upplevt något liknande.

Han hade haft många kvinnor, och hon var inte den vackraste. Men ingen som så lärt honom vänta in hinnornas rytm, och kroppens innersta pulsslag.

De inrättade sina rums placering så att smygandet underlättades, och denna vinter minskade deras försiktighet när de älskade. De red också allt oftare tillsammans, i kyla, i lätt fallande snö, över frusna fält. De började rida längs stranden.

Hon red i vattenbrynet så strandisen kraschade, med utslaget hår, och brydde sig alls icke.

Hon vägde tre gram och endast hästens tyngd hindrade henne från att flyga. Varför skulle hon skydda sitt ansikte mot drivande snö när hon var en fågel. Hon kunde se längre än någonsin förut, förbi Själlands dyner och förbi Norges kust och mot Island och ända fram till den norra polens höga isberg.

Hon skulle minnas denna vinter; och Struensee på sin häst följde tätt tätt efter henne längs stranden, helt tyst, men tätt intill varje hennes tanke.

Den sjätte februari 1771 hade hon meddelat Struensee att hon var med barn.

De hade älskat. Hon hade så berättat, efteråt.

– Jag är med barn, hade hon sagt. Och vi vet att det är ditt.

Hon fann att hon ville älska varje dag.

Begäret växte varje morgon, och när klockan var tolv var det mycket starkt, just då var det tvingande och som allra bäst, och hon ville att han då skulle avbryta sitt arbete och med henne delta i en kortare konferens där hon orienterades om det arbete han samma morgon hade utfört.

Det var så det hade blivit naturligt. Förut hade ingenting varit naturligt, nu hade det blivit naturligt.

Han inrättade sig efter detta. Först med förvåning, sedan med stor glädje eftersom han fann att hans kropp delade hennes glädje och att hennes lust födde hans lust. Så var det. Han hade aldrig kunnat föreställa sig att hennes lust så skulle kunna föda hans. Han trodde att lusten bara var det förbjudna. Detta fanns också. Men lusten och det förbjudna, som för henne blev det naturliga, och varje dag växte så att vid tolvtiden begäret var brännande och oregerligt, att detta naturliga kunde förlösas varje dag, det förvånade honom.

Det var långt senare han började känna fruktan.

De älskade i hennes sovgemak och efteråt låg hon på hans arm och blundade leende som en liten flicka som befruktat hans lust och framfött den och nu låg med hans lust på sin arm, som vore den hennes barn som hon ägde helt och fullt. Det var långt senare han började känna fruktan. Ändå hade han sagt:

– Vi måste vara försiktiga. Jag vet att man pratar. Och man

kommer också att prata om barnet. Vi måste vara försiktiga.

– Nej, hade hon sagt.

– Nej?

– För nu är jag inte längre rädd för någonting.

Vad kunde han svara på det?

– Jag visste det, hade hon sagt. Jag visste det så säkert hela tiden att det var du. Från första gången jag såg dig och var rädd för dig och tänkte att du var en fiende som måste förgöras. Men det var ett tecken. Ett tecken i din kropp. Som brändes in i mig, som brännjärn i ett djur. Jag visste det.

– Du är inget djur, sade han. Men vi måste vara försiktiga.

– Du kommer i morgon? sade hon utan att lyssna. Du kommer i morgon samma tid?

– Och om jag inte kommer, eftersom det är farligt?

Hon blundade. Hon ville inte öppna ögonen.

– Det är farligt. Det vet du. Å, tänk om jag skulle säga att jag skändats av dig. Å, om jag skulle ropa på dem. Och snyfta och säga att du skändat mig. Och de skulle ta dig och avrätta dig och stegla dig, och mig också. Nej inte mig. Mig skulle de förvisa. Men jag ropar inte, min älskade. För du är min och jag har dig och varje dag skall vi älska.

Han hade inte velat svara. Hon hade blundande vänt sig om mot honom, smekt honom över armar och bröst, och till sist låtit handen glida ner mot hans lem. Han hade sett det en gång i sina hemliga drömmar, hur hennes hand slöt sig om hans lem, och nu var det sant, och han visste att denna hand ägde en fruktansvärd lockelse och styrka som han aldrig hade kunnat tänka sig, att det inte bara var hans lem som handen slöt sig kring, utan också kring honom själv, att hon tycktes starkare än han kunnat ana, och att detta fyllde honom med lust men också med något som inte ännu, men kanske snart, skulle likna fruktan.

– Min älskade, hade han mumlat, jag kunde aldrig ana att din kropp hade... en...

– En...?

– ...en så stor kärlekens begåvning.

Hon hade öppnat sina ögon och smålett mot honom. Hon visste att det var sant. Det hade gått så ofattbart snabbt.

– Tack, sade hon.

Han kände hur lusten kom. Han visste inte om han ville. Han visste bara att hon hade honom i sin makt, och att lusten kom, och att det var något som skrämde honom men att han ännu inte visste vad.

– Min älskade, viskade han, vad skall vi göra?

– Det här, sade hon. Alltid.

Han svarade inte. Snart skulle han på nytt passera den helt förbjudna gränsen, nu var det annorlunda, men han visste inte på vilket sätt.

– Och du blir aldrig fri från mig, viskade hon, så lågt att han nästan inte hörde. För du är inbränd i mig. Som brännjärn i ett djur.

Men han hörde det. Och det var kanske just den gången – just när hon lät honom glida in i henne på nytt, och de än en gång skulle lyssna till de hemlighetsfulla pulsslagen som till sist skulle dra dem samman i sin oerhörda rytm – som han hade känt den första skymten av fruktan.

En gång hade hon länge legat naken intill honom, låtit fingrarna glida genom hans blonda hår, och så med ett litet leende sagt:

– Du skall bli min högra hand.

– Vad menar du? hade han sagt.

Och lekfullt, men självfallet, hade hon viskat:

– En hand. En hand gör vad huvudet önskar, är det inte så? Och jag har så många idéer.

Varför hade han känt fruktan?

Ibland tänkte han: jag borde ha stigit av Christians vagn i Altona. Och återvänt till de mina.

En morgon, mycket tidigt, när han var på väg till arbetet, hade Konungen, iklädd sin morgonrock, med håret rufsigt och utan strumpor och skor, sprungit ifatt honom i Marmorgången, huggit tag i hans arm och besvurit honom att lyssna.

De hade satt sig i ett tomt förmak. Efter ett tag hade Konungen lugnat sig, hans flåsande andetag hade blivit normala, och han hade anförtrott Struensee det han kallade ”en hemlighet som uppenbarade sig denna natt när jag reds av marterna”.

Vad Konungen berättat var följande.

Det fanns en hemlig krets av sju män. Dessa var av Gud utvalda att förverkliga ondskan i världen. De var ondskans sju apostlar. Han själv var en av dem. Det fruktansvärda var att han endast kunde känna kärlek för den som också tillhörde denna krets. Kände han kärlek betydde detta att denna person också tillhörde ondskans sju änglar. Han hade denna natt förstått detta klart, och han kände stor ångest, och eftersom han hyste kärlek till Struensee ville han nu fråga om detta var sant, och om Struensee verkligen tillhörde denna ondskans hemliga krets.

Struensee försökte lugna honom, och bad honom berätta

vidare om sin "dröm". Christian hade då på sitt vanliga sätt börjat mumla, blivit otydlig, men plötsligt sagt att han också därigenom fått visshet om att det var en kvinna som på ett hemlighetsfullt sätt styrde universum.

Struensee frågade honom hur detta hände samman.

Konungen kunde ej besvara detta spörsmål. Han upprepade endast att en kvinna styrde universum, att en krets av sju onda svarade för ondskans alla gärningar, att han var en av dem, men kanske kunde frälsas av den kvinna som styrde allt i universum; och att hon då skulle bli hans välgörare.

Han hade sedan länge stirrat på Struensee, och frågat:

– Men ni är icke en av De Sju?

Struensee hade bara skakat på huvudet. Kungen hade därefter, med förtvivlan i rösten, frågat:

– Varför älskar jag er då?

En av de första vårdagarna i april 1771.

Konung Christian den sjunde, hans gemål drottning Caroline Mathilde och livläkaren J. F. Struensee hade på Fredensborgs slott intagit te på den lilla balkong som vette mot slottsparken.

Struensee hade talat om parkens ideologi. Han hade berömt denna fantastiska anläggning, vars gångar bildade en labyrint, och där häckarna dolde den symmetri som fanns i anläggningen. Han hade påpekat att denna labyrint var så anlagd, att det endast fanns en punkt varifrån logiken i parkens system blev synlig. Därnere var allt förvirring, gåtor, gångar som löpte in i blindgångar, återvändsgränder och kaos. Men från en enda punkt blev allt tydligt, logiskt och förnuftigt. Det var från den balkong där de nu satt. Det var

Härskarens balkong. Det var endast från denna punkt sammanhangen bleve tydliga. Denna punkt, som var förnuftets och sammanhangets, fick endast beträdas av Härskaren.

Drottningen hade leende frågat vad detta betydde. Han hade förtydligat sig.

– Härskarens punkt. Som är maktens.

– Känns det... lockande?

Han hade svarat med ett leende. Efter en kort stund hade hon böjt sig fram mot honom, och viskat till honom, tätt intill hans öra och så att Konungen ej kunnat höra:

– Du glömmer en sak. Att du är i mitt våld.

4.

Han skulle minnas samtalet, och hotet.

Härskarens balkong var en utsiktspunkt, och den gav sammanhang åt labyrintens symmetri, men det var också allt. De andra sammanhangen förblev kaotiska.

Det hade blivit försommar, och man hade beslutat att tillbringa sommaren på Hirschholms slott. Man hade påbörjat packningen. Struensee och Drottningen hade varit eniga. Konungen var inte tillfrågad, men skulle medfölja.

Han fann det naturligt att inte vara tillfrågad, men att tillåtas följa med, och vara enig.

Det som hade hänt dagen före avresan var följande.

Från balkongen, där han nu satt ensam, såg Christian de två unga älskande försvinna på sina hästar på den dagliga ridturen, och han kände sig plötsligt mycket ensam. Han ropade på Moranti, men denne var ingenstans att finna.

Han gick in.

Där var hunden, en schnauzer; hunden sov på golvet i ett hörn av rummet. Christian lade sig då ner på golvet, med huvudet på hundens kropp; men efter några ögonblick reste sig hunden, gick till ett annat av rummets hörn och lade sig där.

Christian följde efter och lade sig än en gång ner med hundens kropp som huvudkudde; hunden reste sig då åter, och uppsökte ett annat hörn.

Christian låg kvar och stirrade rakt upp i taket. Han följde denna gång inte efter hunden. Han log prövande mot taket; i taket fanns keruber som smyckade övergången mellan vägg och tak. Han bemödade sig om att hans leende inte skulle vara förvridet, endast lugnt och vänligt; keruberna betraktade honom frågande. Från rummets andra hörn hörde han hundens röst, som mumlande tillsade honom att inte irritera keruberna. Han upphörde då att le.

Han bestämde sig för att gå ut; han var besluten att uppsöka labyrintens mitt eftersom där ett meddelande väntade honom.

Han var säker på att det fanns i labyrintens mitt. Han hade på lång tid inte fått något meddelande från De Sju; han hade frågat Struensee, men denne ville inte svara på frågan. Men om också Struensee tillhörde De Sju, då var de ju två av de sammansvurna, och han hade någon att anförtro sig åt. Han var säker på att Struensee var en av dem. Han älskade ju honom; det var tecknet.

Kanske Moranti också tillhörde De Sju, och hunden; då var de ju fyra. Då hade han identifierat fyra av dem.

Tre återstod. Caterine? Men hon var ju Universums Härskarinna, nej, tre återstod, men han kunde inte finna tre ytterligare. Inte tre som han älskade. Var fanns de? Hunden var dessutom en osäkerhet; han älskade hunden, och när hunden talade till honom var han säker, men hunden tycktes endast uttrycka kärlek, tillgivenhet, och ointresse. Han var inte säker på hunden. Men hunden talade ju till honom; det gjorde honom unik. Annars kunde ju hundar inte tala. Det var ju absurt att föreställa sig talande djur, en omöjlighet: men eftersom hunden talade var detta ett tecken. Det var ett tecken som var nästan tydligt, men endast nästan tydligt.

Han var osäker på hunden.

De Sju skulle rensa templet från orenhet. Och då skulle han själv resa sig som Fågel Fenix. Det var detta som var upplysningens brinnande eld. Därför De Sju. Ondskan var det nödvändiga för att skapa renhet.

Det var inte helt klart hur detta hängde samman. Men han trodde det var så. De Sju var de från himlen nedstörtade änglarna. Han måste få veta vad han skulle göra. Ett tecken. Ett meddelande. Det fanns säkert i labyrintens mitt, ett meddelande från De Sju, eller från Universums Härskarinna.

Han sprang vacklande och trippande in i labyrinten av tuktade häckar, och försökte minnas den bild han hade av gångarna, bilden uppifrån den balkong där kaos var förnuft.

Efter en stund började han gå långsammare. Han flåsade, och visste att han måste lugna sig. Han vek till vänster, till höger, hans bild av labyrintens system var helt klar, han var säker på att den var helt klar. Efter några minuter kom han till en återvändsgränd. Häcken stod som en mur framför honom, han vände tillbaka, vände höger, höger igen. Nu var minnesbilden oklarare, men han försökte bemanna sig, började plötsligt springa igen. Han flåsade på nytt. När svetten kom rev han av sig peruken och sprang vidare, det var lättare så.

Minnesbilden var nu helt borta.

Det fanns ingen klarhet längre. Murarna omkring honom var gröna och taggiga. Han stannade upp. Han måste nu vara mycket nära centrum. I centrum skulle det finnas klarhet. Han stod alldeles stilla, lyssnande. Inga fåglar, inga ljud, han tittade ner på sin hand, han blödde från handen, förstod inte hur det gått till. Han visste att han var mycket nära mitten. I mitten skulle meddelandet finnas, eller Caterine.

Absolut tystnad. Varför sjöng inte ens fåglarna.

Plötsligt hörde han en röst som viskade. Han stod blickstilla. Han kände ju igen rösten, den kom från andra sidan häckens mur, från en plats som måste vara centrum.

– Här är det, sade rösten. Kom hit.

Det var utan skymten av ett tvivel Caterines röst.

Han försökte se igenom häcken, men det var omöjligt. Det var alldeles tyst nu, men det var ingen tvekan längre, det var Caterines röst, och hon befann sig på andra sidan. Han drog efter andan, han måste nu vara mycket lugn, men han måste igenom. Han tog ett steg in genom häcken, började böja undan grenarna. De var taggiga, han förstod plötsligt att detta skulle göra mycket ont, men han var lugn nu, detta måste ske, han måste göra sig stark, hård. Han måste vara osårbar. Det fanns ingen annan utväg. De första decimetrarna gick lätt, sedan blev häckens vägg mycket tjock, han lutade sig framåt, som om han velat falla igenom. Han föll också framåt men motståndet var mycket starkt. Taggarna drog som små svärd över hans ansikte och det brände, han försökte lyfta armen för att frigöra sig, men då föll han bara än mer framåt. Nu var häcken absolut tät och han måste befinna sig mycket nära mitten av labyrinten, men han kunde ändå inte se igenom. Han sparkade förtvivlat med benen, kroppen sköts framåt ytterligare ett stycke, men därnere var grenarna betydligt tjockare, de gick inte att böja åt sidan, det var inte grenar utan stammar. Han försökte resa sig men lyckades bara till hälften. Det brann i hans händer, det brann i hans ansikte. Han slet mekaniskt i de tunnare grenarna, men det var taggar överallt, de små knivarna brände nu hela tiden i hans hud, han skrek ett ögonblick men bemannade sig sedan och försökte än en gång resa sig upp. Men det gick inte.

Han hängde infångad. Blod rann över hans ansikte. Han började snyfta. Det var alldeles tyst. Caterines röst hördes inte mer. Han var mycket nära mitten, det visste han, men infångad.

Hovmännen, som sett honom gå in i labyrinten, hade blivit oroliga, och efter en timma hade man börjat söka. De fann honom liggande inne i häcken; endast en fot stack ut. Man tillkallade hjälp. Konungen lösgjordes då, men vägrade resa på sig.

Han tycktes helt apatisk. Han befallde dock, med svag röst, att Guldberg skulle tillkallas.

Guldberg kom.

Blodet hade torkat på Konungens ansikte, armar och händer, men han låg stilla på marken och såg rakt upp. Guldberg befallde att en bår skulle hämtas, och att uppvaktningen skulle avlägsna sig så att han kunde samtala med Konungen.

Guldberg hade satt sig ner intill Konungen, täckt över hans

överkropp med sin egen kappa, och försökte dölja sin upprördhet genom att viskande tala till Christian.

Först hade han, i denna sin upprördhet som gjorde att hans läppar darrade våldsamt, viskat så lågt att Christian inte hade kunnat höra. Sedan blev han hörbar. Ers Majestät, hade han viskat, var inte rädd, jag skall rädda Er från denna förnedring, jag älskar Er, alla dessa osedliga (och här hade hans viskningar blivit starkare), alla dessa osedliga förnedrar oss men hämnden skall drabba dem, de föraktar oss, de ser ner på oss som är obetydliga, men vi skall skära bort dessa syndens lemmar från Danmarks kropp, vintramparens tid skall komma, de skrattar åt oss och hånar oss men de har hånat oss för sista gången, Guds hämnd skall drabba dem och vi, Ers Majestät, jag skall bli Er... vi skall...

Christian hade då plötsligt ryckts upp ur sin apati, han hade stirrat på Guldberg, och satt sig upp.

– Vi?!!! hade han ropat och stirrat på Guldberg som en vansinnig, OSS???, vem talar ni om, är ni galen, galen!!!, jag är Guds utkorade och ni vågar... ni vågar...

Guldberg hade ryckt till, som för ett piskrapp, och tigande böjt sitt huvud.

Då hade Konungen långsamt rest sig; och Guldberg skulle aldrig glömma synen: denne pojke med huvudet och ansiktet täckt av svartnat levrat blod och håret spretande och tovigt och kläderna sönderrivna, ja, han tycktes till det yttre vara sinnebilden för en galen människa som övertäckts av blod och smuts; och ändå, ändå, tycktes han nu besitta ett lugn och en auktoritet som vore han inte en galning, utan en av Gud utkorad.

Kanske var han dock en människa.

Christian tecknade åt Guldberg att resa sig. Han gav Guldberg dennes kappa. Och han sade, med mycket lugn och självklar röst:

– Ni är den ende som vet var hon finns.

Han hade sedan inte inväntat svar, utan endast fortsatt:

– Jag vill att ni denna dag upprättar en benådningsskrivelse. Och denna skall jag underteckna. Själv. Inte Struensee. Jag själv.

– Vem skall då benådas, Ers Majestät? hade Guldberg frågat.

– Stövlette-Caterine.

Och mot denna röst kunde intet invändas, och inga frågor kunde ställas; och nu kom hovmännen med båren. Men den användes icke; Christian gick själv utan stöd ut ur labyrinten.

Kapitel 11

REVOLUTIONENS BARN

1.

De baddade och förband Christians sår, de uppsköt avresan till Hirschholm i tre dagar, de förfärdigade en förklaring till Konungens olyckliga fall i en rosenbuske; allt blev långsamt helt igenom normalt. Man återtupptog packning och förberedelser, och vid tiotiden på morgonen var expeditionen redo att avresa till Hirschholm.

Det var inte hela hovet som avreste. Det var en mycket liten del, dock stor: det var en ofantlig tross på sammanlagt tjugofyra vagnar, uppvaktningen ansågs liten och räknade arton personer, därtill kom en handfull soldater (några tycks ha blivit hemsända efter den första veckan) samt kökspersonal. Kärnan var dock kungaparet, Struensee och den lille kronprinsen, nu tre år gammal. Detta var den mycket lilla gruppen.

Samt Enevold Brandt. Han var ”Konungens barnvakt”, som malisen uttryckte det. Därtill några älskarinnor till de lägre befattningshavarna. Två snickare.

När man avreste kunde man på Drottningens figur klart avläsa att hon var gravid. Hovet talade inte om annat. Ingen tvekade om vem fadern var.

Fyra vagnar stod denna morgon redan ute på slottsgården

när greve Rantzau uppsökte Struensee för, som han uttryckte det, ”ett angeläget samtal”.

Han frågade först om det var meningen att han själv skulle medfölja. Struensee svarade, med en vänlig bugning: Om du så önskar. Önskar du att jag medföljer? blev då genast frågan från Rantzau, som tycktes egendomligt spänd och återhållsam. De betraktade varandra vaksamt.

Inget svar.

Rantzau menade sig ha tolkat tystnaden rätt. Han frågade, ”utan omsvep”, om det verkligen vore klokt att nu med ett så litet sällskap tillbringa sommaren, och kanske hösten, på Hirschholm. Struensee hade undrat varför han frågade. Rantzau hade svarat att det var oro i landet. Att den flod av dekret och reformer som nu flöt ur Struensees hand (och han ville uttryckligen använda detta uttryck, alltså ”ur Struensees hand”, eftersom han väl kände till Konungens sinnestillstånd, och för övrigt sade sig inte vara en idiot) – att dessa reformer säkert var nyttiga för landet. Att de ofta var kloka, välvilligt tänkta, och ibland i enlighet med förnuftets allra bästa principer. Allt detta helt säkert. Och kort sagt mycket väl formulerade. Men, lika kort sagt, många! Närmast otaliga!

Landet var inte berett på detta, och i varje fall inte administrationen! ergo var detta livsfarligt för Struensee själv och alla hans vänner. Men, hade Rantzau fortsatt utan att ge Struensee en sekunds möjlighet att bryta in eller svara, varför denna halsstarriga oförsiktighet! Var inte denna flod av reformer, denna i sanning revolutionära våg som nu reste sig över konungariket Danmark, var inte denna plötsliga revolution ett gott skäl, eller i varje fall ett taktiskt gott skäl, för

Struensee och Konungen, men framför allt Struensee!!!, att befinna sig något närmare fiendernas läger.

För att i viss mån kunna iaktta fienderna. Det vill säga: de fientliga truppernas tänkande och åtgärder.

Det hade varit en häpnadsväckande utgjutelse.

– Kort sagt, är det klokt att resa? hade han summerat.

– Kort sagt var det icke, hade Struensee genmält. Och jag vet inte om den som talar är vän eller fiende.

– Det är jag som talar, hade Rantzau sagt. En vän. Kanske din enda.

– Min enda vän, hade Struensee sagt. Min enda vän? Det låter illavarslande.

Så hade tonfallet varit. Formellt, och i grunden fientligt. Det följde en lång tystnad.

– Minns du Altona? hade Struensee sedan sagt med låg röst.

– Jag minns. Det var mycket länge sedan. Tycks det mig.

– Tre år? Är det så länge?

– Du har förändrat dig, hade Rantzau kyligt svarat.

– Jag har inte förändrat mig, hade Struensee sagt. Inte jag. I Altona var vi eniga om det mesta. Jag beundrade dig faktiskt. Du hade läst allt. Och du lärde mig mycket. Det är jag tacksam för. Jag var ju så ung den gången.

– Men nu är du gammal och vis. Och beundrar förvisso icke.

– Jag omsätter nu i verklighet.

– Omsätter i verklighet?

– Ja. Faktiskt. Inte bara teorier.

– Jag tycker mig höra ett tonfall av förakt, hade Rantzau sagt. ”Inte bara teorier.”

– Om jag visste var du stod, då skulle jag svara.

– Något "verkligt". Inga teorier. Inga skrivbordsspekulationer. Och vad är nu det sista – verkliga?

Det var ett obehagligt samtal. Och vagnarna väntade; Struensee hade långsamt sträckt ut handen mot packen av papper på bordet, tagit dem, som för att visa. Men det gjorde han inte. Han såg bara på skrivelserna i sin hand, tyst och glädjelöst, och ett ögonblick kände han det som om en stor sorg, eller en överväldigande trötthet, hade bemäktigat sig honom.

– Jag har arbetat i natt, sade han.

– Ja, man säger att du arbetar hårt på nätterna.

Han låtsades inte höra insinuationen.

Han kunde inte vara uppriktig mot Rantzau. Han kunde inte säga detta om klibbigheten. Men något i det Rantzau sagt gjorde honom illa till mods. Det var den gamla känslan av underlägsenhet gentemot de briljanta kamraterna i Aschebergs Have som dök upp.

Den tystlåtne läkaren från Altona bland de briljanta vännerna. De hade kanske inte förstått det egentliga skälet till varför han tigit.

Nu kanske de hade förstått. Han var den orättmätigt och obegripligt upphöjde praktikern! det var detta Rantzau antytt. Du duger inte. Du teg, eftersom du inte hade något att säga. Du skulle ha stannat i Altona.

Och det var sant: han hade ibland tyckt sig se livet som en serie punkter uppradade på ett papper, en lång katalogisering av uppgifter med nummer framför sig, *som någon annan gjort upp, någon annan!!!,* livet numrerat i viktighetsordning, och där nummer ett till tolv, som på urtavlan, var de viktigaste, sedan tretton till tjugofyra, liksom dygnets timmar, och sedan följde nummer tjugofem till hundra, i en lång cyklisk kurva med allt mindre uppgifter, dock viktiga. Och efter vart och ett av numren skulle han efter slutfört arbete sätta en dubbelkråka, patienten behandlad. Och när livet var slut skulle slutjournal upprättas, och klarhet finnas. Och han kunde gå hem.

Förändringen avbockad, uppgiften slutförd, patienterna behandlade, sedan statistik och en uppsats som sammanfattade erfarenheterna.

Men var fanns här patienterna. De fanns därute, och han hade aldrig mött dem. Han fick lita till teorier som någon annan tänkt ut: de briljanta, de mer belästa, de märkliga filosoferna, teorier som vännerna i Rousseaus hydda bemästrade så lysande.

Patienterna i det danska samhället, det han nu skulle revolutionera, dem fick han föreställa sig: som de små huvuden han en gång tecknat när han skrev sin avhandling om de skadliga kroppsrörelserna. Det var människorna inne i mekaniken. För det måste ju vara möjligt, tänkte han alltid när han låg vaken på nätterna och kände det Danska Monstruösa Kungliga Slottet som en blytyngd över bröstet, möjligt! möjligt!!! att både genomskåda och bemästra mekaniken, och se människorna.

Människan var inte en maskin, men befann sig inne i maskinen. Det var det som var konsten. Att bemästra maskinen. Då skulle de ansikten han tecknade le tacksamt och välvilligt mot honom. Men det svåra, det riktigt svåra var att de inte tycktes tacksamma. Att människornas små elaka huvuden mellan punkterna, de som avbockats! blivit klara! lösta!!!, att dessa ansikten som tittade fram var ondskefulla och illvilliga och otacksamma.

Framför allt var de inte hans vänner. Samhället var en maskin, och ansiktena illvilliga. Nej, ingen klarhet längre.

Han betraktade nu sin siste vän Rantzau, som han visste kanske var en fiende. Eller, vad värre var, en förrädare. Ja, Altona var verkligen mycket långt borta.

– Det ”verkliga” är, började han långsamt, denna vecka avskaffandet av lagen mot otrohet, samt neddragningar av överflödiga pensioner till ämbetsmännen, förbud mot tortyr, jag förbereder Öresundstullens överföring från Konungens kassa till statens, inrättandet av en försörjningskassa för oäkta barn, som skall döpas efter kyrkans ceremonier, vidare...

– Och stavnsbåndet? Eller skall du nöja dig med att lagstifta fram moralen?

Där var ansiktet mellan paragraferna igen; misstänksamt, illvilligt leende. Stavnsbåndet var ju det stora! det allra största!, det som hörde hemma bland de tjugofyra punkterna, nej de tolv! de tolv!!! som fanns inom klockans siffror. Han hade överlämnat pojken på trähästen till sin obönhörliga död, och sprungit efter vagnen i skymningen; han hade varit rädd. På sätt och vis hade han sprungit ifrån den största uppgiften, livegenskapen. I vagnen hade han envist upprepat för sig själv att det viktiga ju var att han överlevde.

Och med beslutsamhet kunde. Utfärda dekret. Om. Och kunde. Med beslutsamhet.

Det han nu gjorde var ju bara det lilla, moralen; han lagstiftade för att förbättra moralen, han lagstiftade fram den goda människan; nej, han tänkte fel, det var ju tvärtom. Man kunde inte lagstifta bort den onda människan. "Sederna kunde inte förbättras med polislagar", hade han faktiskt skrivit.

Ändå, och han visste att det var hans svaghet, uppehöll han sig ju så mycket vid sederna, moralen, förbuden, den andliga friheten.

Var det för att det andra var så svårt?

– Stavnsbåndet? kom frågan igen, obarmhärtigt.

– Snart, hade han svarat.

– Och hur?

– Reverdil, började han långsamt, som var Konungens informator, hade en plan innan han blev förvisad. Jag har skrivit till honom, bett honom återvända.

– Den lille juden, hade Rantzau sagt med nyktert men hatiskt tonfall, den lille motbjudande juden. Han skall alltså befria de danska bönderna. Vet du hur många fiender du då skaffar dig?

Struensee placerade åter dokumenten på bordet. Det var meningslöst att föra detta samtal. Rantzau bugade sig tyst, vände och gick mot dörren. Och innan han slöt den bakom sig kom det allra sista av de illvilliga ansiktena fram: från Rantzau, som sagt sig vara hans sista vän, och kanske också var det, i någon mån, den store teoretiske lärare som nu betraktade honom så kritiskt, hans vän, eller före detta vän, om han någonsin varit det.

– Du har inte många vänner längre. Och att då resa över sommaren till Hirschholm är vansinne. Men ditt problem är ett annat.

– Vilket, hade Struensee frågat.

– Du saknar förmåga att välja rätt fiender.

2.

Det var ingen flykt, skulle de tänka senare, men varför då denna ursinniga hast, dessa snabba rörelser, dessa skratt, smällande dörrar?

Det var ingen flykt, bara avfärd till den underbara sommaren på Hirschholm.

Man lastade in. Första dagen skulle endast fyra vagnar avgå. Nästa dag resten av den ofantliga trossen. Att leva ett enkelt lantliv krävde en omfattande organisation.

I den första vagnen Drottningen, Struensee, konung Christian den sjunde, negerpagen Moranti och Konungens hund.

Man åkte under tystnad.

Christian var mycket lugn. Han hade sett på medresenärerna med ett hemlighetsfullt leende som de inte kunnat tolka. Det var han säker på. Han hade tänkt att sutte icke drottningen Caroline Mathilde bland dem just nu, lyssnande, då hade fyra av De Sju helt ensamma befunnit sig i denna vagn. Och han hade då utan fara kunnat fråga Struensee, Moranti eller hunden, de tre han älskade, till råds inför den tid av överväldigande svårigheter och umbäranden som han var säker skulle komma.

Han visste det. Och att råd och anvisningar från hans Välgörare, Universums Härskarinna, skulle dröja ännu någon tid.

Här låg en gång ett slott. Så måste man säga det: här låg det, och här uppslukades det av den danska revolutionen. Och ingenting finns kvar.

Hirschholms slott var anlagt på en ö, slottet var omgivet av vatten, det låg mitt i en sjö, och på nätterna var vattnet täckt av de sovande fåglar hon älskade så mycket, särskilt när de sov inrullade i sina drömmar. Slottet hade byggts under ett halvt århundrade, och egentligen inte stått färdigt förrän 1746; det var storartat, och vackert, ett nordiskt Versailles, men det blev med detta slott som med mycket korta drömmar: det levde bara en sommar, den sommaren 1771. Sedan var drömmen slut, och slottet stod ensamt och obebott och förföll långsamt.

Det brann inte. Det skövlades inte. Det bara dog av sorg och så fanns det inte mer. För det var som om denna oändligt lyckliga sommar hade pestsmittat slottet; det var Caroline Mathildes och Struensees slott, och när katastrofen kom ville ingen längre beträda denna mark, så fylld av syndens smitta.

Redan 1774 inställdes alla arbeten på slottet, vid sekelskiftet var förfallet totalt, och när Christiansborg brann beslöt man att riva Hirschholm och använda materialet till återuppbyggnaden. Allt revs bort. De "överdådigt smakfullt utstyrda gemaken" plundrades och fördes bort, den fantastiska stora Riddarsalen i slottets mitt destruerades, varje sten, varje marmorblock forslades bort, varje spår av kärleksparet skulle förintas. Caroline Mathildes rum hade liknat ett raritetskabinett, hon hade varit lidelsefullt intresserad av det kinesiska, och denna sommar hade hon fyllt gemaken med kinesiska krukor och dockor som hon hämtat hem genom Ostasiatiska Kompaniet. Också den vackra kakelugnen i Audiensgemaket på Hirschholm hade hon införskaffat, den som "föreställde ett chinesiskt fruntimmer med Parasoll", allt blev nedrivet.

Slottet var en skamfläck, besmittat av bastarden och hans älskarinna, det måste bort, som när ett misshagligt ansikte utraderas från ett fotografi, så att historien befrias från något motbjudande, som aldrig funnits, aldrig borde ha funnits. Ön måste renas från denna synd.

1814 var alla spår av slottet borta; det levde alltså en människas liv, från 1746 till 1814, slottet blev sextioåtta år gammalt. På detta sätt är Hirschholms slott det enda slott som helt identifierats med en kärlekssommar, med kärlek och död och det förbjudnas yttersta gräns, och som därför tvingats till död och förintelse; och i dag finns bara en liten, på 1800-talet uppförd, empirkyrka på slottsön.

Som en bön. Som en sista bön om förlåtelse till den store Guden; en bön om nåd för dessa de synder som två lastbara människor gjort sig skyldiga till.

Annars endast gräs och vatten.

Men fåglarna, naturligtvis, finns ännu kvar, dem som hon sett den sena kväll hon kommit till Hirschholms slott, och sett som ett tecken på att hon till sist var hemma, och i trygghet, bland fåglarna som sov inrullade i sina drömmar.

Här låg en gång ett slott. Hit kom hon. Hon var med barn. Och hon visste att det var hans.

Och alla visste.

Jag är med barn, hade hon sagt. Och vi vet att det är ditt.

Han hade kysst henne, men inte sagt något.

Allting hade gått så snabbt. Han hade genomfört den danska revolutionen på åtta månader, reformerna var underskrivna och skulle nu fortsätta att skrivas under från detta syndens näste som hette Hirschholms slott, och därför senare måste förintas, som när man bränner sängkläder från en i pesten avliden.

Han hade redan utsänt 564 förordningar under detta första år. Till sist tycktes det som om hinder saknades. Allt var naturligt, och gick lätt. Revolutionen fungerade fint, pennan raspade, det blev verkställt, och han älskade med denna egendomliga flicka som kallade sig drottning av Danmark. Han älskade, skrev, och skrev under. Konungens underskrift inte längre nödvändig. Han visste att det dånade av ursinne i kanslierna och ämbetsverken, men ingen vågade sig fram till honom. Och då fortsatte han, och fortsatte.

Skrivbordsrevolutionär, tänkte han ibland. Han hade alltid föraktat uttrycket. Men nu tycktes allt ändå fungera från skrivbordet. Just från skrivbordet. Och det blev verklighet.

Han lämnade ju aldrig sitt arbetsrum, ändå verkställdes revolutionen. Kanske alla revolutioner borde ske på detta sätt, tänkte han. Man behövde inga trupper, inget våld, ingen terror, inget hot; bara en sinnessjuk konung med all makt, och en överlåtelsehandling.

Han insåg att han var fullständigt beroende av denne sinnessjuke pojke. Var han också lika fullständigt beroende av henne?

När hon berättade om barnet hade han blivit glad, och genast förstått att slutet kunde vara nära.

De hade så länge älskat utan försiktighet.

Han hade aldrig träffat en kvinna som denna unga flicka; det var ofattbart, hon tycktes sakna rädsla och skygghet, hon var oerfaren och hade lärt sig allting som i ett enda andetag. Hon tycktes älska sin kropp, och älska att använda hans. Den första natten på Hirschholm hade hon suttit på honom och ridit honom långsamt, njutningsfullt, som om hon i varje ögonblick lyssnat till hemliga signaler inne i hans kropp och lytt dem, och kontrollerat dem; nej, han förstod inte var denna tjugoåriga lilla engelska flicka hade lärt allt detta. Och till sist hade hon mjukt som en katt rullat ner vid hans sida och sagt:

– Är du lycklig?

Han visste att han var lycklig. Och att katastrofen nu var mycket nära.

– Vi måste vara försiktiga, hade han svarat.

– Det är sedan länge för sent, hade hon svarat i mörkret. Jag är med barn. Och det är ditt barn.

– Och den danska revolutionen? De kommer att få veta att det är mitt barn.

– Jag har avlat revolutionens barn med dig, hade hon svarat.

Han hade rest sig, gått fram till fönstret, sett ut över vattnet. Skymningen kom tidigare nu, men det var fuktigt varmt och sjön runt slottet fylld av växter och fåglar och det luktade insjö, tungt, lustfyllt och mättat av död. Allting hade gått så fort.

– Vi har avlat framtiden, hörde han henne säga inifrån mörkret.

– Eller dödat den, sade han lågt.

– Vad menar du?

Men han visste inte varför han sagt så.

Han visste att han älskade henne.

Det var inte bara hennes kropp, hennes fantastiska begåvning för kärlek, det som han tänkte på som erotisk begåvning; det var också detta att hon växte så snabbt, att han varje vecka kunde se att hon var en annan, det explosionsartade hos denna lilla engelska oskuldsfulla flicka, att hon snart växt ikapp honom och kanske skulle passera honom, bli någon han inte kunde föreställa sig; han hade inte trott att det var möjligt. Hon hade verkligen många ansikten, men inte ett sinnessjukt, som Christian. Hon hade inte en svart fackla inom sig som skulle sända sitt dödande mörker över honom, nej, hon var en okänd som lockade honom just i det ögonblick han trodde sig se henne, men plötsligt insåg att han inte sett.

Han kom ihåg hennes uttryck ”som brännjärn i ett djur”. Men var det så kärlek skulle vara? Han ville inte att det skulle vara så.

– Jag är ju bara en läkare från Altona, sade han.

– Ja? Än sen?

– Det känns ibland som om en renhjärtad, ovillig och inte tillräckligt bildad läkare från Altona givits en alltför stor uppgift, hade han sagt med låg röst.

Han hade stått med ryggen mot henne, för det var första gången han vågat säga det till henne, och han skämdes en smula, därför hade han stått med ryggen mot henne och inte vågat se på henne. Men han hade sagt det, och skämts, fast det kändes rätt att ha sagt det.

Han ville inte förhäva sig. Det var nästan en dödssynd att förhäva sig, det hade han lärt sig som barn. Han var bara en läkare från Altona. Det var det grundläggande. Men så till detta det förmätna: att han förstått att han fått en uppgift, och inte menat sig vara alltför ringa fast han borde ha menat det.

De högmodiga vid hovet skulle aldrig ha tvekat. De som inte var uppkomlingar. De fann det helt naturligt med förmätenhet, eftersom allt de hade var ärvt, och inte förvärvat av egen kraft. Men han var inte högmodig, utan rädd.

Det var detta han skämdes för. "Den tyste" kallade de honom. Det skrämde dem kanske. Han var tyst, han var storväxt, han visste att tiga, det skrämde dem. Men de förstod inte att han i grunden bara var en läkare från Altona som förmätet trott sig ha en kallelse.

De andra skämdes aldrig. Det var därför han stått med ryggen mot henne.

En gång, mot slutet av sommaren, sedan hon fått barnet, hade hon kommit in till honom och sagt att Bernstorff, som var förskjuten och nu dragit sig tillbaka till sitt gods, måste tagas tillbaka.

– Han hatar oss, hade Struensee sagt.

– Det spelar ingen roll. Vi behöver honom. Han måste blidkas, och användas. Fiende eller inte.

Och så hade hon sagt:

– Vi behöver flankskydd.

Han hade bara stirrat på henne. "Flankskydd". Varifrån hade hon fått det ordet. Hon var otrolig.

3.

Det var en fantastisk sommar.

De upphävde all etikett, de läste Rousseau, de ändrade klädesstil, de levde enkelt, de levde i naturen, de älskade, de tycktes besatt angelägna att komprimera lyckans alla komponenter så att ej en timma föröddes. Besökande chockerades av de fria sederna, som dock, noterade de förvånat i sina brev, ej yttrade sig i oanständigt tal. Alla regelverk var slopade. Tjänarna passade ofta, men inte alltid, upp vid måltiderna. Man fördelade ansvaret för matlagningen. Man gjorde utflykter, stannade ute till långt in på kvällarna. En gång hade Drottningen, vid en utflykt till stranden, dragit in honom bland klitterna, upplöst sina kläder, och de hade älskat. Följet hade noterat sanden på deras kläder, men alls ej förvånat sig. Man slopade alla titlar. Rangsystemet försvann. Man tilltalade varandra vid förnamn.

Det var som en dröm. Man upptäckte att allt blev enklare, stillsammare.

Det var det man upptäckte på Hirschholm: att allting var möjligt, och att det var möjligt att utträda ur dårhuset.

Christian var också lycklig. Han tycktes mycket långt borta, ändå nära. En kväll, vid taffeln, hade han leende och lycklig sagt till Struensee:

– Det är sent, det är nu tid för konungen av Preussen att uppsöka Drottningens bädd.

Alla hade då studsat, och Struensee hade i lätt ton frågat:

– Konungen av Preussen, vem är det?

– Det är ju ni? hade Christian förvånad genmält.

Hennes graviditet blev allt synligare, men hon insisterade på att rida genom skogarna, och lyssnade ej till omgivningens oro och invändningar.

Hon hade blivit en mycket skicklig ryttare. Hon störtade inte. Hon red snabbt, tveklöst, han följde efter, med oro. En eftermiddag hade dock en störtning inträffat. Det var Struensee som kastades av hästen. Hästen hade kastat, han föll, han hade legat länge och haft mycket ont i ett ben. Till sist hade han med möda rest sig.

Hon hade stött honom tills de tillkallade hjälparna hade anlänt.

– Min älskade, hade hon sagt, trodde du att jag skulle störta? Men jag störtade ej. Jag vill inte förlora barnet. Därför blev det du som störtade.

Han hade endast sagt:

– Min lycka står mig kanske inte längre bi.

Han förlöste henne själv.

På kryckor, vid Drottningens säng och på kryckor, bevittnade Struensee födseln av den lilla dottern.

Han drog ut barnet, det var så han tyckte det var, han drog ut sitt barn, och plötsligt hade han överväldigats; barn hade han förlöst förut, men detta, men detta!!! Han hade stött sig på kryckan i armhålan, men kryckan hade fallit och hans onda ben hade gjort mycket ont, antog han, han mindes inte, och han hade börjat snyfta.

Sådan hade ingen sett honom förut, och de talade länge om det; och för några blev det ett bevis.

Men han hade snyftat. Det var barnet. Det var det eviga livet han drog ut ur henne, deras flicka som var hans eviga liv.

Efteråt hade han bemannat sig, och gjort det han måste göra. Han hade gått in till konung Christian den sjunde och meddelat att hans drottning, Caroline Mathilde, fött honom en arvinge, nedkommit med en flicka. Konungen hade förefallit ointresserad, och inte velat se barnet. Han hade senare på kvällen åter fått ett anfall av sin nervositet, och tillsammans med negerpagen Moranti roat sig med att välta statyerna i parken.

Den lilla flickan döptes till Louise Augusta.

4.

Inom tjugofyra timmar visste hovet i Köpenhamn att Struensees och Drottningens barn var fött. Änkedrottningen tillkallade omedelbart Guldberg.

Hon hade suttit tillsammans med sin dräglande och babblande son som hon nu, i denna farans stund, inte ägnade en blick men hela tiden höll hårt i den vänstra handen. Hon hade inlett med att säga att horungen var en skam för landet, och kungahuset, men att hon nu ville ha en helhetsbild.

Hon begärde en analys av situationen, och hon fick den.

Guldberg gjorde en föredragning.

Efter det algeriska äventyret, då en dansk flotta sänts in i Medelhavet och till stora delar krossats, var nödvändigheten att återuppbygga marinen stor. Struensee hade förelagts problemet, och hade på detta svarat med två skrivelser. Den ena förbjöd brännvinstillverkning baserad på korn och all privat hembränning. Den andra kungjorde att han inte endast ville nedskära hovstaten med hälften, utan också reducera flottans krigsorganisation. Det betydde att varvet på Holmen fick inställa sina arbeten. Arbetarna, särskilt de från Norge inkallade matroserna, hade nu gripits av vrede. Guldberg hade varit i kontakt med dem flera gånger. En delegation hade också uppsökt honom.

De hade frågat om det rykte var sant som påstod att Struensee höll Konungen fängslad och avsåg att döda honom.

Guldberg hade då med ”gester och miner” antytt att detta var riktigt, men att det var nödvändigt att noga planera och uttänka åtgärderna för rikets och konungahusets försvar. Han hade sagt till dem att han delade deras upprördhet över de arbeten som gick förlorade för dem på varvet. Vad beträffar Struensees horeri bad han varje afton till Gud att en ljungeld måtte drabba denne, för Danmarks skull.

De planerade nu en resning. Arbetarna skulle tåga mot Hirschholm.

– Och där? hade Änkedrottningen frågat, kommer de att döda honom?

Guldberg hade då bara, utan ett leende, sagt:

– En resning av det missnöjda folket gentemot tyrannen kan aldrig förutsägas.

Och han hade, som i förbigående, tillagt:

– Endast initieras, och styras.

Den nyfödda lilla flickan sov, med andetag som han endast kunde uppfatta om han lade örat emot. Han tyckte hon var så vacker. Så hade han, till sist, ändå fått ett barn.

Allting var så stilla denna sommar.

Å, vad han önskade att det alltid kunnat vara så.

Men vid niotiden på aftonen den 8 september 1771 kom en vagn inkörande över bron till slottsön på Hirschholm; det var greve Rantzau som genast ville tala med Struensee. Rantzau var rasande, och sade sig vilja ”komma till en uppgörelse”.

– Du är fullständigt galen, hade han sagt. Köpenhamn är fullt av pamfletter som öppet diskuterar ditt förhållande med Drottningen. Ingen skam finnes mer. Bränningsförbudet har gjort dem rasande. Vissa delar av hären är dock pålitliga, men just de delarna har du hemförlovat. Varför sitter ni här, och inte i Köpenhamn? Jag måste få veta.

– Vems sida är du på, hade Struensee då frågat.

– Det vill jag också fråga. Du vet att jag har skulder. Därför – därför!!! – inför du en lag som säger att ”juridisk rätt i alla skuldtvister, utan hänsyn till debitors stånd eller personliga anseende, skall utövas", vilket låter vackert, men som jag tror endast är införd för att ruinera mig. Den yttersta avsikten! Avsikten! Vems sida är du på? Det vill jag veta nu innan... innan...

– Innan allt faller samman?

– Svara först.

– Jag skriver inga lagar för din skull. Och ändrar inga för din skull. Svaret är nej.

– Nej?

– Nej.

Det hade följt en lång tystnad. Sedan hade Rantzau sagt:

– Struensee, du har gått en lång väg sedan Altona. Ofattbart lång. Vart tänker du gå nu?

– Vart tänker du gå själv?

Rantzau hade då rest sig, och hade bara sagt:

– Till Köpenhamn.

Så hade han gått, och lämnat Struensee ensam. Denne hade gått in i sin kammare, lagt sig på sin säng, och stirrat upp i taket och försökt att inte tänka på någonting alls.

Ändå tänkte han samma sak om och om igen. Det var: jag vill inte dö. Vad ska jag göra.

"Flankskydd", hade hon sagt.

Men hur många flanker fanns det inte att skydda. Och så denna trötthet.

Han hade inte lämnat den kungliga expeditionen i Altona. Han hade valt att besöka verkligheten. Hur skulle han orka.

Kapitel 12

FLÖJTSPELAREN

1.

Av den grupp unga upplysningsmän som en gång mötts i Altona återstod nu en i Struensees närhet. Det var Enevold Brandt.

Han var den sista vännen. Han var flöjtspelaren.

”Den lille motbjudande juden” – som Rantzau uttryckt det – Élie Salomon François Reverdil hade, efter sin landsförvisning, inkallats från Schweiz. Hans brevväxling med vänner i Danmark hade under åren i exil i sitt hemland varit flitig, hans sorg och förtvivlan över det som hänt var stor, han förstod inte vad hans älskade pojke menat, han förstod ingenting; men när anbudet att återvända hade kommit hade han inte tvekat en sekund. Hans uppgift skulle vara att redogöra för de en gång stoppade planerna på livegenskapens upphörande.

Han fick dock andra uppgifter. Ingenting skulle bli som han trott.

Skälet till att hans uppgifter kom att bli andra var att en egendomlig händelse inträffade som gjorde Enevold Brandt omöjlig som Christians sällskap. Det som skedde, händelsen med pekfingret, skulle kosta Brandt livet.

Det var dock ett halvår senare.

Efter "händelsen" blev Reverdil Konungens livvakt. Förut hade han varit Konungens lärare, och vän, nu blev han bevakare. Det var en förtvivlad situation. Vargarna hade slitit sönder hans älskade pojke, Christian var nu en annan. Ingenting var som förut. Christian hade hälsat sin gamle lärare välkommen, men inte med värme, han hade talat och mumlat som genom en ishinna. Föreställningen som Reverdil lockats tillbaka med, att den stora reformen skulle verkställas, den om stavnsbåndet, den bleknade bort.

Reverdils politiska inflytande upphörde. Livegenskapen upphörde ej.

Konungen blev vid händelsen lätt skadad.

Den dag den upprörande incidenten inträffade – "händelsen med pekfingret" som den kom att kallas – den dagen hade Struensee, med bud till Köpenhamn, avsänt dekreten om de regionala Koppningsstationerna, om finansieringen av Hittebarnsstiftelsen, detaljdirektiv för den nu påbjudna religionsfriheten för Reformerta och Katoliker, lagen om tillstånd för Herrnhutiska sekter att fritt bosätta sig i Slesvig, samt direktiv för planerna om inrättande av den danska motsvarigheten till de tyska "Real-Schulen".

Det var hela denna veckas arbete som gick med samma bud. Det hade samlat ihop sig under veckan. Annars avgick normalt bud varannan dag.

Det lilla ingick, på ett helt naturligt sätt, i det stora. Det lilla var reformerna. Det stora skulle visa sig vara pekfingret.

Brandt var flöjtspelaren.

Struensee hade mött honom under Altonatiden, och särskilt i Ascheberg. Det var den tid då man vandrade upp till Rousseaus hydda och högläste texter och talade om den tid som skulle komma: när de goda människorna tog ledningen och makten, och reaktionens hydra drevs ut, och utopin förverkligades. Brandt hade entusiastiskt anammat alla den nya tidens idéer, men de tycktes sätta sig på honom som fjärilar; de lyste och fladdrade bort och kom tillbaka, och han föreföll oberörd av dem. De smyckade honom. Han fann till sin glädje att damerna i hans omgivning tjusades av dem, vilket kanske var det riktigt betydelsefulla. Han var alltså en konstnärsnatur, hade Struensee tyckt, hållningslös, men värd att älska.

Upplysningen hade för honom en sexuell lockelse och gav färg åt tillvaron, gjorde nätterna spännande och omväxlande. Med upplysningen var det för Brandt som med de italienska skådespelerskorna, och framför allt som med flöjtspelet.

Det var flöjten, hade Struensee tänkt vid tiden för Rousseaus hydda, som gjorde honom uthärdlig.

Det var något i hans stillsamma besatthet av sin flöjt som gjorde att Struensee kom att tolerera hans ytlighet. Flöjtspelet berättade om något annat hos Brandt; och från Altonatiden och kvällarna i hyddan i Aschebergs Have mindes han inte så mycket Brandts fladdrande kärleksförhållande till ”politiken” och ”konsten”, men väl den ensamhet hans flöjtspel skapade kring denne unge upplysningsman.

Som, av vilket skäl som helst, kunde ha intagit vilken åsikt som helst.

Bara skimret fanns.

Kanske var det Brandts flöjtspel som, på sitt sätt, präglade denna fantastiska sommar 1771. Och något av tonen från Hirschholm spred sig. Tonen av lättsinne, frihet och flöjtspel låg som en sensuell underton också i Köpenhamn denna varma och lidelsefulla sommar. De stora kungliga parkerna öppnades, genom Struensees dekret, även för allmänheten. Förlustelserna tilltog, vilket i viss mån hade att göra med att polisens tillstånd att granska bordellerna upphävdes. Det kom ett dekret som omöjliggjorde polisens vana att efter klockan nio på kvällarna "visitera" bordeller och krogar, och där genom intrång granska om lastbarhet funnes där.

Visitationsprinciperna hade regelbundet använts som utpressningsmedel mot kunderna. Det minskade knappast lasten, men ökade polisernas inkomster. Man fick, på stället, betala för att slippa bli anhållen.

Men för befolkningen var parkernas befrielse det viktiga. "Vanhelgandet av Konungens parker" – alltså könsumgänge nattetid i Köpenhamns slottsparker – hade hittills bestraffats med förlusten av en fingerled om man inte kunde betala på stället, vilket man till sist alltid kunde. Nu öppnades parkerna: särskilt Rosenborg Have blev dessa varma köpenhamnska sommarnätter en fantastisk erotisk lekplats. På gräsmattorna, och bland buskarna i ett mörker som dolde och lockade, uppstod en mumlande, skrattande, kvidande och lekfull erotisk samlingsplats, även om Rosenborg Have snart blev utkonkurrerad av Frederiksberg Have, som på nätterna var endast delvis upplyst.

Tre kvällar i veckan var denna park särskilt öppnad för maskerade par. Det var folkets rätt till maskerad som proklamerats, och i offentliga parker, och på nätterna. I verkligheten betydde det rätt att under viss anonymitet (maskerna) fritt kopulera utomhus.

Masker för ansikten, öppnade sköten och viskningar. Förut hade de kungliga parkerna varit förbehållna hovets damer, som oändligt långsamt genomkorsat dem under sina solparasoller. Men nu öppnades de för allmänheten, och på nätterna! På nätterna!!! En våg av lusta vältrade in över de förut heliga och slutna parkerna. Det överbefolkade Köpenhamn, där de packade slumområdena medfört att varje köttets lust trängdes i överbefolkade rum där lusten var hörbar och gned sig mot de andras lust och skam, denna sammanpackade köpenhamnska befolkning fick nu tillgång till lustans kungliga nya områden.

Parker, natt, säd, doft av lusta.

Det var liderligt, stötande, orimligt upphetsande, och alla visste att detta var den syndens smitta som utgick från det kungliga horeriet. I grunden hade Struensee och Drottningen skulden. Så upprörande! så lockande!!! Men hur länge??? Det var som om en tung, hetsande och flåsande andhämtning hade legat över Köpenhamn: tiden! snart ute!!!

Det gällde att passa på. Innan straffen, förbuden och den rättmätiga upprördheten åter tog vid. Det var som en jakt på tiden. Snart skulle liderligheten utsläckas av en bestraffande brand.

Men till dess! dessa korta veckor!! till dess!!!

Det var Brandts flöjtspel som angav tonen. Borta var den gamla pietistiska regimens förbud mot baler, skådespel och konserter under lördagar och söndagar, i faste- och adventstid. När hade något, överhuvudtaget, varit tillåtet? Som genom ett trollslag var förbuden borta.

Och i parkerna nu dessa skuggor, kroppar, masker, denna lusta; och under allt en hemlighetsfull flöjt.

2.

Brandt hade kommit till Hirschholm tre dagar efter de andra, och till sin fasa erfarit att han blivit utsedd till Konungens adjutant.

Barnskötare, hade man sagt. Han fann sig placerad på ett slott, på en ö, långt från maskeradbaler och teaterintriger, hans roll skulle bli att betrakta Christians lekar och maniska ramsor. Allt var meningslöst och väckte hans raseri. Han var ändå maître de plaisir! Kulturminister! Vad i detta var kultur? Den kungliga barnkrubban? Han fann att utflykterna i naturen var utmattande. Han fann Drottningens och Struensees kärlek frustrerande, och sakna allt intresse för honom själv. Han var utvisad från de italienska skådespelerskorna. Han fann Caroline Mathildes och Struensees lek med den lilla pojken, och deras beundran inför den lilla flickan, löjeväckande.

Han saknade hovet, Köpenhamn, teatern. Han fann sig maktlös. Hans uppgift var att underhålla Konungen, vars beteende var groteskt, som alltid. Han var en sinnessjuk monarks vaktare.

Hans ambitioner var större. Det kom till en konflikt.

I jämförelse med de konsekvenser händelsen fick var det som skedde en komisk bagatell.

En dag vid Drottningens lunchbord hade Konungen, som ej deltagit i samtalet vid måltiden, utan sin vana trogen mumlat för sig själv, plötsligt rest sig, och med ett egendomligt tillgjort tonfall, som vore han en skådespelare på en scen, pekat på Brandt och ropat:

– Jag skall nu ge er en ordentlig omgång med käppen, ge er

prygel, eftersom ni förtjänar det! Det är er jag talar till, greve Brandt, har ni förstått detta?

Det blev mycket tyst; efter ett ögonblick hade Struensee och Drottningen dragit konung Christian åt sidan och talat ivrigt med honom, dock utan att de andra kunde höra vad som sades. Konungen brast då i gråt. Han hade sedan med åtbörder, men ännu skakande av gråt, kallat på sin gamle lärare Reverdil; de följdes ut till förrummet, där Reverdil lugnande talat till Konungen och givit honom tröst. Kanske hade han också stött och uppmuntrat Christian, eftersom Reverdil alltid föraktat Brandt, och kanske menat att Christians utfall på något sätt varit ett ord i rättan tid.

I varje fall hade Reverdil inte tagit Konungen i upptuktelse, något som han senare blev kritiserad för.

De övriga vid taffeln hade beslutat att Konungen nu skulle ges en läxa, för att förhindra liknande sårande uppträden i fortsättningen. Struensee framförde med stränghet till Konungen att Brandt krävde en ursäkt och en upprättelse, eftersom han blivit offentligt förhånad.

Konungen hade då endast skurit tänder, plockat med händerna på kroppen, och vägrat.

Senare, efter kvällsmåltiden, hade Brandt gått in i Konungens rum. Han hade befallt att Moranti och Drottningens page Phebe, som lekte med honom, skulle avlägsna sig. Han hade sedan stängt dörren, frågat Konungen vilka vapen han velat ha i den duell som nu måste utkämpas.

Konungen hade endast skräckslagen och i dödsångest skakat på huvudet, varefter Brandt sagt att nävarna väl fick duga. Christian, som ofta fann nöje i lekfulla brottningar, hade då trott att han kunnat undkomma på detta kanske skämtsamma sätt, men Brandt hade gripits av ett helt obegripligt och överraskande ursinne, utan medlidande slagit ner Christian och vrålat okvädingsord mot den snyftande monarken. Det hade kommit till en brottning på golvet; och då Christian med händerna sökt värja sig hade Brandt bitit honom i ett pekfinger så att blod började flyta.

Brandt hade sedan lämnat Konungen snyftande på golvet, gått in till Struensee och sagt att han fått upprättelse. De i hast inkallade hovmännen hade därefter förbundit Christians finger.

Struensee hade förbjudit alla att föra detta vidare. Ståndpunkten skulle vara, om någon frågade, att Konungens liv icke hade varit i fara, att greve Brandt ej hade försökt döda Konungen, att en lekfull brottning var Konungens vana, att detta var en nyttig övning för lemmarna; men man borde iaktta den största tystnad om det inträffade.

Till Drottningen hade Struensee dock mycket bekymrad sagt:

– I Köpenhamn sprids ryktet att vi önskar döda Konungen. Kommer detta ut är det illa. Jag förstår mig icke på denne Brandt.

Nästa dag ersattes Brandt som förste adjutant av Reverdil, och fick mera tid för sitt flöjtspel. Reverdil fick därmed ej tid att bearbeta sin plan för upphävandet av böndernas livegenskap. Mer tid för flöjtspel, vilket gick ut över politiken.

Brandt glömde snart episoden.

Han skulle senare få anledning att minnas den.

3.

Hösten kom sent det året; eftermiddagarna var stilla och man promenerade, drack te och väntade.

Allting den gången för ett år sedan, den föregående sensommaren i Aschebergs Have, hade varit så förtrollande, och nytt; nu försökte man rekonstruera känslan. Det var som om man sökte placera en kupa av glas över sommaren och Hirschholm: därute i mörkret, i den danska verkligheten, anade man sig till att antalet fiender växte. Nej, man visste. Fienderna var fler än den sensommaren i Aschebergs Have, där oskuld ännu fanns. Nu var det som om de befunnit sig på en scen och ljuskäglan långsamt krympt kring dem; den lilla familjen i ljuset, och runt omkring dem ett mörker som de inte ville uppsöka.

Barnen var det viktigaste. Pojken var tre år och Struensee genomförde i praktiken alla de teoretiska principer för barnuppfostran han tidigare formulerat; det var sundhet, naturliga kläder, bad, friluftsliv, och naturlig lek. Den lilla flickan skulle snart få följa efter. Hon var för liten än. Hon var behändig. Den lilla flickan var älsklig. Den lilla flickan tilldrog sig allas beundran. Den lilla flickan var dock, det visste alla, men ingen talade om det, själva den mittpunkt som det danska hatet mot Struensee nu riktade sig mot.

Horungen. Man fick ju rapporter. Alla tycktes veta.

Struensee och Drottningen satt ofta på den smala trädgårdsremsan framför slottets vänstra flank, där trädgårdsmöbler satts ut och parasoller skyddade. De kunde se långt in mot parken på andra sidan. En afton betraktade de på avstånd konung Christian, som alltid med Moranti och hunden i sällskap; hur Christian vandrade på andra sidan vattnet, upptagen med nedstörtande av statyer.

Det var i det trädgårdsparti där statyerna stod. Statyerna var hans ständiga föremål för ursinne eller skämtlynne.

Man hade med rep försökt förankra statyerna bättre, så att de ej kunde vältas, men det hade inte fungerat. Det var utan mening. Man fick ställa upp dem efter Konungens härjningståg, utan att ens försöka reparera skador och avslagna delar: deformationer som uppstått när Konungen drabbats av melankoli.

Struensee och Drottningen hade suttit länge och utan ett ord betraktat hans kamp med statyerna.

Allt var dem nu väl bekant.

– Vi är vana vid detta, hade Caroline Mathilde sagt, men vi får inte låta någon utanför hovet se honom.

– Alla vet ju.

– Alla vet, men det får inte sägas, hade Caroline Mathilde sagt. Han är sjuk. Man säger i Köpenhamn att Änkedrottningen och Guldberg planerar att ta in honom på asyl. Men då är det slut med oss båda.

– Slut?

– Ena dagen välter denne Guds utkorade statyer. En annan dag välter han oss.

– Det gör han inte, hade Struensee sagt. Men utan Christian är jag intet. Om det når ut till det danska folket att Guds utkorade bara är en galning, då kan han inte längre utsträcka sin hand mot mig och peka och säga: DU! DU skall vara min arm, och min hand, och DU skall egenhändigt och enväldigt underteckna dekret och lagar. Han överför Guds utkorelse. Kan han inte det, då återstår endast...

– Döden?

– Eller flykten.

– Hellre döden än flykten, hade Drottningen då sagt efter en stunds tystnad.

Höga skratt nådde dem över vattnet. Moranti jagade nu hunden.

– Ett så vackert land, hade hon sagt. Och så fula människor. Har vi några vänner kvar?

– En eller två, hade Struensee svarat. En eller två.

– Är han verkligen en galning, frågade hon då.

– Nej, hade Struensee svarat. Men han är inte en människa gjuten i ett stycke.

– Så hemskt det låter, hade hon sagt. En människa gjuten i ett stycke. Som ett monument.

Han svarade inte. Då hade hon tillfogat:

– Men är *du* det?

Hon hade börjat sitta hos Struensee när han arbetade.

Först trodde Struensee att det var honom själv hon ville vara nära. Sedan förstod han att det var arbetet som intresserade henne.

Han fick förklara vad han skrev. Först gjorde han det med ett leende. Sedan, när han förstått att hennes inställning var den av stort allvar, hade han bemödat sig. En dag hade hon kommit in till honom med en lista på personer hon ville avskeda; han hade först skrattat. Sedan hade hon förklarat. Då hade han förstått. Det var inte hat, eller avund, som låg bakom listan. Hon hade gjort en bedömning av maktens struktur.

Hennes analys hade förvånat honom.

Han trodde att hennes mycket klara, mycket brutala syn på

maktens mekanismer fötts vid det engelska hovet. Nej, hade hon sagt, jag levde i ett kloster. Var hade hon då lärt sig allt? Hon var inte en av dem Brandt föraktfullt brukade kalla ”kvinnliga intriganter”. Struensee förstod att hon såg ett annat slags sammanhang än han själv.

Drömmen om det goda samhället baserat på rättvisa och förnuft var hans. Hennes besatthet var instrumenten. Det var instrumentens hantering hon kallade ”det stora spelet”.

När hon talade om det stora spelet kände han olust. Han visste vad det var. Det var tonen från samtalen, den gången, bland de mycket briljanta upplysningsmännen i Altona, då han insett att han endast var en läkare, och tigit.

Han lyssnade, och teg också nu.

En kväll hade hon avbrutit hans högläsning av Holbergs ”Moraliska tankar” och sagt till honom att detta var abstraktioner.

Att alla dessa principer var riktiga, men att han måste förstå instrumenten. Att han måste se mekanismerna, att han var naiv. Att hans hjärta var alltför rent. De renhjärtade var dömda till undergång. Han hade inte förstått att utnyttja adeln. Han måste splittra fienderna. Att beröva Köpenhamns stad dess administrativa självständighet var sinnessvagt, och skapade onödiga fiender; han hade bara förvånat och tyst stirrat på henne. Reformerna, menade hon, måste vara riktade både mot och till. Hans dekret flöt fram ur hans penna, men saknade en plan.

Han måste välja sina fiender, hade hon sagt.

Han kände igen uttrycket. Han hade hört det förut. Han hade studsat, och frågat henne om hon talat med Rantzau.

Jag känner igen uttrycket, hade han sagt. Det är inte taget ur luften.

– Nej, hade hon svarat, men han kanske har sett detsamma som jag.

Struensee hade känt förvirring. Det engelska sändebudet Keith hade till Brandt sagt att han väl kände till att "Hennes Majestät Drottningen nu regerar oinskränkt genom Ministern". Brandt hade fört det vidare. Var det en sanning som han förträngt? En dag hade han utfärdat ett dekret att kyrkan på Amaliegade skulle utrymmas och förvandlas till kvinnosjukhus; och han hade nästan inte märkt att det var hennes förslag. Det var hennes förslag och han hade utformat det, och underskrivit, och trott det vara hans eget. Men det var hennes förslag.

Hade han förlorat sammanhang och kontroll? Han visste inte säkert. Han hade förträngt. Hon satt mitt emot honom vid skrivbordet, lyssnade, och kommenterade.

Jag måste lära dig det stora spelet, brukade hon då och då säga till honom, eftersom hon visste att han avskydde uttrycket. Han hade då en gång, skenbart skämtsamt, påmint henne om hennes valspråk: "O keep me innocent, make others great."

– Det var då det, hade hon sagt. Det var i förr. Det var så länge sedan.

"I förr" brukade hon ofta säga, på sitt egendomliga språk. Det var mycket som var "i förr".

4.

Så oändligt stilla detta slott hade blivit. Det var som om slottets, sjöns och parkernas stillhet blivit en del av Struensees inre stillhet.

Han satt ofta vid den lilla flickans säng när hon sov, och såg in i hennes ansikte. Så oskyldigt, så vackert. Hur länge skulle detta vara?

– Vad är det med dig? hade Caroline Mathilde en kväll otåligt sagt till honom. Du har blivit så stilla.

– Jag vet inte.

– Vet du inte?!!

Han hade inte kunnat förklara. Han hade drömt om allt detta, att kunna förändra allt, ha all makten; men nu hade tillvaron stillnat av. Det kanske var så det var att dö. Att bara ge upp, och blunda.

– Vad är det med dig? hade hon upprepat.

– Vet inte. Ibland kan jag längta efter att bara sova. Att bara somna in. Att dö.

– Drömmer du om att dö? hade hon sagt med en skärpa i rösten han inte kände igen. Men det gör inte jag. Jag är ännu ung.

– Ja, förlåt.

– Jag har faktiskt, hade hon sagt med ett slags återhållet raseri, just börjat att leva!!!

Han hade inte kunnat svara.

– Jag begriper mig inte på dig, hade hon då sagt.

Det hade denna dag kommit en lätt misstämning mellan dem, som dock förflyktigats när de drog sig tillbaka till Drottningens sovkammare.

De hade älskat.

När de denna sena sommar älskade greps han ofta, efteråt, av en obegriplig oro. Han visste inte vad det var. Han lämnade bädden, drog isär fönstrets draperier, såg ut över vattnet. Han hörde en flöjt, och visste att det var Brandt. Varför ville han alltid se ut, och bort, när de älskat? Han visste det inte. Näsan mot fönsterrutan; var han en fågel som ville ut? Det fick inte vara så. Han måste fullfölja.

En eller två vänner kvar. En eller två. Flykt eller död. Herr Voltaire hade också varit naiv.

– Vad tänker du på, hade hon frågat.

Han hade inte svarat.

– Jag vet, hade hon sagt. Du är stolt över dig själv. Du vet att du är en fantastisk älskare. Det tänker du på.

– Somliga kan det, hade han sakligt sagt, jag har alltid kunnat det.

Han hade för sent hört vad han själv sagt, och ångrat sig. Men hon hade hört, förstått innebörden, och först inte svarat. Sedan hade hon sagt:

– Du är den ende jag haft. Så jag har ingenting att jämföra med. Det är skillnaden.

– Jag vet.

– Frånsett den sinnessjuke. Det glömde jag. På sätt och vis älskar jag honom, vet du det?

Hon betraktade hans rygg för att se om han blivit sårad, men hon kunde intet se. Hon hoppades att han skulle bli sårad. Det skulle vara så roligt om han blev sårad.

Inget svar.

– Han är inte så fulländad som du. Inte så fantastisk. Han var inte en så dålig älskare som du tror. Blir du sårad nu? Han var som ett barn, den gången. Det var nästan... upphetsande. Blir du sårad?

– Jag kan gå om du vill.

– Nej.

– Jo, jag vill gå.

– När jag vill att du skall gå, hade hon sagt med samma låga vänliga ton, då vill du gå. Inte förr. Inte ett ögonblick förr.

– Vad vill du? Jag hör ju på din röst att det är något.

– Jag vill att du kommer hit.

Han stod kvar och visste att han inte ville röra sig, men att han kanske ändå skulle komma att göra det.

– Jag vill veta vad du tänker på, hade hon sagt efter en lång tystnad.

– Jag tänker, sade han, att förut trodde jag mig ha kontroll. Nu tror jag det inte längre. Vart tog det vägen.

Hon svarade inte.

– Herr Voltaire, som också jag har brevväxlat med, började han, herr Voltaire, han trodde att jag kunde vara den gnista. Som skulle tända en präriebrand. Vart tog det vägen.

– Du har tänt den i mig, sade hon. I mig. Och nu skall vi brinna tillsammans. Kom.

– Vet du om, hade han då svarat, vet du om att du är stark. Och ibland är jag rädd för dig.

5.

När det var som bäst fick Christian leka ostört.

De som fick leka ostört var Christian, negerpagen Moranti, den lilla Phebe, och hunden. De lekte i Konungens sängkammare. Sängen var mycket bred, de fick plats alla fyra. Christian hade lindat ett lakan runt Moranti, som helt dolde denne, och de lekte hov.

Moranti var konung. Han skulle sitta inlindad vid sängens huvudända och ansiktet skulle vara helt dolt, han skulle vara inlindad som i en kokong, och vid fotändan satt Christian och Phebe och hunden. De skulle föreställa hovet, och bli tilltalade och befallda.

Moranti utdelade order och befallningar. Hovet bugade sig.

Det var så roligt. De hade slängt av sig alla peruker och kläder och satt endast iklädda de spetsprydda underkläderna.

Från den i lakanet inlindade kom dova ord och befallningar. Hovet bugade sig då på ett så löjligt sätt. Allting var så lustigt.

När det var som bäst var det så.

Den 17 september, när Christian och hans kamrater på dagen lekt sin lek Kungen och det löjliga Hovet, anlände en kurir från Köpenhamn till Hirschholm medförande en försändelse från Paris.

Den innehöll en hyllningsdikt från herr Voltaire till konung Christian den sjunde. Den skulle senare publiceras som epistel 109, bli mycket berömd, och publiceras på många språk. Men denna gång var dikten handskriven, den var på 137 verser, och hade titeln ”Om pressfriheten”.

Men den var riktad till Christian, och var en hyllningsdikt till honom. Anledningen till dikten var att Voltaire nåtts av meddelandet att den danske konungen hade infört yttrandefrihet i Danmark. Han kunde knappast veta att Christian hade glidit in i en annan stor dröm som inte handlade om frihet utan flykt, att pojken som lekte med sina små levande dockor knappast var medveten om den reform Struensee genomfört, och att för övrigt denna nyvunna yttrandefrihet endast resulterat i mängder av pamfletter, styrda och initierade av den reaktion som nu arbetade planmässigt på att smutskasta Struensee. I detta nu fria klimat angrep pamfletterna Struensees liderlighet, och gav bränsle till ryktena om hans och Drottningens otuktiga nätter.

Det var inte detta friheten var avsedd för. Men Struensee hade vägrat återta. Och därför kom denna smutsflod riktad mot honom själv. Och eftersom herr Voltaire inte visste allt detta hade herr Voltaire skrivit en dikt, om Christian. Som handlade om de principer Voltaire hyllade, som var riktiga, och som skänkte glans åt den danske konungen.

Det blev så fint denna afton på Hirschholm.

Man hade sett till att Christian avbröt sina lekar och blev påklädd; och så samlades man till en uppläsningsafton. Först hade Struensee läst dikten, för dem alla. Och alla hade efteråt applåderat, och med värme sett på Christian, som varit blyg, men blivit glad. Sedan hade Christian själv uppmanats att läsa dikten. Och han hade först inte velat. Men sedan hade han gett efter, och läst Voltaires dikt, läst på sin fina utsökta franska, långsamt och med sina speciella betoningar.

Monarque vertueux, quoique né despotique,
crois-tu régner sur moi de ton golfe Baltique?
Suis-je un de tes sujets pour me traiter comme eux,
pour consoler ma vie, et me rendre heureux?

Monark, så full av dygd fast fostrad i despotisk tukt!
Vill du nu styra mig från Bottenhavets bukt?
Blir jag din undersåte nu när jag behandlas så,
då tröst och lycka genom dig mitt liv kan få?

Det var så fint skrivet, Voltaire hade uttryckt sin glädje över att det nu i Norden var tillåtet att skriva fritt, och att mänskligheten nu tackade med hans röst.

Des déserts du Jura ma tranquille vieillesse
ose se faire entendre de ta sage jeunesse;
et libre avec respects, hardi sans être vain,
je me jette à tes pieds, au nom du genre humain.
Il parle par ma voix.

Från Juras öde marker vågar jag, en åldrad man,
att prisa dig, du yngling, som vishet fann;
och fri, med aktning hög, ej fåfäng men med dristighet
jag kastar mig till dina fötter i namn av en hel mänsklighet.
Den talar med min röst.

Och så fortsatte den långa fina dikten, om censurens orimlighet och litteraturens vikt, och att den kunde injaga fruktan i makthavarna, och å andra sidan censurens hjälplöshet, då den aldrig själv kunde tänka en tanke. Och hur omöjligt det var att döda en segrande tanke. *Est-il bon, tous les rois ne peuvent l'écraser!* (Är boken god, kan ej ens alla kungar samfällt krossa den!) Undertryckes tanken någonstans, dyker den ändå segrande upp någon annanstans. Avskys den i ett land, beundras den i ett annat.

Qui, du fond de son puits tirant la Vérité,
a su donner une âme au public hébété?
Les livres ont tout fait.

Ja, en sanning fanns djupt ner i denna källa,
hos de förtryckta började en kraft att svälla.
Och böckerna har åstadkommit allt.

Christian hade darrat på rösten när han till sist kom till slutet. Och då hade de applåderat igen, mycket länge.

Och Christian hade satt sig igen, bland dem, och han hade varit så lycklig, och de hade sett på honom med värme, nästan kärlek, och han hade varit så glad.

Från slottets balkong kom, nästan varje kväll denna sommar, toner av en flöjt.

Det var Brandt, flöjtspelaren.

Det var tonen av frihet och lycka denna sommar. Flöjten på Hirschholms slott, det fantastiska sommarslottet som bara levde denna sommar. Något skulle kanske ske, men inte än. Allting väntade. Flöjtspelaren, den siste av vännerna, spelade för dem alla, men utan att se dem.

Kungen lekte. Drottningen lutad över barnet, i en kärleksfull åtbörd. Struensee, stilla och instängd, en fågel med vingspetsarna mot fönstret, en fågel som nästan gett upp.

Kapitel 13

MATROSERNAS UPPROR

1.

Nej, det var ingenting komiskt med Voltaires hyllningsdikt. Det var en av de vackraste hyllningar till det fria ordet som skrivits.

Men just till Christian? Man sökte ju överallt efter gnistan som skulle tända branden. Redan 1767 hade Voltaire skrivit till honom att ”det är från och med nu mot norr man måste resa för att finna mönsterbildande tankar; och om endast min bräcklighet och svaghet ej hindrade mig ville jag följa mitt hjärtas önskan, resa till Er, och kasta mig för Ers Majestäts fötter”.

Voltaire för Christians fötter. Men så var situationen. Så var villkoren. De unga monarkerna i norr var förbryllande men lockande möjligheter. Också med den svenske kronprinsen, den blivande konung Gustav den tredje, höll encyklopedisterna kontakt. Gustav beundrades av Diderot, han läste allt av Voltaire; de små kungarikena i norr var egendomliga små härdar för upplysningen. Kunde bli, snarare.

Vad kunde upplysningsfilosoferna hoppas på, i sina exiler i Schweiz eller Sankt Petersburg. Med sina brända böcker, och sina ständigt censurerade verk. Yttrandefriheten och tryckfriheten var ju nyckeln.

Och så fanns dessa egendomligt nyfikna unga monarker i

dessa små efterblivna samhällen i norr. Yttrandefriheten hade plötsligt genomförts i Danmark. Varför skulle den ständigt utsatte och förföljde herr Voltaire inte skriva en desperat och hoppfylld hyllningsdikt?

Inte kunde han veta hur situationen egentligen varit.

2.

Hösten 1771 kom reaktionen. Den kom i vågor.

Den första vågen var de norska matrosernas uppror.

Det började med att den kutryggige magre schweiziske informatorn Reverdil hade gett Struensee ett råd angående lösningen av det algeriska problemet. Reverdil var trots allt en förnuftig människa, brukade Struensee tänka. Men hur använda de förnuftiga i detta dårhus? Till att vakta dårarna?

Det var ett misstag att sätta Reverdil som Christians övervakare. Men Konungen hatade numera Brandt. Någon måste övervaka. Vad skulle man göra.

Det fick bli Reverdil.

Reverdil hade dock kunskaper om dårhuset som ibland kunde användas, också denna sensommar 1771 på Hirschholm. Han fick i uppgift att ”klargörande och redigt” föredraga problemen med det algeriska äventyret, och ge möjliga lösningar på detta. Men problemen kring ”det algeriska äventyret” växte dessa månader lavinartat, det gavs ingen klarhet, annat än dårhusets.

Struensee hade ju ärvt katastrofen. Långt före hans tid hade en rikt utrustad dansk flotta sänts till Alger. Krig hade förklarats. Åren gick. Katastrofen hade till sist blivit uppenbar för alla. När livläkaren hade kommit på besök, då fanns katastrofen redan där, han ärvde den. Förnuftets klara sken hade fördunklats av dårskapens. Och Struensee hade känt sig maktlös.

Logiskt, i dårhuset, hade tyckts att Danmark förklarat krig mot Algeriet, och sänt en flotta till Medelhavet. Logiken var redan sedan länge glömd, men det var något som handlade om det stora maktspelet, Turkiet och Ryssland. Logiskt hade det också varit att detta sinnessjuka företag misslyckades.

Reverdils föredragningar i ärendet, han kände det sedan gammalt och var lycklig att för några dagar bli befriad från Christians sällskap, var dystra. Vad göra?!! Förutom de sänkta fartygen, förlusterna av manskap, de ofantliga kostnaderna som hotade att driva upp statsskulden och underminera alla reformer; förutom allt detta fanns bitterheten att denna ärvda dårskap skulle undergräva allt.

Reverdils klara analyser var outhärdliga.

Situationen var nu att i Medelhavet en liten dansk eskader blivit kvar, under amiral Hooglandts kommando. Det var resterna av den stolta flotta som seglat ut. Denna flotta hade nu order att förfölja algeriska korsarer, och vänta på förstärkning. Denna förstärkning, som skulle rädda den danska flottans ära, skulle avgå från Köpenhamn, men måste först byggas. Bygget skulle ske på Holmens Varv. Denna nybyggda eskader skulle bestå av stora linjeskepp, samt galioter med kraftiga kanoner och bombkastare med vilka man skulle kunna bombardera Alger. Eskadern skulle, enligt marinens ledning, uppgå till minst nio linjeskepp förutom fregatter, chebecker och galioter.

För att bygga de nödvändiga fartygen hade sexhundra matroser utskrivits från Norge. De hade nu en tid gått lediga i

Köpenhamn i väntan på startskottet. De hade efterhand blivit irriterade. Lönerna dröjde. Hororna tog ordentligt betalt, och utan lön inga horor. Gratis brännvin hade inte lugnat dem, men orsakat svåra skador på de köpenhamnska värdshusen.

De norska matroserna var dessutom mycket kungatrogna, kallade av tradition den danske monarken för ”Lillefar”, och hade lärt sig att i Norge använda begreppet närmast mytologiskt, för att hota lokala norska makthavare med centralmaktens ingripande.

De norska matroserna hade upprörts över rapporterna att Lillefar Christian fängslats av tysken Struensee. De nya, frisläppta och ymnigt florerande pamfletterna hade gjort sitt till. Lillefars heliga säng hade skändats. Allt var katastrof. Inget arbete. Hororna ovilliga. Till slut hade svälten börjat komma. Inga horor, ingen lön, inget arbete, Lillefar hotad; raseriet hade växt.

Reverdil hade varit entydig och tillrått ett avblåsande av det algeriska äventyret. Struensee hade lyssnat. Inga linjeskepp skulle byggas. Men matroserna var kvar, och lät sig icke återtransporteras till Norge.

Det var dem Guldberg hade varit i förbindelse med. I oktober hade de beslutat att tåga mot Hirschholm.

Det var ingen tvekan om saken: rapporterna var dystra, slutet tycktes nära.

Rapporterna om de upproriska matrosernas marsch nådde genast ut till Hirschholm. Struensee hade tigande lyssnat, och sedan gått in till Drottningen.

– Om fyra timmar är de här, hade han berättat. De kommer

att döda oss. Vi har femton soldater att sätta emot, vackra uniformer, men inte mycket mer. De har antagligen redan flytt. Ingen kommer att hindra matroserna från att döda oss.

– Vad gör vi, hade hon sagt.

– Vi kan fly till Sverige.

– Det är fegt, hade hon sagt. Jag är inte rädd för att dö, och jag kommer inte att dö.

Hon hade sett på honom med en blick som gjort stämningen dem emellan spänd.

– Jag är heller inte rädd för att dö, hade han sagt.

– Vad är du då rädd för, hade hon sagt.

Han visste svaret, men hade tigit.

Han hade noterat att ordet ”rädsla”, eller ”fruktan”, ständigt nu dök upp i deras samtal. Det var något med ”fruktan” som hörde ihop med hans barndom, långt tillbaka, ”i förr” som hon brukade säga på sin egendomliga danska.

Varför kom ordet ”fruktan” upp så ofta just nu? Var det minnet av sagan han läst som barn, om pojken som reste ut i världen för att lära känna fruktan?

Det var en saga, det mindes han. Den handlade om en klok, intelligent, humanistisk människa som förlamades av sin fruktan. Men denne intelligente pojke hade en bror. Vad var det med brodern? Brodern var dum, och handlingskraftig. Men han kunde inte känna fruktan. Han saknade förmåga att känna fruktan. Det var han som var sagans hjälte. Han drog ut för att lära känna fruktan, men ingenting kunde injaga skräck i honom.

Han var osårbar.

Vad var ”fruktan”? Var det förmågan att se vad som var

möjligt, och omöjligt? Var det känselspröten, var det varningssignalerna i hans inre, eller var det den förlamande skräck som han anade skulle destruera allting?

Han hade sagt att han inte var rädd för att dö. Och han såg genast att hon blev rasande. Hon trodde honom inte, och i misstron fanns ett mått av förakt.

– Egentligen längtar du efter det, hade hon då, mycket överraskande, sagt till Struensee. Men jag vill inte dö. Jag är för ung för att dö. Och jag längtar inte. Och jag har inte gett upp.

Han fann det orättvist. Och han visste att hon rört vid en smärtpunkt.

– Vi måste bestämma oss snabbt, hade han sagt eftersom han inte ville svara.

Det var bara människor gjutna i ett stycke som inte kunde känna fruktan. Den dumme brodern, som inte kunde känna rädsla, besegrade världen.

De renhjärtade var dömda till undergång.

Hon hade fattat ett snabbt beslut för dem båda.

– Vi stannar här, sade hon kort. Jag stannar här. Barnen stannar här. Du gör som du vill. Fly till Sverige om du vill. Egentligen har du velat fly ganska länge nu.

– Det är inte sant.

– Stanna då.

– De kommer att mörda oss.

– Icke det.

Hon hade sedan lämnat rummet för att planera de upproriska matrosernas mottagning.

3.

Senare tänkte Struensee att detta varit det mest förnedrande han upplevt. Ingenting av det som hänt senare hade varit lika förfärligt.

Allting hade ju ändå gått så fint.

Drottning Caroline Mathilde hade med sitt följe gått över bron, och vid brons landfäste hälsat de upproriska matroserna. Hon hade talat till dem. Hon hade gjort ett överväldigande charmerande och förtjusande intryck. Hon hade varmt tackat dem för deras uppvaktning, och pekat på konung Christian, som stum stått tre steg bakom henne, skälvande av ångest, men alldeles tyst och helt utan sina sedvanliga spasmer eller later; hon hade å hans vägnar bett om tillgift för hans halsonda och den kraftiga feber som förhindrade honom att tala till dem.

Hon hade icke nämnt Struensee med ett ord, men varit mycket charmerande.

Hon hade försäkrat dem om Konungens gunst och välvilja, kraftigt tillbakavisat de illvilliga rykten som sagt att skeppen ej skulle byggas. Konungen hade redan för tre dagar sedan beslutat att två nya linjeskepp skulle byggas på Holmens Varv, för att förstärka flottan mot landets fiender, allt annat var lögn. Hon hade beklagat fördröjningen av lönernas utbetalning, ömkat dem för deras hunger och törst efter denna långa vandring, förklarat att man nu i förrådshusen hade gjort klart med förtäring bestående av helstekta galtar och öl, önskat dem en god måltid, och försäkrat dem att hennes högsta önskan var att besöka det vackra Norge med deras enligt ryktet "henrivende" dalar och berg, som hon hört så mycket berättas om förut.

Eller ”i förr”, som hon uttryckt det.

Matroserna hade utbringat ett kraftfullt hurrarop för kungaparet, och övergått till förtäringen.

– Du är inte klok, hade han sagt till henne, två nya linjeskepp, det finns inga pengar, knappt till deras löner. Detta är ju bara luft, det är omöjligt. Du är inte klok.

– Jag är klok, hade hon då svarat. Och jag blir allt klokare.

Han hade suttit med ansiktet dolt i händerna.

– Jag har aldrig känt mig så förnedrad, hade han sagt. Måste du förnedra mig.

– Icke förnedrar jag dig, hade hon svarat.

– Det gör du, hade han sagt.

Från stranden på andra sidan hörde de vilda vrål från de alltmer berusade upproriska norska matroserna, som nu inte längre var upproriska, utan kungatrogna. Struensee hade de inte sett. Kanske fanns han inte. Det skulle bli en lång natt. Öl fanns det tillräckligt av, i morgon skulle de återvända, upproret var nedslaget.

Hon hade då satt sig intill honom, och långsamt strukit över hans hår.

– Men jag älskar dig ju, hade hon viskat. Jag älskar dig så fantastiskt. Men jag tänker inte ge upp. Inte dö. Inte ge upp oss. Det är bara det. Bara bara det. Bara det. Jag tänker inte ge upp oss.

4.

Guldberg hade förmedlat informationen om upprorets utgång till Änkedrottningen, som lyssnat med stenansikte, och till Arvprinsen, som dräglat som han plägade.

– Ni har misslyckats, hade hon sagt till Guldberg. Och vi har kanske gjort en missbedömning. Den lilla engelska horan är hårdare än vi beräknat.

Det fanns inte mycket att säga, Guldberg hade endast undvikande sagt att Gud var på deras sida och säkert skulle bistå dem.

De hade länge suttit tysta. Guldberg hade sett på Änkedrottningen, och än en gång skakats av den ofattbara kärlek hon hyste till sin son, som hon alltid höll i handen, som ville hon inte släppa honom fri. Det var ofattbart, men hon älskade honom. Och hon menade verkligen, med en kylig desperation som skrämde honom, att denna efterblivna son skulle bli den av Gud utkorade, att han skulle ges all makt över detta land, att det var möjligt att bortse från hans ringa yttre, hans deformerade huvud, hans skakningar, hans löjliga intränade ramsor, hans piruetter; det var som om hon helt bortsåg från detta yttre, och såg ett inre ljus som hittills hindrats att komma fram.

Hon såg att Guds ljus lyste i detta oansenliga skal, att han var av Gud utkorad, och att deras uppgift nu endast vore att bereda väg. Så att ljuset kunde bryta fram. Och som om hon hört och förstått hans tankar strök hon med handen över Arvprinsens kind, fann den klibbig, tog fram en spetsnäsduk, torkade av dräglet från hans käke, och sade:

– Ja. Gud skall bistå oss. Och jag ser Guds ljus också i hans ringa gestalt.

Guldberg drog efter andan, häftigt. Guds ljus i denna ringa gestalt. Hon hade talat om sin son. Men han visste att det också gällde honom. De yttersta, de ringaste, de bar Guds ljus inom sig. Han hade dragit efter andan, det lät som vore det en snyftning; men det kunde det ju inte vara.

Han bemannade sig. Och så började han redogöra för de två planer han uttänkt, och som skulle prövas, en efter en, om matrosernas uppror skulle bli förfelat, vilket tyvärr redan skett; men att då de ringaste och oansenligaste, som dock ägde Guds inre ljus, skulle fortsätta sin kamp för renheten.

5.

Rantzau sändes samma kväll till Hirschholm för att förverkliga den lilla planen, den som skulle efterfölja de norska matrosernas uppror.

Den var mycket enkel; Guldberg menade att de enkla planerna ibland kunde lyckas, de som omfattade mycket få personer, inga stora truppsammandragningar, inga massor, bara några få utvalda.

Den enkla planen omfattade Struensees två vänner Rantzau och Brandt.

De hade mötts i hemlighet på ett värdshus två kilometer från Hirschholm. Rantzau hade förklarat att situationen var kritisk, handling var av nöden. Förbudet mot hembränning må ha varit klokt, men var dumt. Folket demonstrerade nu på gatorna. Det var bara en tidsfråga när Struensee skulle störtas. Kaos rådde, pamfletter överallt, satirer, hån mot Struensee och Drottningen. Det kokade överallt.

– Han tror sig vara folkets man, hade Brandt bittert sagt, och de hatar honom. Allt har han gjort för dem, och de hatar honom. Folket äter sin välgörare. Ändå förtjänar han det. Han skulle göra allt på en gång.

– De goda människornas otålighet, hade Rantzau svarat, är värre än de ondas tålamod. Allt, allt! har jag lärt honom. Men inte detta.

Rantzau redogjorde sedan för planen. Brandt skulle meddela Konungen att Struensee och Drottningen planerade att döda honom. Han måste därför räddas. Konungen var nyckeln. Befunne han sig väl i Köpenhamn, utom Struensees kontroll, vore det övriga enkelt.

– Och sedan?

– Sedan måste Struensee dö.

Följande dag hade planen misslyckats; det som skedde var så absurt komiskt att ingen kunnat räkna med denna utveckling.

Det som skedde var följande.

Konungen hade vid femtiden på eftermiddagen drabbats av ett oförklarligt vredesutbrott, sprungit ut på bron till fastlandet och ropat att han ville dränka sig; när Struensee kommit springande hade han plötsligt sjunkit ner på knä, fattat tag om Struensees ben och gråtande frågat om det var sant att han måste dö. Struensee hade försökt lugna honom genom att stryka över hans hjässa och panna, men Christian hade då blivit ännu oroligare, och frågat om det var sant.

– Vad menar Ers Majestät, hade Struensee frågat.

– Är det sant att ni önskar döda mig? hade Konungen med kvidande röst frågat. Är ni icke en av De Sju? Svara mig, är ni icke en av De Sju?

Det var så det börjat. De två hade stått ute på bron. Och Konungen hade kallat honom vid namn, gång på gång.

– Struensee? hade han viskat, Struensee Struensee Struensee?

– Vad är det, min vän? hade Struensee då sagt.

– Är det sant det som Brandt anförtrott mig?

– Vad har han anförtrott Er?

– Han vill i hemlighet föra mig till Köpenhamn. Efter mörkrets inbrott. I afton!!! För att förhindra att ni dödar mig. Sedan vill de döda er. Är det sant att ni önskar döda mig?

Det var så det gick till, att den lilla, mycket enkla, planen hade misslyckats. De hade inte förstått att Struensee tillhörde De Sju. De hade heller inte förstått ett annat sammanhang; därför hade de misslyckats, därför hade de visat sin enfald, därför hade Konungens vilja omintetgjort deras anslag.

Endast Struensee hade förstått, men först sedan han frågat.

– Varför berättar Ni, om Ni tror att jag vill döda Er?

Då hade Christian endast sagt:

– Brandt var Stövlette-Caterines fiende. Han smutskastade henne. Och hon är Universums Härskarinna. Därför hatar jag honom.

Så gick det till när den andra planen misslyckades.

Han inkallade Brandt till förhör, och denne hade genast erkänt.

Brandt hade, utan att vara befalld till detta, fallit på knä.

Så hade situationen varit i det vänstra gemaket intill Struensees arbetsrum på Hirschholms slott. Det var sen novemberdag: Brandt hade stått på knä med böjt huvud, och Struensee hade stått med ryggen vänd mot honom, som om han ej förmått betrakta sin väns belägenhet.

– Jag borde låta döda dig, hade han sagt.

– Ja.

– Revolutionen äter sina barn. Men äter den också dig, då har jag ingen enda vän kvar.

– Nej.

– Jag vill inte döda dig.

Det hade följt en lång tystnad; Brandt hade fortfarande legat kvar på knä, och väntat.

– Drottningen vill, hade Struensee sedan sagt, så snart som möjligt återvända till Köpenhamn. Ingen av oss hyser mycket hopp, men hon vill återvända. Drottningen önskar detta. Jag har ingen annan önskan. Kommer du med oss?

Brandt svarade icke.

– Så tyst det blivit omkring oss, hade Struensee då sagt. Du kan lämna oss, om du vill. Du kan resa till... Guldberg. Och Rantzau. Och jag skall inte klandra dig.

Brandt svarade inte på detta, men började häftigt snyfta.

– Det är ett vägskäl, hade Struensee sagt. Ett vägskäl, som man brukar säga. Hur gör du?

Det följde en mycket lång tystnad, sedan hade Brandt långsamt rest sig.

– Jag följer med dig, hade Brandt sagt.

– Tack. Ta med din flöjt. Och spela för oss i kaleschen.

Innan de, följande afton, gick in i vagnarna hade de samlats för en stunds samtal, med te, i den inre salongen.

Man hade tänt i den öppna spisen, men annars inga ljus. De var resklara. Det var konung Christian den sjunde, det var drottningen Caroline Mathilde, det var Enevold Brandt, och Struensee.

Bara ljuset från den öppna spisen.

– Om vi fick leva ett annat liv, hade Struensee till sist frågat, om vi skulle få ett nytt liv, en ny möjlighet, vad skulle vi då vilja vara?

– Glasmålare, hade Drottningen sagt. I en katedral i England.

– Skådespelare, hade Brandt svarat.

– En människa som sår på en åker, hade Kungen sagt.

Sedan blev det tyst.

– Och du? hade Drottningen sagt till Struensee, vad vill du vara?

Men han hade endast länge sett sig om bland sina vänner, denna den sista aftonen på Hirschholm, rest sig, och sagt:

– Läkare.

Och sedan:

– Vagnen är här.

De reste samma natt till Köpenhamn.

De satt alla fyra i samma kalesch: Kungen, Drottningen, Brandt och Struensee.

De andra skulle följa efter senare.

Vagnen som en siluett genom natten.

Brandt spelade på sin flöjt, mycket stilla och mjukt, som en dödsmässa eller klagosång, eller, för en av dem, som en lovsång till Universums Härskarinna.

Del 5

MASKERAD

Kapitel 14

DEN SISTA MÅLTIDEN

1.

Nu såg Guldberg det allt tydligare. Flodens virvlar var tolkningsbara.

Han hade haft nytta av erfarenheterna från analysen av Miltons ”Paradise Lost”. Det hade vant honom att tolka bilder, och samtidigt kritiskt ta avstånd från dem. Bilden av en fackla som kastar svart mörker, Struensees bild av Christians sjukdom, denna bild kunde, primo: förkastas eftersom den brast i logik, men secundo: accepteras som bild av upplysningen.

Han skriver att denna syn på metaforen visar skillnaden mellan diktaren och politikern. Diktaren skapar den felaktiga bilden, i aningslöshet. Men politikern genomskådar, och skapar ett för diktaren överraskande användningsområde.

På detta sätt blir politikern diktarens hjälpare, och välgörare.

Det svarta ljuset från facklan kunde därför ses som bilden av Renhetens Fiender, de som talade om upplysning, de som talade om ljuset, men skapade mörker.

Ur bristen på logik skapas så en kritik av bristen på logik. Livets smuts ur dröm om ljus. Så tolkade han bilden.

Han kunde ge exempel ur egen erfarenhet.

Att syndens smitta också kunde drabba honom själv hade han blivit medveten om. Det var lustens smitta. Hans slutsats: kanske var det den lilla engelska horan som var den svarta facklan.

På Sorø Akademi hade Guldberg undervisat i de nordiska ländernas historia. Han hade gjort det med stor glädje. Han betraktade det utländska inflytandet vid hovet som en sjukdom, föraktade det franska språket, som han själv behärskade till fulländning, och han drömde om att en gång kunna bli föremål för en minnesteckning. Den skulle ha titeln ”Guldbergs tid”, och den skulle inledas med en formulering hämtad från den isländska sagan.

”Guldberg hette en man.” Så skulle den första meningen lyda.

Skälet var att de inledande orden skulle anslå en ton. De skulle berätta om en man som erövrade sin ära. Men han växte inte genom att erövra andras ära, som i de isländska sagorna. Utan genom att försvara hjältarnas, de stora. Den av Gud utkorade såg han som en hjälte, en av de stora. Även om gestalten var ringa.

Konungens ära skulle försvaras. Det var hans uppgift. Guldberg hade tjänstgjort på Sorø Akademi, fram till det ögonblick den pietistiska smittan där fått fotfäste. Han hade, när stanken från herrnhutarna och pietisterna blivit alltför outhärdlig, lämnat detta sitt lärarkall, sedan avhandlingen om Milton skapat förutsättningar för hans politiska karriär. Han hade också lämnat sin uppgift som historieskrivare, efter att dock ha publicerat en rad historiska studier. Mest uppmärksammad hade blivit hans översättning av Plinius ”Lovtal över Trajanus”, som han försedde med en inledande redovisning av det romerska statsskicket.

Han hade börjat vid historiens upprinnelse, och stannat vid Plinius. Plinius var den som skapade Trajanus ära, och försvarade den.

Plinius hette en man.

Guldberg var dock en lidelsefull människa. Han hatade den engelska horan med en intensitet som kanske var köttets lidelse. När nyheten om hennes lastbarhet nådde honom hade han gripits av en rasande upphetsning som han aldrig upplevt förut. Den kropp som Konungen, den av Gud utsedde, skulle nyttja genomborrades nu av en smutsig tysk lem. Den största oskuld och renhet förenades med den största last. Hennes kropp, som var helig, var nu källan till den största synd. Det upphetsade honom och han hatade sin upphetsning. Han tyckte sig förlora kontrollen. Hatet och lidelsen förenades i honom, han hade aldrig förut känt det så.

Till det yttre dock ingen förändring. Han talade alltid med låg och lugn röst. Det förvirrade alla när han, vid planerna på den slutgiltiga kuppen, plötsligt talade med mycket hög och nästan gäll röst.

Han måste, som i de isländska sagorna, försvara Konungens ära. Men när hade facklan börjat kasta sitt mörker i hans egen själ? Det var för honom sagans vändpunkt. Kanske var det den gången den lilla engelska horan hade lutat sig fram mot honom, och viskande ställt sin skamlösa fråga om lusten och plågan. Som om han varit avskuren från lust och plåga! Men sedan dess mindes han hennes hud, som tycktes så vit och lockande, och hennes bröst.

En gång hade han, på natten, så intensivt tänkt på henne, hennes svek mot Konungen, och på sitt hat gentemot henne, att han vidrört sin lem, och då uppfyllts av en så överväldigande lust att säden ej gick att hejda; skammen över detta hade blivit hart när outhärdlig. Han hade snyftande fallit på knä, vid sin säng, och länge bett den allsmäktige Guden om förbarmande.

Han hade den gången förstått att det endast funnes en väg. Syndens smitta hade också drabbat honom. Den måste nu utrotas.

Det var inte Struensee som var smitthärden. Det var den lilla engelska horan, drottning Caroline Mathilde.

Den lilla planen hade slagit fel. Den stora, och alltså tredje, fick inte slå fel.

2.

Kungaparets vagn hade kommit till Frederiksbergs slott vid midnattstid, och eftersom de inte var anmälda väckte de i förstone ingen uppståndelse. Sedan gick ryktet snabbt, och det blev uppståndelse.

Sedan uppståndelsen lagt sig inträdde ett mycket stort och obehagligt lugn.

Änkedrottningen hade tillkallat Rantzau och Guldberg.

Hon hade först noggrant efterfrågat vilka bevis man hade; inte endast rykten om Drottningens lastbarhet, utan bevis.

Guldberg hade då redogjort för resultaten.

Två av kammarjungfrurna, de som varje dag var sysselsatta med rengöringen av Drottningens rum, hade redan före vistelsen på Hirschholm spionerat. De hade satt vax i nyckelhålen och ibland papperstussar i dörrspringorna. De hade på morgonen funnit att vaxet var borta, och att papperstussarna fallit ner. De hade sena kvällar strött mjöl vid den dörr, och i den trappa, som ledde till Drottningens sovgemak. Följande morgon hade de granskat de fotavtryck de funnit, och utan tvekan kunnat konstatera att spåren kom från Struensee. De hade granskat Drottningens säng, och funnit stor oreda, hopknölade lakan, och att mer än en person legat i den. Christian hade bevisligen ej kunnat vara denna person. Man hade funnit fläckar i sängen som deras kvinnliga anständighet förbjöd dem att benämna. På näsdukar och servetter hade de funnit samma typ av fläckar, från torkad vätska. De hade en morgon funnit Drottningen naken i sin säng, ännu halvt sovande, och hennes kläder kringkastade på golvet.

Bevisen var otaliga.

Det som då hänt var, på sitt sätt, förvånansvärt. En av dessa hovdamer hade gripits av ånger, eller falskt medlidande, och för Drottningen under tårar berättat att hon visste, och varför, och vad hon gjort. Drottningen hade gripits av raseri, hotat med ögonblickligt avskedande, brustit i gråt, men – och detta var det förbluffande – antydningsvis medgett det syndiga förehavandet, och därefter bett henne hålla tyst. Drottningen hade sedan gripits av starka känslor, och för sina kammarjungfrur öppnat sitt hjärta. Hennes Majestät hade frågat dem om de själva hade ägt kärlek eller sentiment för någon; ”ty, hade man sådana känslor, måste man följa en sådan person i allt, om det så var till stegel och hjul, ja, om det så var till helvetet”.

I övrigt hade snusket fortsatt, som om ingenting hänt, eller som om Drottningen i sitt högmod helt negligerat den fara hon måste ha förstått funnits. Det var förvånande.

Dock fortsatt. Dock negligerat faran. Det var, på sitt sätt, ofattbart.

Guldberg antog att hon ej berättat det för sin tyske älskare. Hur tänkte egentligen den lilla sluga engelska horan? Det var svårt att förstå. Den största naivitet, och den största viljekraft.

Hon borde ha förstått hur det skulle gå. Efter en vecka hade tjänsteflickan mycket riktigt rapporterat allt till Guldberg, också då under tårar.

Det fanns alltså bevisning. Och det fanns ett vittne som vid en rättegång var beredd att träda fram.

– Det betyder, hade Änkedrottningen tankfullt sagt, att han kan dömas under lagliga former.

– Och Drottningen? hade då Guldberg frågat.

Hon hade inte svarat på detta, som om frågan inte angick henne, vilket förvånat Guldberg.

– Under lagliga former skall han dödas, hade hon tankfullt fortsatt, som om hon smakat på orden, under lagliga former skall vi avhugga hans hand och huvud, skära honom i stycken, avskära den lem som besmutsat Danmark, rådbråka hans kropp, och uppsätta den på stegel och hjul. Och jag skall själv...

Rantzau och Guldberg hade förvånat betraktat henne, och Rantzau hade till sist frågande infogat:

– Bevittna allt?

– Bevittna allt.

– Och Drottningen? hade Guldberg än en gång upprepat, eftersom han förvånades över att Änkedrottningen på detta sätt var upptagen av Struensees öde, men negligerade den lilla engelska horan, som ju var alltings ursprung. Men Änkedrottningen hade i stället vänt sig till Rantzau, och med ett egendomligt leende sagt:

– Med Drottningen skall vi så förfara att ni, greve Rantzau, som varit Struensees synnerlige vän från Altona, och där delat hans åsikter, som också varit Drottningens vän och lismande förtrogne, men! som nu omvänt er och bekänt er synd mot Gud och Danmarks ära, ni skall få den delikata uppgiften att arrestera Drottningen. Och ni skall då se djupt in i hennes vackra och syndiga ögon, som en gammal vän till en annan, och säga henne att det är slut. Det skall ni säga. Det är slut.

Rantzau hade bara tigit.

– Och, hade hon tillagt, ni kommer inte att tycka om det. Men det kommer att vara ert enda straff. Belöningarna blir dock många. Men det vet ni ju.

3.

Christian uppsökte Struensee alltmer sällan.

Praxis hade ju blivit att Konungens namnteckning inte längre var nödvändig. Struensees räckte ju. Christian hade dock en gång under denna period uppsökt Struensee för, som han sagt, ett betydelsefullt meddelande.

Struensee hade bett Konungen ta plats, och tagit sig tid att lyssna.

– Jag har, hade Christian sagt, denna morgon fått ett meddelande från Universums Härskarinna.

Struensee hade med ett lugnande småleende betraktat honom, och frågat:

– Varifrån har då detta meddelande kommit?

– Från Kiel.

– Från Kiel!?? Och vad har Hon då meddelat?

– Hon har meddelat, hade Christian svarat, att Hon är min välgörarinna, och att jag står under Hennes beskydd.

Han hade varit alldeles lugn, inte plockat med händerna, inte rabblat, inte haft ryckningar.

– Min vän, hade Struensee sagt, jag har mycket att göra just nu och skulle gärna diskutera detta, men vi får uppskjuta det. Och vi står alla under Guds den Allsmäktiges beskydd.

– Den Allsmäktige Guden, hade Konungen svarat, har inte tid med mig. Men min välgörare Universums Härskarinna har sagt mig, i sitt meddelande, att när ingen annan har tid, eller när Gud är alltför upptagen av sina göromål, har Hon alltid tid med mig.

– Så bra, hade Struensee sagt. Och vem är då Universums Härskarinna?

– Hon är den som har tid, hade Konungen svarat.

4.

Den slutgiltiga planen, den som ej fick misslyckas, krävde också en juridisk legitimering.

För att nedslå Struensees ”blodiga och liderliga regemente”, hade Guldberg fastslagit för Änkedrottningen, var det nödvändigt att avslöja den skamlösa plan på statskupp som Struensee och den lilla engelska horan gemensamt skapat. Struensees plan innefattade mordet på den danske konungen Christian den sjunde.

Denna plan existerade visserligen inte i verkligheten, men

kunde teoretiskt rekonstrueras, och ges liv.

Guldberg författade därför denna Struensees plan. Han gjorde därefter en bevittnad avskrift av den och förstörde originalet; dokumentet skulle användas för att övertyga de tveksamma. Det gällde att förekomma en skamlös statskupp.

Denna av Guldberg författade plan, som tillskrevs Struensee, erbjöd en klar och bestickande logik. Den utsade att den 28 januari 1772 var den dag Struensee tänkt sig genomföra sin statsomvälvning. Konung Christian den sjunde skulle denna dag tvingas avsäga sig kronan, drottning Caroline Mathilde skulle utnämnas till regent, och Struensee till riksföreståndare.

Det var huvuddragen.

Guldberg hade till planen, som gav ett autentiskt intryck, fogat en kommentar som skulle, för de tvekande, förklara nödvändigheten av ett snabbt motdrag.

”Ingen tid fick spillas”, hade Guldberg skrivit, ”ty den som ej tvekar att tilltvinga sig regentskapet kommer heller ej att tveka inför en ändå värre förbrytelse. Dödas Konungen kan Struensee tilltvinga sig Drottning Caroline Mathildes säng, och Kronprinsen kommer då antingen att röjas ur vägen eller duka under för en sträng uppfostran och således ge plats för sin syster, hon som alltför uppenbart är frukten av deras skamlösa kärlek. För vad funnes det annars för skäl för Struensee att upphäva den lag som förbjöd en frånskild hustru att ingå äktenskap med sin medskyldige i ett äktenskapsbrott?”

Tiden var dock knapp. Det var viktigt att handla snabbt, och planen måste hållas hemlig.

Den 15 januari samlades man hos Änkedrottningen; Guldberg hade då författat den serie arresteringsorder som Konungen skulle tvingas underskriva.

Den 16:e på morgonen blev planerna på nytt genomgångna, några obetydliga förändringar gjordes, beslut togs att verkställa kuppen följande natt.

Natten skulle bli lång. Först middag. Sedan te. Efter detta maskerad. Sedan statskupp.

5.

Reverdil, den lille schweiziske läraren, den lille juden som dolde sitt förnamn, den en gång av Christian högt älskade, den från hovet förskjutne men sedan återtagne, minnesskrivaren, memoarförfattaren, den mycket försiktige upplysningsmannen, den anständige reformatorn, Reverdil satt varje morgon ett par timmar vid sitt arbetsbord för att slutföra sin stora plan om de danska böndernas befrielse från livegenskapen.

Han hade för detta ett uppdrag av Struensee. Det skulle bli en kulmen på reformarbetet.

Många av Struensees, fram till denna dag 632, lagar och direktiv var viktiga. Den 633:e skulle bli den viktigaste. Reverdil skulle vara den som fört pennan; det skulle inte stå i historieböckerna, men han skulle veta det själv. Det räckte.

Han satt också denna morgon, den sista under Struensees tid, och arbetade på den stora texten om frigörelsen. Han blev inte färdig. Han skulle aldrig komma att bli färdig. Han skriver att han denna morgon kände sig helt lugn, och intet anade. Han skriver inte att han var lycklig. I sina memoarer använder han inte ordet ”lycklig”, i varje fall inte om sig själv.

Han är en anonym skrivare vars stora text, den om frigörelsen, inte fullbordas.

Innan han förstår detta, den sista dagen före sammanbrottet, är han dock lycklig. Projektet var ju så stort, tanken så riktig. Det var så rätt att arbeta på detta projekt, också morgonen före sammanbrottet. Medan han arbetade var han lycklig.

Många år senare skriver han sina minnen, då använder han inte ordet ”lycka”, i varje fall inte om sig själv.

Han är väl blyg.

Han är ständigt kritisk mot Struensee som ”går för snabbt fram”. Själv ser han dock en försiktig frigörelse som möjlig. Han är blyg, försiktig, inget mörker från en inre svart fackla fördunklar hans dröm. Han tror sig veta, i efterhand, hur allt borde ha gått till.

Man skulle ha iakttagit stor måttfullhet.

6.

Denna morgon ”anar han ej oråd”. Han tycks sällan ha anat oråd, men hyst oro för dem som gick för snabbt fram.

Klockan fyra denna dag äter han middag med den inre kretsen, dit han trots allt hör. ”Aldrig hade Drottningen gjort ett muntrare intryck eller deltagit med större älskvärdhet i samtalet.”

Det är den sista måltiden.

Dokumentationen om denna måltid är överväldigande. Elva personer deltog: kungaparet, fru generalen Gähler, grevinnorna Holstein och Fabritius, Struensee och Brandt, överhovmarskalken Bjelke, stallmästare Bülow, överste Falkenskjold, samt Reverdil. Man åt i Drottningens ”vita gemak”. Rummet hade fått sitt namn av de vita panelerna, men vissa av väggarna var klädda i röd sammet. Utskurna ornament var förgyllda. Bordsplattan av norsk granit. Över kaminen hängde den fyra alnar höga målningen ”Scipios Ståndaktighet” av den franske historiemålaren Pierre. Tjugotvå stearinljus utgjorde belysningen i rummet. Till skillnad från tidigare etikett, som föreskrev att herrarna skulle sitta till höger om Monarken, damerna till vänster, var man växelvis placerade. Det var radikalt. Lottdragning om placeringen hade skett. Betjäningen var anpassad efter direktiv från Struensee, den ”nya inrättningen” från den 1 april 1771, som innebar att antalet betjänter nedskurits till hälften. Trots detta var antalet betjänter tjugofyra personer. Taffeln hölls dock ”en retraite”, vilket innebar att betjäningen befann sig i ett sidorum, eller i köket, och endast en betjänt åt gången släpptes in bärande på ett fat. Maten bestod av nio rätter, fyra sallader och två ”inskud” (relèves) – alternativa huvudrätter.

Drottningen hade, som Reverdil noterar, varit charmerande. Ett kort ögonblick hade samtalet glidit in på den ”vidlyftiga” prinsessan av Preussen, som blivit skild från sin man och nu hölls fängslad i Stettin. Drottningen hade kort konstaterat att denna prinsessa i sin fångenskap ändå ”genom att ha skapat sin inre frihet” kunde gå med högburet huvud.

Det är allt. När de satt sig till bords hade redan mörkret fallit. Stearinljusen kunde endast delvis upplysa rummet. Brandt och Struensee hade båda varit märkligt tystlåtna. Reverdil anmärker att de kanske anat något, eller fått ett meddelande.

Dock inga slutsatser av detta. Ingen handling, bara väntan,

och en förtjusande taffel. I övrigt var allt som det brukade vara. En liten krets, som blivit allt mindre. Ljus, och mörker omkring. Och Drottningen mycket charmerande, eller förtvivlad.

Klockan sju, samma afton, men efter taffeln, hade Reverdil, egendomligt nog, avlagt en visit hos Änkedrottningen.

De hade samtalat i en timma. Han märker ingenting oroväckande hos Änkedrottningen, som dock några timmar tidigare gett order om att kuppen skulle genomföras samma natt, en kupp som inkluderade också fängslandet av Reverdil. De hade suttit mycket vänligt samtalande, och druckit te.

Därute var det kallt, och storm. De hade under tystnad betraktat måsarna som av stormen drevs bakåt, förbi deras fönster. Änkedrottningen hade sagt att hon kände medlidande med dem, då de ej insåg det hopplösa i sin kamp mot stormen. Efteråt tolkade Reverdil detta metaforiskt. Hon hade, tror han, velat ge honom en varning: stormen skulle svepa med också honom, om han ej i rätt tid gav upp, och flög med det oemotståndliga.

Ej mot.

Han hade inte förstått. Han hade endast sagt att han beundrade måsarna i deras situation. De gav inte upp, utan fortsatte, trots att stormen drev dem bakåt.

Kanske har han efteråt, i sina memoarer, också gett sitt svar en bildlik prägel. Han var ju blyg. Han var inte den som motsade. Han var den stillsamme, lutad över sina papper, ibland utvisad, ibland återtagen, den som under sorgsen tystnad ser vargarna slita sönder hans älskade pojke, och den som menade att upplysningen borde vara som en mycket långsam och försiktig gryning.

Vid middagen hade Struensee och Drottningen suttit intill varandra, och utan blygsel hållit varandras händer. Konungen hade icke invänt. Konungen tycktes förlamad av eftertanke.

Reverdil, som suttit mitt emot Konungen, hade under middagen haft god tid att iaktta honom. Det skapade hos honom ”en stor sorg”. Han hade erinrat sig hur han en gång mött honom, anförtrotts honom: den unge känslige och ytterst begåvade pojke han en gång mött. Den han nu såg var en grå, apatisk skugga, en mycket gammal man, till synes förlamad av en skräck vars orsak ingen kände.

Christian var ju endast tjugotvå år gammal.

De hade sedan brutit upp från middagen för att förbereda sig för maskeraden. Reverdil hade lämnat rummet som den siste. Framför honom gick Brandt. Denne hade då vänt sig till Reverdil, och med ett egendomligt litet leende sagt:

– Jag tror att vi nu är mycket nära att vara vid slutet av vår tid. Det kan inte vara långt kvar nu.

Reverdil hade inte begärt någon förklaring. De hade skilts.

7.

Planen var mycket enkel.

Guldberg hade alltid haft den uppfattningen att just enkelheten i komplicerade planer gjorde dem framgångsrika. Man skulle bemäktiga sig Konungens person. Man skulle också bemäktiga sig Struensees person. Dessa två skulle, ansåg man, inte kunna göra motstånd, eller orsaka svårigheter.

Det tredje var att man skulle bemäktiga sig Drottningens person.

Inför detta dock en oro som var svårare att förklara. Att övermanna henne skulle icke erbjuda svårigheter. Men hon fick, under inga omständigheter, sätta sig i förbindelse med Konungen. Konungen fick ej utsättas för påverkan. Han måste tvingas förstå att han nu utsattes för ett fasansfullt hot, det att Struensee och Drottningen ville döda honom. Men betraktades Christian av den lilla engelska horans vackra ögon skulle han, måhända, tveka.

Det var den lilla engelska horan som var den stora risken. Allt började ju och slutade med denna unga kvinna. Guldberg hade, som den ende, förstått detta. Därför skulle han förinta henne; och aldrig mer skulle då lustens smitta drabba honom, och han gråtande i nattens mörker, med lustens säd kletande vid sin kropp, tvingas på knä.

Stark kyla denna natt.

Stormen, som under dagen hade dragit in från öster, hade mot kvällen bedarrat. Fukten hade frusit samman, och Köpenhamn var iklätt en ishinna.

Alla memoarer och minnesanteckningar talar om ett stort lugn denna natt.

Ingen storm. Inga ljud från trupper som posterar sig. Inga fåglar som drivs bakåt av stormen.

Det finns listor kvar på vilka födoämnen som beställts till denna sista måltid. Sex gäss, trettiofyra ålar, trehundrafemtio sniglar, fjorton harar, tio höns; dagen innan beställdes dessutom torsk, piggvar och kramsfåglar.

På ett alldeles naturligt sätt avåts dessa timmar, i överflöd, den sista taffeln under den danska revolutionen, med endast tjugofyra betjänter närvarande.

De gick tillbaka till sina rum på slottet. De bytte om till maskeraddräkt.

Christian, Struensee och Drottningen åkte till maskeraden i gemensam vagn. Struensee hade varit mycket tyst, och Drottningen hade noterat detta.

– Du säger inte mycket, hade hon sagt.

– Jag letar efter en lösning. Jag hittar ingen.

– Då vill jag, hade hon sagt, att vi i morgon formulerar ett brev från mig till den ryska kejsarinnan. Till skilllnad från alla andra regenter är hon upplyst. Hon vill framsteg. Hon är en möjlig vän. Hon vet vad som gjorts i Danmark det sista året. Hon tycker om det. Jag kan skriva till henne som en upplysningskvinna till en annan. Kanske kan vi skapa en allians. Vi behöver stora allianser. Vi måste tänka i stort. Här har vi bara fiender. Katarina kan bli en vän till mig.

Struensee hade bara sett på henne.

– Du ser långt, hade han sagt. Frågan är om vi har tid att se långt.

– Vi måste höja blicken, hade hon då sagt i kort ton. Annars är vi förlorade.

När Majestäterna, ledsagad av Struensee, ankom till Hofteatret hade dansen redan börjat.

Kapitel 15

DÖDSDANS

1.

Plötsligt erinrade sig Struensee teaterföreställningen ”Zaïre”, med Christian i rollen som Sultanen.

Också det hade varit på Hofteatret. Hade det inte varit just efter återkomsten till Köpenhamn, efter den långa europeiska resan? Kanske en månad efter, han hade glömt; men han mindes plötsligt Christian i rollen. Denna tunna bräckliga barnagestalt som med så tydlig diktion, så egendomligt levande pauser och gåtfulla fraseringar hade rört sig i den stiliserade dekoren, bland de franska skådespelarna, som i en långsam rituell dans, med de egendomliga armrörelser som föreföll helt naturliga på denna scen, i detta teaterstycke, när de annars verkade tillgjorda i Christians förfärliga verkliga liv.

Han hade varit alldeles tydlig. Egentligen den bäste av alla dessa skådespelare. Egendomligt lugn och trovärdig, som om denna scen, denna pjäs och detta yrke, skådespelarens, varit det alldeles naturliga, och enda möjliga, för honom.

Han hade ju aldrig egentligen kunnat skilja på verklighet och förställning. Inte på grund av obegåvning, men på grund av regissörerna.

Hade Struensee själv blivit en regissör för Christian? Han hade kommit på besök, och fått en roll, och tilldelat Christian en annan. Det kunde kanske ha blivit en bättre roll för den stackars skräckslagne pojken. Kanske borde Struensee den gången ha lyssnat uppmärksammare, kanske hade Christian haft ett budskap som han velat förmedla, just som skådespelare, genom teatern.

Det var så oändligt länge sedan. Nästan tre år.

Nu, den 16 januari 1772, dansade Christian menuett. Han hade alltid varit en god dansare. Hans kropp var lätt, som ett barns, i dansen fick han röra sig med dansens repliker fastlagda, men ändå i frihet. Varför hade han inte fått bli dansare? Varför hade ingen sett att han var skådespelare, eller dansare, eller vad som helst: bara inte av Gud utkorad envåldshärskare.

Till sist dansade de alla. De hade sina kostymer, och sina förklädnader; också Drottningen dansade. Det var här, på Hofteatret, under en maskerad, hon hade gett Struensee den första signalen.

Det måste ha varit vår. De hade dansat och hon hade bara sett på honom hela tiden, med ett så intensivt uttryck i sitt ansikte som var hon på väg att säga något. Kanske var orsaken att Struensee hade talat till henne som en människa, och att hon var tacksam. Kanske var det något mer. Ja, det var det. Efteråt hade hon dragit honom med sig, plötsligt var de inne i en av gångarna. Hon hade snabbt sett sig om, och så hade hon kysst honom.

Inte ett ord. Bara kysst honom. Och så detta lilla gåtfulla leende som han först tyckt vara ett uttryck för förtjusande barnslig oskuld, men som han då, med ens, visste var en vuxen kvinnas leende, och att det sade: jag älskar dig. Och du skall inte underskatta mig.

De var där alla, utom Änkedrottningen, och Rantzau.

Allting var fullständigt normalt. Efter ett tag hade Konungen upphört med dansen, han hade satt sig att spela Loup med bland andra general Gähler. Konungen hade, sedan han lämnat dansen som för en stund hade gjort honom levande, plötsligt tyckts nedsjunken i distraktion och melankoli. Han hade spelat utan eftertanke, hade som vanligt inga pengar, och hade förlorat 332 riksdaler; vilket generalen fått lägga ut, och efter katastrofen tyvärr aldrig fått refunderat.

I en annan loge satt översten Köller, som skulle leda den militära delen av nattens kommande kupp. Han spelade tarok med hovintendenten Berger. Köllers ansikte hade varit behärskat. Man kunde icke där avläsa någon sinnesrörelse.

Alla var på plats. Utom Änkedrottningen, och Rantzau.

Maskerna var de vanliga. Struensees en halvmask av gråtande gycklare. Efteråt sades det att han burit en mask föreställande en dödskalle.

Så var det inte. Han hade föreställt en gråtande gycklare.

Dansen hade slutat vid tvåtiden.

Alla var efteråt eniga om att betrakta maskeraden som fullständigt händelselös. Det var det märkliga, med tanke på att denna maskerad skulle bli så omtalad, och så viktig, att alla var eniga om att ingenting hänt. Ingenting. Alla hade varit normala, dansat, och väntat på ingenting.

Struensee och Drottningen hade dansat tre danser. Alla hade noterat deras lugnt leende ansikten, och deras obekymrade konversation.

Vad hade de talat om. Efteråt mindes de inte.

Struensee hade hela denna kväll en egendomlig känsla av

avstånd, eller vaken dröm, som om han upplevt detta förut, men nu drömde alltsammans om igen, korta sekvenser, upprepade. Allt i drömmen hade rört sig oändligt långsamt, med munnar som öppnades och slöts, men utan ljud, som långsamma rörelser i vatten kanske. Som svävade de i vatten, och det enda som återkom och återkom var minnesbilderna av Konungen i rollen som Sultanen i "Zaïre", och hans rörelser och egendomligt vädjande gester, som nästan liknade en skådespelares, men mer äkta, som en drunknandes, och hur munnen öppnades och slöts, som om han ville få fram ett meddelande, men inget nådde fram. Och så den andra delen av denna vakna dröm: Drottningen, vars ansikte närmat sig hans, och som oändligt stilla hade kysst honom, och så tagit ett steg tillbaka, och det lilla leendet som sade att hon älskade honom och att han inte skulle underskatta henne, och att detta bara var början till något fantastiskt, att de var mycket nära en gräns, och att där vid gränsen fanns både den största lust och den mest lockande död, och att han aldrig aldrig någonsin skulle ångra sig om de passerade denna gräns.

Och det var som om dessa två, Christian skådespelaren, och Caroline Mathilde som lovat lust och död, flöt samman i denna dödsdans på Hofteatret.

Han följde henne tillbaka.

De ledsagades av två hovdamer. I gången utanför Drottningens sovgemak hade han kysst hennes hand, utan ett ord.

– Sover vi i natt? hade Drottningen frågat.

– Ja, min älskade. I natt sömn. I natt sömn.

– När ses vi?

– Alltid, hade han sagt. I evigheters evigheter.

De hade sett på varandra, och hon hade lyft sin hand mot hans kind, och rört vid honom, med ett litet leende.

Det var den sista gången. Sedan såg han henne aldrig mer.

2.

Klockan 2.30, en halv timme efter det att musiken slutat spela, utlämnades skarpa patroner till det 2:a grenadjärkompaniet från Falsterska regementet, och soldaterna blev utgrupperade till fastställda positioner.

Alla slottets utgångar besattes.

Den operative chefen för kuppen, översten Köller, som en timma tidigare avslutat sitt tarokparti med hovintendenten Berger, delgav två av löjtnanterna en handskriven order från Änkedrottningen där arresteringen av en rad namngivna personer beordrades. I denna hette det bland annat att ”eftersom Hans Majestät Konungen önskar bringa sig och staten i säkerhet, och straffa vissa personer som finnes i hans närhet, har Han betrott oss att verkställa detta. Vi beordrar därför Er, överste Köller, att denna natt i Konungens namn med kraft förverkliga denna Konungens vilja. Det är vidare Konungens önskan att en försvarlig bevakning finnes vid alla utgångar till den regerande Drottningens våning.” Brevet var undertecknat av Änkedrottningen, och Arvprinsen, samt skrivet av Guldberg.

Nyckeln till operationen var att snabbt bemäktiga sig Konungen, samt Drottningen, och hålla dem åtskilda. I detta spelade Rantzau en avgörande roll. Han var dock försvunnen.

Greve Rantzau hade drabbats av nervositet.

Rantzau bodde i det kungliga palats som med en kanal var avskilt från Christiansborgs slott, och som idag kallas Prinsens Palæ, och hade under dagen ej varit synlig. Men medan maskeradbalen ännu pågick hade en budbärare hejdats vid ingången till Hofteatret; denne hade gjort ett egendomligt intryck, varit ytterligt nervös, och sagt sig ha ett viktigt meddelande från greve Rantzau till Struensee.

Budbäraren hade uppehållits av de sammansvurnas vakter, och Guldberg tillkallats.

Guldberg hade, utan att efterfråga tillstånd och trots budbärarens protester, slitit till sig brevet, och öppnat det. Han hade läst. I brevet stod att Rantzau önskade tala med Struensee före klockan tolv, "och glöm icke att, om Ni ej arrangerar detta möte, Ni kommer att ångra detta bittert".

Det var allt. Det var, å andra sidan, tydligt. Greve Rantzau önskade skaffa sig en lösning på ett dilemma, en andra utgång ur rävgrytet.

Guldberg hade läst, och lett ett av sina sällsynta leenden.

– En liten Judas som säkert önskar bli lantgreve på Lolland, som belöning. Det blir han inte.

Han hade stoppat brevet i sin ficka, och beordrat att budbäraren skulle avlägsnas och bevakas.

Tre timmar senare var alla sammansvurna på plats, trupperna redo, men Rantzau var borta. Guldberg hade då, tillsammans med sex soldater, skyndsamt begett sig till Rantzaus bostad, och funnit denne fullt påklädd sittande i sin länstol, med en kopp te framför sig och rökande sin pipa.

– Vi saknar er, hade Guldberg sagt.

Rantzau hade lagt upp sitt ben på en pall, och med en nervös och olycklig min pekat på sin fot. Han hade, stammade han, fått ett anfall av sin podager, hans tå var mycket svullen, han kunde knappt stödja på foten, och han beklagade alltsammans mycket, och var otröstlig, men han kunde på grund av detta inte fullgöra sin uppgift.

– Ditt fega kräk, hade Guldberg med lugn stämma sagt, och utan att försöka mildra det ohöviska i detta tilltal mot greven. Du försöker komma undan.

Guldberg hade konsekvent tilltalat honom med "du".

– Nej, nej! hade Rantzau förtvivlat protesterat, jag håller mig till avtalet, men min podager, jag är förtvivlad...

Guldberg hade då befallt de andra att lämna rummet. När det skett hade han tagit fram brevet, hållit det mellan sin tumme och sitt pekfinger som om det vore illaluktande, och endast sagt:

– Jag har läst ditt brev, din råtta. För sista gången. Är du med oss, eller mot?

Likblek hade Rantzau stirrat på brevet, och förstått att alternativen nu var få.

– Självklart är jag med, hade då Rantzau sagt, kanske kan jag bäras till min uppgift... i en portechaise...

– Bra, hade Guldberg sagt. Och detta brev kommer jag nu att bevara. Ingen mer än jag behöver se det. Detta dock endast på ett villkor. Det är att du, sedan denna renlighetsgärning är fullbordad och Danmark är räddat, inte irriterar mig. Men du kommer i fortsättningen inte att irritera mig, eller hur? Så att jag tvingas visa detta brev för andra?

Det hade uppstått en stunds tystnad, sedan hade Rantzau helt lågt sagt:

– Självklart inte. Självklart inte.

– Aldrig någonsin?

– Aldrig någonsin.

– Bra, hade Guldberg sagt. Då vet vi var vi har varandra i framtiden. Det är gott att äga pålitliga bundsförvanter.

Guldberg hade sedan tillkallat soldaterna och beordrat två av dem att bära greve Rantzau till hans utgångsposition i det norra valvet. De hade burit honom över bron, men sedan hade Rantzau försäkrat att han var villig att försöka gå själv, trots de olidliga smärtorna, och så haltat fram till sin ledningsplats i det norra valvet.

3.

Klockan 4.30 på morgonen den 17 januari 1772 gick man till verket.

Två grupper grenadjärer, den ena ledd av Köller, den andra av Beringskjold, bröt sig samtidigt in hos Struensee och Brandt. Struensee hade påträffats lugnt sovande; han satte sig upp i sängen, blickade förvånat upp mot soldaterna, och då överste Köller förklarade honom arresterad hade han bett att få se arresteringsordern.

Det fick han inte, eftersom en sådan inte fanns.

Han hade då apatiskt stirrat på dem, långsamt klätt på sig det nödvändigaste, och följt med utan ett ord. Han sattes i en hyrvagn och kördes till arrestlokalen i Kastellet.

Brandt hade inte ens frågat efter arresteringsorder. Han hade bara bett om att få medtaga sin flöjt.

Också han sattes i en vagn.

Kommendanten på Kastellet, som icke varit förberedd,

väcktes, men sade sig mottaga dem bägge med glädje. Alla tycktes förvånade att Struensee gett upp så lätt. Han hade bara suttit i vagnen och stirrat ner på sina händer.

Det var som vore han förberedd.

En av de många teckningar som senare gjordes, föreställande Struensees arrestering, beskriver en akt av större våldsamhet.

En hovman upplyser rummet med en trearmad kandelaber. Genom den sprängda dörren strömmar soldater in med höjda gevär, och med apterade bajonetter, som hotfullt hålls mot Struensee. Överste Köller står vid sängen, håller befallande fram arresteringsordern i vänster hand. På golvet ligger masken från maskeradbalen, en dödskallemask. Kläder kringspridda på golvet. Klockan visar på fyra. Bokhyllorna belamrade. En skrivpulpet med skrivdon. Och Struensee i sängen, sittande upprätt, endast iklädd en nattskjorta, och med båda händerna desperat uppsträckta, som till kapitulation, eller i bön till den allsmäktige Gud som han alltid förnekat att i denna nödens stund förbarma sig över en fattig syndig människa i den yttersta nöd.

Men bilden talar inte sanning. Han hade fogligt låtit sig ledas iväg, som ett lamm till slaktbänken.

Konungen skulle självfallet ej arresteras.

Med konung Christian den sjunde var det ju tvärtom så, att han skulle räddas från ett mordanslag, och därför endast underteckna de dokument som juridiskt skulle legitimera övriga arresteringar.

Man glömmer lätt att han var en av Gud utsedd envåldshärskare.

De som strömmade in i hans mörka sovrum var många till antalet. Det var Änkedrottningen, hennes son Frederik, Rantzau, Eichstedt, Köller och Guldberg, samt sju grenadjärer ur Livgardet som dock, beroende på Konungens hysteriska reaktion och okontrollerade skräck inför soldaterna och deras vapen, fick order att gå ut och vänta utanför dörren.

Christian trodde han skulle mördas, och började gällt skrika och gråta, som ett barn. Hunden, hans schnauzer, som också denna natt sovit i hans säng, hade samtidigt ursinnigt börjat skälla. Man fick till sist ut hunden. Negerpagen Moranti, som sovit hoprullad vid fotändan, hade skräckslagen gömt sig i ett hörn.

Konungens böner att få behålla hunden intill sig i sin säng fäste man sig icke vid.

Man lyckades till slut lugna Monarken. Hans liv var inte i fara. De skulle inte döda honom.

Det man så berättade för honom fick honom dock att upprepa sina gråtattacker. Anledningen till detta nattliga besök var, förklarade man, en sammansvärjning mot Konungens person. Struensee och Drottningen traktade efter hans liv. Man ville nu rädda honom. Han måste därför underteckna ett antal dokument.

Guldberg hade författat koncepten till dessa. Man förde Christian till ett skrivbord, iklädd morgonrock. Han undertecknade där sjutton dokument.

Han snyftade hela tiden, och darrade i kropp och hand. Bara inför ett dokument tycktes han lysa upp. Det var arresteringsordern för Brandt.

– Det är straffet, hade han mumlat, för att vilja skända

Universums Härskarinna. Straffet.

Ingen, utom möjligtvis Guldberg, kan ha förstått vad han menat.

4.

Det var Rantzau som skulle arrestera Drottningen.

Han hade fem soldater och en underlöjtnant med sig, och med den av Konungen undertecknade arresteringsordern i handen gick han till Drottningens sovrum. En av hovdamerna hade sänts in för att väcka Drottningen, eftersom, som han skriver i rapporten, ”respekten förbjöd mig att inställa mig till Drottningens säng”; men underlöjtnanten Beck har en mer livfull beskrivning av vad som hände. Drottningen hade blivit väckt av hovdamen. Hon hade kommit utrusande, endast iklädd sin särk, och rasande frågat Rantzau vad som var på färde. Denne hade endast sträckt fram Konungens order.

Där stod: ”Jag har funnit det nödvändigt att sända Er till Kronborg, då Ert uppförande tvingar mig därtill. Jag beklagar mycket detta steg, som jag icke är skuld till, och önskar, att Ni med uppriktighet vill ångra Er.”

Undertecknat: Christian.

Hon hade då knölat samman ordern, och skrikit att detta skulle Rantzau få ångra, och frågat vilka andra som var arresterade. Hon hade icke fått något svar. Sedan hade hon rusat in i sitt sovrum, följd av Rantzau och underlöjtnanten Beck samt ett par av soldaterna. Medan hon rasande hade farit ut mot Rantzau hade hon slitit av sig sin särk, sprungit naken genom rummet för att finna sina kläder; Rantzau hade då, under bugningar och med en för honom karaktäristisk elegans, sagt:

– Ers Majestät måste förskona mig, och ej utsätta mig för Hennes yppighets trollmakt.

– Stå inte och glo din jävla lismande padda, hade då Drottningen utbrutit, denna gång på sitt modersmål engelska; men i detta ögonblick hade kammarfröken von Arensbach kommit springande med underkjol, en klänning, och ett par skor, och Drottningen hade i all hast kastat på sig dessa kläder.

Under tiden hade hon oavlåtligt fortsatt sina rasande utfall mot Rantzau, som därvid för ett ögonblick hade tvingats skydda sig med sin käpp som han hållit upp mot Drottningens slag, enbart för att skydda sig, den käpp han hade för att bättre kunna stödja sig på sin fot, som just denna natt var värkande av podager, något som Drottningen i sitt vredesmod ej hade tagit hänsyn till.

I rapporten påstår Rantzau att han av diskretionsskäl, och för att ej besmutsa Hennes Kungliga Höghet med sina blickar, hela tiden hade hållit sin hatt för sitt ansikte, tills Drottningen varit fullt påklädd. Underlöjtnanten Beck påstår dock att han själv, Rantzau och fyra soldater hela tiden noggrant granskade Drottningen i sin förvirrade och ursinniga nakenhet, och betraktat hela hennes påklädnad. Han redovisar också vilka klädesplagg Drottningen anbringade.

Hon hade icke gråtit, men hela tiden smädat Rantzau, och, vilket han särskilt framhåller i sin rapport till Inkvisitionsnämnden, han hade upprörts över ”hennes föraktfulla sätt att omtala Konungen”.

Så snart hon var påklädd – hon hade endast stuckit sina bara ben i skorna, utan strumpor, vilket chockerade alla –

hade hon rusat ut ur rummet, och ej kunnat hejdas. Hon hade sprungit ner för trapporna, och velat tränga sig in i Struensees rum. Utanför hade dock stått en vakt, som upplyst henne om att greve Struensee var fängslad, och förd till arresten. Hon hade då fortsatt sitt sökande efter hjälp, och springande tagit sig fram till Konungens svit.

Rantzau och soldaterna hade inte hindrat henne.

Hon tycktes dem besitta oerhörda krafter, och hennes brist på blygsamhet, hennes nakna kropp och rasande utfall hade också skrämt dem.

Men hon hade genast förstått vad som skett. De hade skrämt Christian från hans sinnen. Det var dock Christian som var den enda möjligheten för henne.

Hon hade slitit upp dörren till hans sovrum, och genast sett den lilla gestalten uppkrupen vid sängens huvudända, och förstått. Han hade lindat lakanet runt sig, dolt sig helt, dolt ansiktet och kroppen och benen, och hade det inte varit för den osäkra vaggande rörelsen skulle man kunnat tro att det var en emballerad staty som var uppställd där, vit och omlindad av skrynkliga lakan.

Som en vit mumie, osäkert och nervöst vaggande, sprittande, dold och ändå utlämnad till henne.

Rantzau hade stannat i dörren, och gjort ett tecken till soldaterna att stanna utanför.

Hon gick fram till den lilla vitklädda darrande mumien på sängen.

– Christian, hade hon ropat. Jag vill tala med dig! Nu!

Inget svar, bara de osäkra ryckningarna under det vita lakanet.

Hon satte sig på sängkanten, och försökte tala lugnt fast hon flåsade och hade svårt att få kontroll över rösten.

– Christian, hade hon sagt så lågt att Rantzau där borta vid dörren inte skulle höra henne, jag bryr mig inte om vad du undertecknat, det gör ingenting, man har lurat dig, men du måste rädda barnen! Du måste för helvete rädda barnen, vad har du tänkt på? Jag vet att du hör, du måste höra på vad jag säger, jag förlåter det du skrivit på, men *du måste rädda barnen! annars tar dom barnen från oss och du vet hur det är, du vet ju hur det blir, du måste rädda barnen!*

Hon hade plötsligt vänt sig mot Rantzau vid dörren och nästan rytande ropat FÖRSVINN DIN JÄVLA RÅTTA DROTTNINGEN TALAR TILL DIG!!! men sedan vädjande och viskande fortsatt att tala till Christian, åååå Christian, hade hon viskat, du tror att jag hatar dig, men det är inte sant, jag har egentligen alltid tyckt om dig, det är sant, *det är sant lyssna på mig jag vet att du lyssnar!* jag hade kunnat älska dig om vi hade fått någon möjlighet, men det gick ju inte i detta jävla dårhus, I DETTA SINNESSJUKA DÅRHUS!!! hade hon skrikit till Rantzau, och sedan viskande igen, vi skulle kunnat ha det så fint, någon annanstans, bara vi, det hade kunnat gå Christian, bara dom inte tvingat dig att betäcka mig som en sugga, det var inte ditt fel, det var inte ditt fel men *du måste tänka på barnen Christian och göm dig inte jag vet att du lyssnar!* GÖM DIG INTE men jag är en människa och ingen sugga, och du måste rädda flickan, dom vill ha ihjäl henne, jag vet det, bara för att det är Struensees barn och det vet du också DET VET DU och du har aldrig invänt, du ville det du också, du ville det själv, jag ville bara att det skulle göra lite ont i dig också så att du såg att jag fanns, att du såg, bara lite grann, då hade vi kunnat Christian, då hade vi kunnat, men *du måste rädda barnen*, jag tyckte ju egentligen alltid om dig, vi hade kunnat ha det så fint Christian, hör du vad jag säger Christian, SVARA DÅ CHRISTIAN du måste svara CHRISTIAN du har alltid gömt dig du får inte gömma dig för mig SVARA DÅ CHRISTIAN!!!

Och så hade hon slitit bort lakanet från hans kropp.

Men det var inte Christian. Det var den lilla svarta pagen Moranti, som med ögonen stora och uppspärrade av skräck stirrade på henne.

Hon stirrade tillbaka på honom, som förlamad.

– Hämta henne, hade Rantzau sagt till soldaterna.

När hon passerade Rantzau i dörren hade hon stannat upp, länge sett honom i ögonen, och alldeles lugnt sagt:

– I helvetets nedersta krets, där förrädarna vistas, skall du plågas för evigt. Och det gläder mig. Det är det enda som nu riktigt riktigt gläder mig.

Och till detta hade han intet kunnat svara.

Hon fick ta med den lilla flickan i vagnen till Kronborg. Klockan var nio på morgonen när de körde ut genom Nørreport. De körde Kongevejen förbi Hirschholm, men förbi.

I vagnen hade de som bevakning satt den hovdam som hon tyckte sämst om.

Caroline Mathilde hade gett flickan bröstet. Först då hade hon kunnat börja gråta.

Ryktet gick snabbt, och för att göra ryktet att Konungen räddats undan Struensees mordanslag officiellt beordrade Guldberg att Konungen skulle visa sig.

Man beordrade fram en glaskaret, den drogs av sex vita hästar, tolv hovmän på häst red runt vagnen. Man körde i två och en halv timmas tid runt på Köpenhamns gator. I vagnen satt dock endast Christian och arvprinsen Frederik.

Arvprinsen hade varit strålande lycklig, dräglat och gapat på sedvanligt sätt, och vinkat till de jublande massorna. Christian hade suttit hopkrupen i ett av vagnens hörn, likblek av skräck, och stirrat ned på sina händer.

Jublet enormt.

5.

Den natten exploderade Köpenhamn.

Det var triumftåget med de sex vita hästarna och den skräckslagne, räddade och till ytterlighet förnedrade Konungen som utlöste allting. Plötsligt blev det så uppenbart: en revolution hade inträffat och slagits ner, livläkarens korta besök i maktens tomrum var slut, den danska revolutionen var över, tysken var fängslad, tysken var i bojor, den gamla regimen, eller var det den nya, var kullkastad, och man visste att man befann sig vid historiens själva brytpunkt; och vansinnet bröt loss.

Det började med enkla pöbelupplopp; de norska matroserna, som en gång för några månader sedan så fredligt tågat tillbaka från Hirschholm efter mötet med den charmerande lilla drottningen, de norska matroserna fann att inga regler och inga lagar längre fanns. Polis och militär tycktes försvunna från gatorna, och vägen till horhus och krogar låg öppen. Man började med horhusen. Skälet var, menade man, att dessa Onda Människor under Struensees ledning som varit så nära att beröva Lillefar livet, att de varit Horhusens Beskyddare.

Horhusens regim var över. Hämndens timma var inne.

För det var ju Lillefar, Konungen, Den Gode Härskaren som de alltid hänvisat till som yttersta beskyddare däruppe i Norge, det var Han som räddats. Nu var Lillefar räddad. Lillefar hade fått upp ögonen och förkastat sina onda vänner, nu skulle horhusen rensas. Det var dessa femhundra norska matroser som gick i spetsen, och ingen hindrade dem. Sedan tände det till överallt, och massorna vällde ut, de fattiga, de som aldrig drömt om en revolution men nu erbjöds våldets behagliga tid, utan straff, utan sammanhang. Man fick göra uppror, men utan syfte, annat än att hänvisa till renheten. Synden skulle våldtas, och därmed renheten återinföras. Bordellernas fönster krossades och dörrarna sprängdes, bohaget kastades ut, nymferna våldtogs gratis och sprang skrikande och halvklädda genom gatorna. På ett dygn blev över sextio bordeller krossade, förstörda, utbrända, och av bara farten härjades också några helt igenom anständiga hus, och anständiga kvinnor, av misstag, som en del i den flod av kollektivt vansinne som dessa dygn svepte genom Köpenhamn.

Det var som om den pietistiska anständigheten fått sin kollektiva utlösning, och sprutat sin hämnande säd över förfallet i Struensees Köpenhamn. Man började, karaktäristiskt nog, med tysken Gabel, som varit ansvarig för utskänkningen av sprit i Rosenborg Have, den som öppnats för allmänheten av Struensees dekret, och den långa sommaren och varma hösten 1771 varit centrum för den köpenhamnska befolkningens liderlighet. Gabels hus antogs ha varit liderlighetens centrum, därifrån kom syndens smitta, där hade säkert Struensee och hans anhang bolat, det måste rensas. Gabel själv undkom med livet, men templet rensades verkligen från månglarna. Slottet självt var ju helgat, fick ej vidröras, ej stormas, men det var anknytningspunkterna till slottet och hovet som angreps. De italienska skådespelerskornas hus blev nästa mål; det rensades, men åtminstone några av skådespelerskorna blev icke våldtagna, då det sades att det varit Lillefar som använt dem och de således i viss mån var heliga föremål. Några dock särskilt våldtagna, som hyllning till Lillefar; men skälen till allt våld var inte så tydliga längre, inte någonting. Det var som om hatet mot hovet, och vördnaden för hovet, utlöst en stor rasande förvirrad våldtäkt av Köpenhamn; något hade skett däruppe bland härskarna, något skändligt och osedligt, och nu tilläts en rening, och man renade, man tilläts att skända och rena, och spriten var fri, och intogs, och en hämnd utkrävdes, mot något, kanske mot en tusenårig oförrätt, eller mot Struensees oförrätt, den som kom att bli sinnebilden för alla oförrätter. Schimmelmans palats rensades, av oklara skäl, som dock innefattade anknytning till Struensee och Synden. Och plötsligt var hela Köpenhamn ett drickande, krossande, våldtagande helvete, det brann på många ställen, gatorna var täckta av glas, det fanns inte någon av de hundratals krogarna som var oskadd. Ingen polis stod att finna. Inga soldater utkommenderade. Det var som om kuppmännen, Änkedrottningen och de segrande velat säga: i en stor, liderlig, hämnande fest skall nu synden i denna danska huvudstad brännas bort.

Gud skulle tillåta det. Gud skulle använda denna folkets lössläppta tygellöshet som redskap för att rensa horhusen, krogarna och alla de tillflyktsorter för otukt som använts av dem som nedrivit sedlighet och tukt.

Det varade i två dygn. Sedan sjönk kravallerna långsamt samman, som i utmattning, eller sorg. Någonting var slut. Man hade hämnats det som varit. Upplysningsförbrytarnas tid var slut. Men utmattningen innehöll också en stor sorg, det skulle inte längre bli några öppna och upplysta parker, och teater och förlustelser skulle förbjudas, och renhet skulle råda, och gudsfruktan, och så måste det vara. Det skulle inte bli så roligt längre. Men detta var nödvändigt.

Ett slags sorg. Det var det. Ett slags rättfärdig straffande sorg. Och den nya regimen, den som var anständig, skulle inte bestraffa folket för denna hämnande, men egendomligt desperata, sorg.

Den tredje dagen kom poliserna ut på gatorna, och det var över.

Drottningen hade under sträng bevakning, åtta dragoner till häst, körts till Kronborg. Inne i vagnen endast Drottningen, det lilla barnet, och den enda hovdam som nu var hennes följe.

Officeren satt på kuskbocken vid kuskens sida, hela tiden med dragen sabel.

Kommendanten von Hauch fick i all hast värma upp några rum på detta Hamlets gamla slott. Det hade varit en iskall vinter, med många stormar in från Öresund, och han var oförberedd. Drottningen hade intet sagt, men hållit barnet hela tiden tätt tryckt mot sin kropp och omslutit dem båda i sin päls, som hon aldrig avtagit.

På kvällen hade hon länge stått vid det södra fönstret och sett mot Köpenhamn. Bara en gång hade hon sagt något till sin hovdam. Hon hade frågat vad det egendomliga svagt fladdrande ljuset på himlen rakt i söder kommit sig av.

– Det är, hade Hovdamen sagt, Köpenhamn som är illuminerat, och folket firar befrielsen från förtryckaren Struensee och hans anhang.

Drottningen hade då snabbt vänt sig om, och gett hovdamen en örfil. Sedan hade hon brustit i gråt, bett om förlåtelse, men återvänt till fönstret och med det sovande barnet tryckt intill sig länge stirrat ut mot mörkret, och det svaga skenet från det illuminerade Köpenhamn.

Kapitel 16

KLOSTRET

1.

Böjde han ner benen i vinkel och sänkte dem försiktigt kändes knappast länkarna; och kedjorna var vid pass tre alnar långa, så han kunde röra sig. Egentligen var de knappast nödvändiga, för hur skulle han kunna fly, *vart skall vi fly för ditt anlete och var skall jag söka min tillflykt Milde Herre Gud i denna nödens stund* – de gamla ramsorna från bibelstunderna med den dystre fadern Adam Struensee hade absurt nog dykt upp, hur kunde han minnas?, var det inte för oerhört länge sedan?, men kedjornas plåga satt mer i sinnet, det hade tagit honom en ganska kort tid att vänja sig vid den fysiska smärtan. Han hade bemödat sig om hövlighet. Det var viktigt att iaktta lugn, och icke visa förtvivlan eller kritik. Man hade, menade han bestämt och upprepade gånger, varit aktningsfullt sakliga och behandlat honom väl, det ville han gärna framhålla, men om nätterna när kylan kom smygande inifrån, som om det varit hans skräck som frusit ihop inne i honom som ett isblock, om nätterna orkade han inte vara positiv och välvillig. Då orkade han inte förställa sig. Det hände också på dagarna, när han såg upp i det fullständigt meningslösa taket hur fuktdropparna samlade sig till anfall och till sist lösgjorde sig och angrep, då skakade händerna utan att han kunde kontrollera dem, då fanns det en tortyr som var värre än att icke veta, och vad hade hänt med Caroline Mathilde och barnet, skulle hon kunna rädda honom, *O Du den Gud som icke finnes, som icke finnes, jag frågar dig skall de ålägga mig skarp examination och skall då nålar stickas in i min pung och kommer jag att uthärda* men i övrigt var allt mycket tillfredsställande, maten var god och välsmakande, arrestens betjäning mycket välvillig och han fann sig på intet sätt föranledd att kritisera eller beklaga sig över den behandling han fått, och han hade snarare för ledningen uttalat sin förvåning över den humana behandling, den behandling som gavs *men att icke den resa skett som skulle tagit mig till det fjärran Ostindien som så saknar läkare och hade jag endast lämnat dem i Altona* och detta ältande, och på nätterna samma sak, det hade blivit så att mardrömmarna om sergeanten Mörl börjat dyka upp, det var som med Christian, han hade börjat förstå det som Christian drömde om, mardrömmarna om Mörl, mardrömmarna, *det hade inte blivit som att vila i Lammets sår utan de hade stuckit nålar och han hade skrikit i besinningslös förtvivlan hade Christian sagt* men han var mycket lugn och tillmötesgående och då och då hade han för vakterna kommit med små skämt som varit, trodde han, allmänt uppskattade.

Den tredje dagen hade Guldberg kommit på besök.

Guldberg hade frågat om allt var till belåtenhet, en fråga som med ett jakande hade besvarats. Guldberg hade haft med sig listan på de tillhörigheter som beslagtagits och bett honom parafera att den varit korrekt. Det var den som började med ”35 stk dänische Dukaten”, fortsatte med ”en tub tandpasta” (på danska!) och slutade med ”Ein Haar Kam”, med den egendomliga kommentaren ”Struensee har nästan alltid sitt flätade hår uppsatt med en kam uppfästad baktill som ett Fruntimmer"; han hade inte låtsats se anmärkningen, utan bara paraferat och nickat gillande.

Han hade ju inte fått med sig så mycket vid arresteringen. De hade plötsligt stått där i det fladdrande ljuset och han hade bara tänkt: det var ju ofrånkomligt. Så måste det gå. Han mindes inte ens hur det gått till. Han hade bara varit bedövad av skräck.

Guldberg hade frågat hur det sår Struensee hade i sitt huvud uppstått. Han hade inte svarat. Guldberg hade då upprepat frågan. Guldberg hade sedan sagt att enligt väktarnas uppgift hade Struensee försökt beröva sig sitt liv genom att kasta sig med huvudet före mot stenväggen.

– Jag vet ett sätt, hade Guldberg sagt, att öka er livsvilja i denna nya situation.

Han hade sedan överlämnat en bok. Det var "En omvänd Fritänkares Levnads-Beskrivning", skriven av Ove Guldberg, publicerad 1760.

Struensee hade tackat.

– Varför? hade han efter en lång tystnad frågat.

Sedan hade han tillagt:

– Jag skall ju ändå dö. Det vet vi båda.

– Det vet vi, hade Guldberg sagt.

– Varför kommer ni då?

Det hade varit ett så egendomligt möte.

Guldberg tycktes angelägen om Struensees välvilja, han var bekymrad över den apati som fången uppvisade. Han hade gått omkring i fängelsehålan, liksom vädrande, som en hund, orolig, bekymrad, ja, det var som om en mycket älskad hund fått en ny koja och hundens ägare nu inspekterade och oroade sig. Guldberg hade fått en stol inburen, hade sedan satt sig. De hade betraktat varandra.

Oblygt, hade Struensee tänkt. "Oblygt" granskar han mig.

– En blygsam skrift, hade Guldberg vänligt sagt, skriven under min tid på Sorø Akademi. Men den innehåller en intressant omvändelsehistoria.

– Jag är inte rädd för att dö, hade Struensee sagt. Och jag är ganska svår att omvända.

– Säg inte det, hade Guldberg svarat.

Just innan han gått hade han till Struensee överlämnat en bild. Det var ett kopparstick, föreställande Caroline Mathildes och Struensees lilla dotter, prinsessan, vid pass fyra månader gammal.

– Vad vill ni, hade Struensee då frågat.

– Tänk över saken, hade Guldberg sagt.

– Vad vill ni, hade Struensee upprepat.

Två dagar senare hade Guldberg återkommit.

– Dagarna är korta och ljuset skralt, hade Struensee sagt. Jag har inte hunnit läsa boken. Jag har inte ens börjat.

– Jag förstår, hade Guldberg sagt. Tänker ni börja?

– Jag upprepar att jag är svår att omvända, hade Struensee sagt.

Det hade varit på eftermiddagen, cellen mycket kylig, rök stod ur munnen på dem båda.

– Jag vill, hade Guldberg sagt, att ni mycket länge betraktar bilden av den lilla flickan. En horunge. Men mycket söt och tilldragande.

Sedan hade han gått.

Vart var det han ville komma?

Dessa regelbundet återkommande korta besök. Och annars bara tystnad. Vakterna berättade intet, cellens fönster satt högt, den bok han fått var, förutom Bibeln, det enda han kunde läsa. Till slut hade han, nästan i vredesmod, börjat läsa Guldbergs traktat. Det var en rörande historia, nästan olidlig i sin grå torftighet, språket som en predikan, handlingen utan spänning. Den beskrev en helt igenom god människa, begåvad, rättrådig, vänsäll och av alla älskad, och hur denne hade förförts till fritänkeri. Sedan hade han insett sin förvillelse.

Det var allt.

Han hade mödosamt tagit sig igenom de 186 sidorna, på den danska han endast med självövervinnelse läste, och inget förstått.

Vad ville Guldberg?

Fyra dagar senare hade han återkommit, fått den lilla stolen inburen, satt sig och betraktat fången på sin säng.

– Jag har läst, hade Struensee sagt.

Guldberg hade inte svarat. Han hade bara suttit alldeles stilla, och sedan, efter en lång tystnad, och med helt låg men tydlig röst sagt:

– Er synd är stor. Er lem har besmutsat landets tron, ni borde avskära den och med vämjelse kasta den ifrån er, men ni har också andra synder på ert samvete. Landet har kastats ut i oro, endast Gud och Hans Allsmäktiga Nåd har räddat oss. Danmark är nu räddat. Samtliga era dekret är återkallade. En fast styrelse leder landet. Ni skall nu, skriftligen, medge den skändliga och syndiga intimitet ni haft med Drottningen, bekänna er skuld. Sedan skall ni under ledning av pastor Balthasar Münter, som liksom ni är tysk, avfatta en skriftlig förklaring där ni beskriver er omvändelse, hur ni nu tar avstånd från alla kätterska upplysningsidéer och bekänner er kärlek till Frälsaren Jesus Kristus.

– Är det allt? hade Struensee frågat med som han tyckte återhållen ironi.

– Det är allt.

– Och om jag vägrar?

Guldberg hade suttit där liten och grå och oavvänt stirrat på honom, som alltid utan att blinka.

– Ni kommer inte att vägra. Och därför, eftersom ni kommer att bli villig till denna omvändelse, och därigenom blir ett fromt exempel, liknande det jag i min anspråkslösa bok beskrivit, skall jag personligen se till att er lilla horunge inte skadas. Inte avlivas. Att de många, många!!! som önskar hindra henne från att pretendera på Danmarks tron ej får sin vilja fram.

Då hade Struensee äntligen förstått.

– Er dotter, hade Guldberg med vänlig ton tillagt, är ju er tro på evigheten. Är detta inte fritänkarens tro på det eviga livet? Att det endast existerar genom barnen? Att ert eviga liv endast finnes i detta barn?

– De vågar inte döda ett oskyldigt barn.

– Mod saknas dem icke.

De hade länge suttit tysta. Sedan hade Struensee med en häftighet som överraskat honom själv utbrustit:

– Och vad tror ni på själv? På att Gud utkorat Christian! eller den dräglande arvprinsen???

Och då hade Guldberg alldeles lugnt och stilla sagt:

– Eftersom ni skall dö. Skall ni få veta att jag ej delar er uppfattning att dessa "konungsliga kräk" – det är andemeningen bakom era ord! andemeningen! – icke omfattas av Guds nåd. Att jag tror att dessa små människor också har en uppgift som måhända givits till just dem. Inte till högmodiga, liderliga, beundrade och vackra varelser som ni. Som betraktar dem som kräk.

– Icke gör jag!!! hade Struensee då häftigt inflikat.

– Och! och att Gud har gett mig i uppgift att försvara dem mot ondskans representanter, varav ni är en. Och att min, min, historiska uppgift är att rädda Danmark.

I dörren hade han sagt:

– Tänk över saken. I morgon skall vi visa er maskinerna.

De hade tagit in honom till de rum där maskinerna, de som användes vid de "skarpa förhören", förvarades.

En kapten vid bevakningstruppen hade varit ciceron, och omsorgsfullt redogjort för de olika instrumentens användning. Han hade också berättat om några fall där delinkventen efter endast några minuters behandling varit villig att samarbeta, men där reglementet påbjöd att det skarpa förhöret skulle fortsätta i sin fulla tidsutsträckning. Detta var reglerna, och det var viktigt att båda parter kände till dessa; det funnes annars alltid en risk att den förhörde trodde sig ögonblickligen kunna avbryta marterna, om han så önskade. Men det var icke den förhörde som bestämde det skarpa förhörets längd. Det kunde inte förkortas sedan det var påbörjat, ens av ett fullständigt erkännande; utan detta var förhörskommissionens beslut, och det fattades i förväg.

Efter visningen av instrumenten hade Struensee förts tillbaka till sin cell.

På natten hade han legat vaken, och tidvis gråtit häftigt.

Han hade av kedjornas längd förhindrats att springa med huvudet före in i väggen.

Han var fullständigt infångad, och han visste det.

Följande dag tillfrågades han om en viss pastor Münter kunde besöka honom, en själasörjare som förklarat sig villig att vägleda honom och uppteckna hans omvändelsehistoria.

Struensee hade svarat ja.

2.

Brandt blev, i sin cell, tilldelad prosten Hee, och förklarade sig genast villig att till fullo samarbeta i en omvändelseskrift och inför allmänheten beskriva sin fulla omvändelse, sin syndaskuld och hur han nu kastade sig för Frälsaren Jesu Kristi fötter.

Utan att vara ombedd förklarade han sig dessutom angelägen att ta avstånd från alla upplysningsidéer, och då särskilt de tankar som förfäktades av en herr Voltaire. Om denne kunde han dessutom med desto större sakkunskap uttala sig eftersom han en gång, det var före Konungens europeiska resa, besökt Voltaire, och bott hos denne i fyra hela dagar. Det hade då dock ej varit tal om diskussion av upplysningsidéer, utan om teaterestetiska frågor, något som intresserat Brandt mer än politik. Prosten Hee hade inte velat informeras närmare om dessa samtal om teater, utan sagt sig vara mer intresserad av Brandts själ.

Brandt ansåg för övrigt att han knappast kunde dömas.

I ett brev till sin mor försäkrade han att ”mig kan ingen vara vred på längre tid. Jag har förlåtit alla, liksom Gud har förlåtit mig.”

Under de första veckorna tillbringade han tiden med att vissla och sjunga operaarior, något som han ansåg naturligt till följd av hans titel som ”maître de plaisir”, eller med ett senare uttryck ”kulturminister”. Efter den 7 mars fick han så sin tvärflöjt utlämnad till sig, och förtjuste alla med sitt skickliga flöjtspel.

Han ansåg att det enbart var en tidsfråga när han skulle bli frisläppt, och i ett brev, skrivet i fängelset till konung Christian den sjunde, hade han utbett sig en, ”om än ringa”, amtmanspost.

Först när hans advokat meddelade att den främsta, kanske enda, anklagelsepunkten mot honom skulle bli att han kroppsligen misshandlat Konungen, och således förbrutit sig mot konungamakten, tycks han ha drabbats av oro.

Det var historien med fingret.

Den var så kuriös att han själv nästan glömt den; men han hade ju bitit Christian i pekfingret så att blodvite uppstått. Nu kom den fram. Han ägnade därför allt större kraft åt att, tillsammans med prosten Hee, gestalta sitt avfall från fritänkeriet och sin avsky för de franska filosoferna, och denna omvändelseskrift kom också mycket snabbt att publiceras i Tyskland.

I en tysk tidning blev denna Brandts bekännelse recenserad av en ung Frankfurtstudent vid namn Wolfgang Goethe, då tjugotvå år gammal, som upprörd beskrev det hela som religiöst hyckleri och utgick från att omvändelsen var resultatet av tortyr eller annan form av påtryckning. I Brandts fall var detta dock ej fallet; men den unge Goethe, som senare också upprördes över Struensees öde, hade till artikeln gjort en tuschteckning föreställande den i kedjor fängslade Brandt i cellen, och stående framför honom prosten Hee, som med stora gester undervisar honom om omvändelsens nödvändighet.

Som illustrationstext stod en kortare satirisk dikt, eller dramatisk skiss, kanske Goethes allra första publicerade, som i sin helhet löd:

Propst Hee:
– Bald leuchtest du O Graf im engelheitern Schimmer.
Graf Brandt:
– Mein lieber Pastor, desto schlimmer.

Dock var allt under kontroll.

Den fysiska kontrollen av fångarna var effektiv, den vänstra foten länkad till den högra armen med en halvannan aln lång kedja, och denna kedja med en mycket tung länk fastsatt i muren. Den juridiska kontrollen utvecklades också snabbt. En inkvisitionsdomstol hade tillsatts den 20 januari, därefter det slutliga organet Inkvisitionskommissionen, som till slut kom att omfatta fyrtiotvå medlemmar.

Det fanns bara ett problem. Att Struensee måste och skulle dömas till döden var helt klart. Men det konstitutionella dilemmat överskuggade allt.

Dilemmat var den lilla engelska horan.

Hon var inlåst på Kronborg, hennes fyra år gamle son, Kronprinsen, hade tagits ifrån henne, hon tilläts ännu ha den lilla flickan hos sig, "emedan hon ännu diade". Men Drottningen var av annat och hårdare virke än de övriga fängslade. Hon bekände ingenting. Och hon var trots allt den engelske konungens syster.

Man hade försökt företa vissa förberedande förhör. De hade inte varit uppmuntrande.

Drottningen var det egentliga problemet.

Man sände Guldberg, och en understödjande delegation på tre kommissionsmedlemmar, upp till Hamlets slott för att se vad som kunde göras.

Det första mötet hade varit mycket kort och formellt. Hon hade kategoriskt förnekat att hon och Struensee haft ett intimt förhållande, och att barnet var hans. Hon hade varit rasande, men ytterst formell, och krävt att få samtala med den engelske ambassadören i Köpenhamn.

I dörren hade Guldberg vänt sig om och frågat:

– Jag frågar Er än en gång: är barnet Struensees?

– Nej, hade hon svarat, kort som en pisksnärt.

Men plötsligt skräcken i hennes ögon. Guldberg hade sett den.

Så slutade det första mötet.

Kapitel 17

VINTRAMPAREN

1.

De första förhören med Struensee inleddes den 20 februari, varade från klockan tio till klockan två, och gav intet.

Den 21 februari fortsattes förhören, och man delgav nu Struensee ytterligare bevisning för att han haft ett osedligt och intimt förhållande med Drottningen. Vittnesmålen var, framhävde man, obestridliga. Också de trognaste tjänarna hade vittnat; hade han trott sig omgiven av en inre ring av skyddande varelser som talade hans sak, måste han nu inse att denna inre ring ej existerade. Mot slutet av den tredje dagens långa förhör, och när Struensee frågat om ej Drottningen nu snart skulle ge befallning att denna skändliga fars avbröts, meddelade man honom att Drottningen var arresterad och hade placerats på Kronborg, att Konungen önskade inleda skilsmässoförhandlingar, och att Struensee i varje fall, om han nu trott detta, inte kunde påräkna stöd från henne.

Struensee hade stirrat som förlamad på dem, och så förstått. Han hade plötsligt brustit ut i vild och okontrollerad gråt och bett att få bli förd tillbaka till sin cell för att tänka över sin situation.

Inkvisitionskommissionen vägrade honom givetvis detta, eftersom man gjorde bedömningen att Struensee nu var i obalans och att ett erkännande var nära, och beslöt förlänga denna dags förhör. Struensees gråt ville ej upphöra, han var översiggiven, och erkände så plötsligt, ”under stor förtvivlan och uppgivenhet”, att han verkligen stått i ett intimt förhållande till Drottningen, att samlag (”Beiwohnung”) ägt rum.

Den 25 februari undertecknade han det kompletta erkännandet.

Nyheten spreds snabbt över hela Europa.

Upprördhet och förakt kännetecknade kommentarerna. Struensees handlande fördömdes, alltså inte hans intima förhållande med Drottningen, utan hans erkännande. En fransk analytiker skrev vid meddelandet att ”en fransman skulle ha berättat för alla i hela världen, men aldrig någonsin erkänt”.

Uppenbart var också att Struensee nu undertecknat sin egen dödsdom.

En kommission på fyra man sändes upp till Kronborg för att delge Drottningen Struensees skriftliga erkännande. Enligt direktiven skulle Drottningen endast få läsa en bevittnad avskrift. Originalet skulle medföras, hon skulle få tillfälle att kontrollera avskriftens autenticitet mot detta, men under inga omständigheter få fysisk tillgång till originalet; det skulle hållas upp för Drottningen, men aldrig överlåtas i Drottningens hand.

Man kände hennes beslutsamhet, och fruktade hennes raseri.

2.

Hon satt alltid i fönstret och såg ut över Öresund, som för första gången under hela den tid hon levt i Danmark var igenfruset och snötäckt.

Snön drev ofta i tunna stråk över isen, och det var ganska vackert. Hon hade bestämt sig för att snödrev över is var vackert.

Hon tyckte inte mycket i detta land var vackert numera. Egentligen var allting fult och isgrått och fientligt, men hon tog fasta på det som kunde vara vackert. Snödrevet över isen var vackert. I varje fall ibland, särskild den enda eftermiddag när solen brutit igenom och några minuter gjorde allting, ja, vackert.

Men hon saknade fåglarna. Hon hade lärt sig älska dem under tiden före Struensee, när hon stått vid stranden och sett hur de låg "inborrade i sina drömmar" – det var det uttrycket hon använt senare när hon berättat för Struensee – och ibland lyft och försvunnit in i den lågt hängande dimman. Det att fåglarna drömde hade blivit så viktigt: att de hade hemligheter och drömde och kunde älska, som träd kunde älska, och att fåglarna "förväntade sig", och hyste hopp, och så plötsligt lyfte och piskade med vingspetsarna mot den kvicksilvergrå ytan och försvann till något. Till något, ett annat liv. Det hade känts så fint.

Men nu fanns det inga fåglar.

Detta var Hamlets slott, och hon hade sett en föreställning av "Hamlet" i London. En sinnessjuk konung som tvingade sin älskade till självmord; hon hade gråtit när hon sett teaterstycket, och första gången hon besökt Kronborg hade slottet varit så stort, på något sätt. Nu var det inte stort. Det var bara en fasansfull historia där hon själv var infångad. Hon hatade Hamlet. Hon ville inte att hennes liv skulle skrivas av ett teaterstycke. Hon tänkte sig att detta liv ville hon skriva själv.

”Infångad av kärlek” hade Ofelia dött, vad var det hon nu själv var infångad i? Var det som med Ofelia, i en kärlek; ja det var i en kärlek. Men hon hade ingen avsikt att bli sinnessjuk och dö. Hon hade för avsikt att icke, icke under några omständigheter, bli en Ofelia.

Hon ville icke bli teater.

Hon hatade Ofelia och hennes blommor i håret och hennes offerdöd, och hennes sinnessjuka sång som bara var löjlig. Jag är bara tjugo år; hon upprepade det ständigt för sig själv, hon var tjugo år och icke infångad i ett danskt teaterstycke skrivet av en engelsman, och inte infångad i någon annans sinnessjukdom, och hon var ännu ung.

O keep me innocent, make others great. Det var tonen från Hamlets Ofelia. Så löjligt.

Men fåglarna hade övergett henne. Var det ett tecken?

Hon hatade också allt som var kloster.

Hovet var kloster, hennes mor var kloster, Änkedrottningen var kloster, Kronborg var kloster. I kloster var man utan egenskaper. Holberg var inte kloster, fåglar var inte kloster, att rida i mansdräkt var inte kloster, Struensee var inte kloster. I femton år hade hon levt i moderns kloster och varit utan egenskaper, nu satt hon i ett slags kloster igen, däremellan låg Struensees tid. Hon satt i fönstret och stirrade ut över snödrevet och försökte förstå vad Struensees tid varit.

Det var att växa, från att vara ett barn som trodde sig vara femton år till att bli hundra år, och ha lärt.

På fyra år hade allting hänt.

Först det förfärliga med den lille galne kungen som betäckt henne, sedan hovet som var sinnessjukt, liksom Kungen, som hon dock ibland hade älskat; nej, fel ord. Inte älskat. Hon sköt bort det. Först klostret, sedan de fyra åren. Då hade det skett så snabbt; hon hade förstått att hon inte varit utan egenskaper och, det mest fantastiska av allt, hon hade lärt dem – dem!!! – att hon inte var utan egenskaper, och därför lärt dem känna fruktan.

Flickan som drog ut att lära dem känna fruktan.

Struensee hade en gång berättat en gammal tysk folksaga för henne. Det var om en pojke som inte kunnat känna fruktan; han hade dragit ut i världen ”att lära fruktan att känna”. Just så tyskt stelt, och gåtfullt, hade uttrycket varit. Hon hade tyckt att sagan var egendomlig, och hon mindes den nästan inte.

Men hon kom ihåg titeln: ”Pojken som drog ut att lära fruktan att känna”.

Han hade berättat den på tyska. Pojken som drog ut att lära fruktan att känna. Med hans röst, och på tyska, hade uttrycket ändå varit vackert, nästan magiskt. Varför hade han berättat den? Var det en berättelse som han velat förmedla om sig själv? Ett hemligt tecken? Efteråt hade hon tyckt att han berättat om sig själv. Det fanns nämligen en annan pojke i sagan också. Han var den kloka, begåvade, goda och älskade; men han hade varit förlamad av fruktan. För allt, för alla. Allting gjorde honom skräckslagen. Han hade varit full av goda egenskaper, men fruktan hade förlamat dem. Den begåvade pojken var förlamad av fruktan.

Men Den Dumme Brodern visste inte vad fruktan var.

Det var Den Dumme som var segraren.

Vad var det för historia Struensee velat berätta för henne? Om sig själv? Eller ville han berätta om henne? Eller om deras fiender, och om hur det var att leva; villkoren, de villkor som fanns, men som de inte ville anpassa sig till? Varför denna löjliga godhet i godhetens tjänst? Varför hade han inte utrensat fienderna, landsförvisat, mutat, anpassat sig till det stora spelet?

Var det för att han varit rädd för ondskan, så rädd att han inte velat besmutsa sina fingrar med den, och därför nu förlorat allt?

Det hade kommit en delegation på fyra, berättat för henne att Struensee hade kastats i fängelse, att han bekänt.

De hade antagligen torterat honom. Hon var nästan helt säker. Och då hade han självfallet bekänt allt. Struensee behövde inte dra ut i världen för att lära fruktan att känna. Innerst inne hade han alltid varit rädd. Hon hade sett det. Han tyckte inte ens om att utöva makt. Det förstod hon inte. Hon hade ju känt sin egen glädje när hon första gången förstod att hon själv kunnat injaga skräck.

Men inte han. Det var något grundläggande fel med honom. Varför utvaldes alltid de felaktiga människorna att göra det goda? Det kunde inte vara Gud som gjorde det. Det måste vara Djävulen som utvalde godhetens redskap. Då tog han de ädla som kunde känna fruktan. Och om de goda inte kunde döda och förinta, då var det goda hjälplöst.

Så förfärligt. Måste det verkligen vara så? Var det så att hon själv, som saknade rädsla, och tyckte om att utöva makt, och kände lycka när hon visste att de var rädda för henne, att det var människor som hon som skulle ha genomfört den danska revolutionen?

Inga fåglar därute. Varför fanns inga fåglar nu när hon behövde dem?

Han hade berättat en historia för henne om en ung pojke som hade allt, men kände rädsla. Men det var den andre pojken i sagan som var hjälten. Det var den onde, elake, enfaldige, som saknade rädsla, som var segraren.

Hur kunde man besegra världen om man bara var god, och saknade mod att vara ond? Hur skulle man då kunna sätta en hävstång under världens hus?

Oändlig vinter. Snödrev över Öresund.

När skulle det ta slut?

Fyra år hade hon levat. Egentligen mindre. Det hade börjat på Hofteatret, då hon bestämt sig, och kysst honom. Var det inte våren 1770? Det betydde att hon levt i bara två år.

Så snabbt det gick att växa. Så snabbt det gick att dö.

Varför måste hon älska just Johann Friedrich Struensee så fruktansvärt, när det goda var dömt att gå under, och de som inte kunde känna fruktan måste segra.

”O keep me innocent, make others great.”

Så oändligt länge sedan.

3.

Delegationen på fyra hade intet åstadkommit.

Fyra dagar senare återkom Guldberg.

Guldberg hade kommit ensam, gjort ett tecken till vakterna att stanna utanför dörren och satt sig på en stol och sett rakt och oavlåtligt på henne. Nej, denne lille man var ingen

Rantzau, ingen feg förrädare, han fick inte underskattas, han var inte att leka med. Förut hade hon tyckt att han var närmast grotesk i sin grå litenhet; men det var som om han förändrats, vad var det som förändrats? Han var inte obetydlig. Han var en livsfarlig motståndare och hon hade underskattat honom, nu satt han på sin stol och såg oavlåtligt på henne. Vad var det med hans ögon? Man sade att han aldrig blinkade, men var det inte något annat? Han hade talat mycket lågt och lugnt till henne, kallt konstaterat att Struensee nu erkänt, som hon just fått meddelande om, och att Konungen nu önskade skilsmässa och att ett erkännande från henne var nödvändigt.

– Nej, hade hon lika lugnt svarat honom.

– I så fall, hade han sagt, har Struensee beljugit Danmarks drottning. Då måste hans straff skärpas. Då tvingas vi att döma honom till döden genom långsam rådbråkning.

Han hade sett på henne alldeles lugnt.

– Ditt svin, hade hon sagt. Och barnet?

– Man får alltid betala ett pris, hade han sagt. Betala!

– Och det betyder?

– Att bastarden och horungen måste skiljas från Er.

Hon visste att hon måste bevara sitt lugn. Det gällde barnet, och hon måste hålla sig lugn och tänka klart.

– Jag förstår bara inte en sak, hade hon sagt med sin mest kontrollerade stämma, som ändå tycktes henne spröd och skakande, jag förstår inte denna hämndlystnad. Hur är en människa som ni skapad. Av Gud? Eller av Djävulen?

Han hade sett länge på henne.

– Liderligheten har sitt pris. Och min uppgift är att övertyga Er om att skriva under ett erkännande.

– Men ni svarade inte, hade hon sagt.

– Skall jag verkligen svara?

– Ja. Verkligen.

Han hade då mycket stillsamt tagit upp en bok ur sin ficka, tankfullt sökt i den, bläddrat, och börjat läsa. Det var Bibeln. Han hade egentligen en vacker stämma, tyckte hon plötsligt, men det var något fruktansvärt med denna stillhet, detta lugn, och den text han läste upp. Detta, hade han sagt, är Jesaja det trettiofjärde kapitlet, kan jag läsa ett stycke, hade han sagt, *Ty Herren är förtörnad på alla folk*, hade han börjat utan att invänta ett svar, *och vred på all deras här; han giver dem till spillo, han överlämnar dem till att slaktas. Deras slagna kämpar ligga bortkastade, och stank stiger upp från deras döda kroppar, och bergen flyta av deras blod. Himmelens hela härskara förgås, och himmelen själv hoprullas såsom en bokrulle; hela dess härskara faller förvissnad ned, lik vissnade löv från vinrankan, lik vissnade blad ifrån fikonträdet*, och han vände bladet ganska långsamt och eftertänksamt som om han lyssnat till musiken i orden, o Gud, tänkte hon, hur kunde jag någonsin tro att denne man var obetydlig, *Ty mitt svärd har druckit sig rusigt i himmelen; se, det far ned på Edom till dom, på det folk jag har givit till spillo. Ja, ett svärd har Herren, det dryper av blod och är dränkt i fett, i lamms och bockars blod, i fett ifrån vädurars njurar*, ja, och hans röst ökade långsamt i styrka och hon kunde inte underlåta att stirra på honom i något som liknade fascination, eller skräck, eller bådadera, *deras land dricker sig rusigt av blod, och deras jord bliver dränkt i fett. Ty detta är en Herrens hämndedag, ett vedergällningens år, då han utför Sions sak. Då bliva Edoms bäckar förvandlade till tjära och dess jord till svavel; ja, dess land bliver förbytt i brinnande tjära. Varken natt eller dag skall den branden slockna, evinnerligen skall röken därav stiga upp. Från släkte till släkte skall landet ligga öde, aldrig i evighet skall någon gå där fram. /.../ Av dess ädlingar skola inga finnas kvar där, som kunna utropa någon till konung; och alla dess furstar få en ände. Dess palatser fyllas av törne, nässlor och tistlar växa i dess fästen; och det bliver en boning för ökenhundar och ett tillhåll för strutsar. Schakaler bo där tillsammans med andra ökendjur, och gastar ropa till varandra; ja, där kan Lilit få ro, där kan hon finna en vilostad,* ja, fortsatte han med samma lugna intensiva röst, det är profetens ord, jag läser detta endast för att ge bakgrunden till Herrens ord om det straff som drabbar dem som strävar efter orenhet och förruttnelse, orenhet och förruttnelse, upprepade han och såg stadigt på henne, och plötsligt såg hon hans ögon, nej, det var inte att de inte blinkade, men de var ljusa, nästan isblå, som en vargs, de var alldeles vita och farliga och det var detta som skrämt alla, inte att han inte blinkade, men att de var så outhärdligt isblå som vargars, och han fortsatte med samma lugna röst: nu kommer vi till den passage som Änkedrottningen, på min inrådan, anbefallt till läsning i landets kyrkor nästkommande söndag, som tacksägelse för att landet ej tvingas dela Edoms öde, och jag läser nu ur profeten Jesajas sextiotredje kapitel; och han harklade sig, fäste åter blicken i sin uppslagna bibel och läste den text som det danska folket skulle åhöra kommande söndag. *Vem är han som kommer från Edom, från Bosra i högröda kläder, så präktig i sin dräkt, så stolt i sin stora kraft? "Det är jag, som talar i rättfärdighet, jag, som är en mästare till att frälsa." Varför är din dräkt så röd? Varför likna dina kläder en vin-*

trampares? "Jo, en vinpress har jag trampat, jag själv allena, och ingen i folken bistod mig. Jag trampade dem i min vrede, trampade sönder dem i min förtörnelse. Då stänkte deras blod på mina kläder, och så fick jag hela min dräkt nedfläckad. Ty en hämndedag hade jag beslutit, och mitt förlossningsår hade kommit. Och jag skådade omkring mig, men ingen hjälpare fanns; jag stod där i förundran, men ingen fanns som understödde mig. Då hjälpte mig min egen arm, och min förtörnelse understödde mig. Jag trampade ned folken i min vrede och gjorde dem druckna i min förtörnelse, och jag lät deras blod rinna ned på jorden.

Så slutade han läsa, och såg upp på henne.

– Vintramparen, hade hon då sagt, som för sig själv.

– Jag fick en fråga, hade Guldberg sagt. Och ville inte undvika att besvara den. Nu har jag gjort det.

– Ja? viskade hon.

– Därför.

Ett ögonblick hade hon tänkt, när hon betraktade vintramparen i hans långsamma, metodiska läsning, att kanske var det en vintrampare Struensee behövt vid sin sida.

Lugn, stillsam, med isblå vargögon, blodbefläckad klädnad och med sinne för det stora spelet.

Hon hade nästan mått illa när hon tänkt det. Struensee skulle aldrig ha lockats av tanken. Det var att hon själv kände sig lockad som gjorde henne illamående. Var hon en Lilit.

Hade hon en vintrampare inom sig.

Fast hon intalade sig att aldrig. Vart skulle då allt ta vägen. Vart tog det då vägen.

Till sist skrev hon under.

Ingenting om den lilla flickans börd. Men om otroheten; och hon skrev med stadig hand, med raseri, och utan detaljer; hon erkände i denna fråga ”detsamma som greve Struensee har erkänt”.

Hon skrev med stadig hand, och för att han inte skulle bli torterad långsamt till döds för att ha beskyllt henne för lögn, och sålunda skymfat konungamakten, och eftersom hon visste att hans skräck för detta måste vara så stor; men det enda hon kunde tänka var *men barnen, barnen, och pojken är ju så stor men lillflickan, som jag ju måste ge di, och de tar henne och de kommer att omges av vargarna, och hur skall det gå, och lilla Louise, de tar dem ifrån mig, vem skall då amma henne, vem skall omsluta henne med sin kärlek bland dessa vintrampare.*

Hon skrev på. Och hon visste att hon inte längre var den modiga flicka som icke visste vad fruktan var. Fruktan hade till sist uppsökt henne, fruktan hade funnit henne, och hon visste till sist vad fruktan var.

4.

Till sist tilläts det engelska sändebudet Keith att besöka den fängslade drottningen.

Problemet hade lyfts till en högre nivå. Det stora spelet hade inletts, det stora spelet gällde dock inte de två fängslade grevarna, inte heller de mindre syndare som samtidigt arresterats. De senare hade släppts och förvisats och fallit i onåd eller fått mindre förläningar och ursäktats och försetts med pensioner.

De mindre syndarna försvann i stillhet.

Reverdil, den försiktige reformatorn, Christians informator, barnvakten och pojkens älskade rådgivare så länge råd kunde ges, utvisades också. Han hade fått en veckas husarrest men suttit lugn och väntat, det hade kommit motstridande depescher; till sist ett översvallande och hövligt utvisningsbrev som anmodade honom att uppsöka sitt hemland så snart som möjligt, för att där finna lugnet.

Han hade förstått. Han reste mycket långsamt bort från stormens centrum, eftersom, som han skriver, han inte ville ge intryck av att han flydde. Han försvann på detta sätt ur historien, skjutshåll för skjutshåll, återhållsam i sin flykt, än en gång bortvisad, mager och kutryggig, sorgsen och klarsynt, med sitt envisa hopp levande, försvann som en mycket långsam aftonrodnad. Det är en dålig bild, som dock passar till Élie Salomon François Reverdil. Kanske skulle han ha beskrivit det så, om han begagnat ännu en av de bilder av långsamheten som dygd han älskade att använda: de om de försiktiga revolutionerna, de långsamma reträtterna, om upplysningens gryning och skymning.

Det stora spelet gällde inte bifigurerna.

Det stora spelet gällde den lilla engelska horan, den lilla prinsessan, Danmarks krönta drottning, Georg den tredjes syster, den av kejsarinnan Katarina av Ryssland så uppskattade upplysningskvinnan på Danmarks tron; alltså den lilla fängslade, gråtande, absolut villrådiga och rasande Caroline Mathilde.

Denna Lilit. Denna djävulens ängel. Som dock var mor till de två kungliga barnen, vilket gav henne makt.

Guldbergs analys hade varit kristallklar. Man hade fått hennes medgivande till otroheten. En skilsmässa var nödvändig för att förhindra att hon, och hennes barn, gjorde maktanspråk. Den härskande gruppen runt Guldberg var nu, det medgav han, exakt som Struensee varit, helt beroende av den sinnessjuke konungens legitimering. Gud hade gett makten. Men Christian var fortfarande det Guds finger som gav livets, nådens och maktens gnista till den som besatt kraften att erövra det maktens svarta tomrum som Konungens sjukdom skapat.

Livläkaren hade besökt detta tomrum, och uppfyllt det. Nu var han borta. Andra besökte då tomrummet.

Situationen var i grunden oförändrad, fast omvänd.

Det stora spelet gällde nu Drottningen.

Christian hade erkänt den lilla dottern som sin. Att förklara henne som bastard vore en skymf mot honom, skulle minska kraften i hans legitimering av den nya regimen. Var flickan bastard kunde modern tillåtas behålla henne; inget skäl då att kvarhålla flickan i Danmark. Det fick inte ske. Christian fick heller inte förklaras som sinnessjuk, av samma skäl; då gick makten tillbaka till hans legitime son, och indirekt till Caroline Mathilde.

Ergo skulle otroheten däremot fastslås. Skilsmässa måste ske.

Frågan var hur den engelska monarken skulle reagera vid denna skymf mot hans syster.

Det kom en period av oklarhet; krig eller ej? Georg den tredje lät utrusta en stor flotteskader, för angrepp mot Danmark om Caroline Mathildes rättigheter skymfades. Men samtidigt började engelska tidningar och pamfletter publicera delar av Struensees erkännanden. Den engelska tryckfriheten var beundransvärd och notorisk, och den fantastiska historien om den tyske läkaren och den lilla engelska drottningen oemotståndlig.

Men krig, för detta?

Det framstod, allteftersom veckorna gick, som allt svårare att gå in i ett storkrig på grund av sårad nationell ära. Caroline Mathildes sexuella otrohet gjorde det offentliga stödet osäkert. Många krig hade inletts på mindre och egendomligare premisser, men England tvekade nu.

Det blev en kompromiss. Drottningen skulle slippa den planerade interneringen på livstid i Aalborghus. Skilsmässa skulle accepteras. Barnen skulle tas ifrån henne. Hon skulle på livstid förvisas från Danmark, och tvingas till frivillig men kontrollerad vistelse på ett av den engelske konungens slott i hans tyska besittningar, i Celle, i Hannover.

Drottningtiteln skulle hon behålla.

Den 27 maj 1772 ankom till Helsingörs hamn en liten engelsk eskader, bestående av två fregatter och en chaloupe, en kungajakt.

Samma dag togs barnet ifrån henne.

De hade dagen innan meddelat henne att överlämnandet av barnet skulle ske följande dag, men hon hade ju förstått sedan länge, det var bara tidpunkten som varit ångestfyllt osäker. Hon hade inte låtit den lilla vara i fred utan ständigt gått omkring med henne i famnen; flickan var nu tio månader gammal och kunde gå om man höll henne i handen. Flickan var beständigt vid gott lynne, och Drottningen tillät ingen av hovdamerna att sysselsätta sig med henne dessa sista dagar. När barnet tröttnat på de ganska enkla lekar som Drottningen kunnat sysselsätta henne med, och på detta sätt också sig själv, kom klädbestyren att spela en viktig roll. Dessa antog en närmast manisk karaktär, *jag har erkänt allt vad gjorde jag för fel bara jag fått behålla flickan och Gud är du en vintrampare jag ser hur de kommer med blodiga kläder och dessa vargar skall nu vårda,* men ofta tycktes hennes sätt att på- och avkläda barnet, ibland av nödvändiga skäl, ofta helt i onödan, vara ett slags ceremonier, eller besvärjelser, för att för alltid erövra den lilla flickans gunst; på förmiddagen den 27 maj, när Drottningen sett de tre fartygen ankra på redden hade hon ett tiotal gånger bytt kläder på den lilla, helt igenom meningslöst, och invändningar från hovdamerna hade endast bemötts med häftighet och utbrott av vrede och tårar.

När den av den nya danska regeringen utsända delegationen anlänt hade Drottningen helt förlorat besinningen. Hon hade vrålat obehärskat, vägrat lämna ifrån sig barnet, och endast delegationens bestämda uppmaningar till henne att ej skrämma det oskyldiga lilla barnet, utan iaktta värdighet och fasthet, hade fått henne att upphöra med sin beständiga gråt, *men denna förnedring o vore jag en vintrampare i detta ögonblick men flickan.*

Man hade till slut lyckats slita barnet från henne, utan att skada vare sig barnet eller Drottningen själv.

Hon hade efteråt som vanligt stått i sitt fönster, och till synes alldeles lugnt och med uttryckslöst ansikte stirrat söderut, mot Köpenhamn.

Allting tomt. Inga tankar. Lilla Louise var överlämnad till den danska vargflocken.

5.

Den 30 maj klockan sex om eftermiddagen verkställdes utlämningen. Då landsteg de engelska officerarna, eskorterade av en femtio man stark skyddsvakt av beväpnade engelska matroser, för att hämta Caroline Mathilde.

Mötet med de danska militära bevakningstrupperna på Kronborg hade varit mycket uppseendeväckande. De engelska officerarna hade inte hälsat den danska bevakningen på övligt sätt, inte växlat ett ord med danska hovmän eller officerare, bara bemött dem med kyla, och med det yttersta förakt. De hade bildat hedersvakt runt Drottningen, hälsat henne med hedersbetygelser, från fartygen hade salutsalvor avlossats.

I hamnen hade hon gått mellan uppställda rader av engelska soldater som skyldrat gevär.

Så hade hon förts ombord på den engelska slupen, och förts ut till fregatten.

Drottningen hade varit mycket samlad och lugn. Hon hade vänligt samtalat med sina landsmän, som med sitt förakt för de danska bevakningstrupperna önskat visa sitt avståndstagande för det sätt på vilket hon behandlats. De omslöt henne med något som inte kunde beskrivas i militära termer, men kanske var kärlek.

De hade väl bestämt sig för att hon ändå var deras lilla flicka. Ungefär så. Alla beskrivningar av denna avfärd uttrycker detta.

Man hade gjort henne illa. Man ville visa danskarna sitt förakt.

Hon hade gått mellan leden av skyldrande engelska matroser, lugn och sammanbiten. Inget leende, men heller inga tårar. På detta sätt var hennes avfärd från Danmark olik hennes ankomst. Då hade hon gråtit, utan att veta varför. Nu grät hon inte, fast hon haft skäl; men hon hade bestämt sig.

De hade hämtat henne, under militära hedersbetygelser, med förakt för dem hon lämnade, och med kärlek. Så var det när den lilla engelskan återhämtades från sitt besök i Danmark.

Kapitel 18

FLODEN

1.

Hämndens och Vintramparens dag skulle komma.

Men det var något i detta mycket lockande som tycktes fel. Guldberg förstod inte vad. Man hade läst predikotexten i kyrkorna, med den ena uttolkningen förfärligare än den andra; Guldberg hade funnit det riktigt att så skedde, han hade ju själv utvalt den riktiga texten, den var också riktig, Änkedrottningen hade instämt, domen och hämndens dag hade kommit, *jag trampade ned folken i min vrede och gjorde dem druckna i min förtörnelse, och jag lät deras blod rinna ned på jorden*, det var de riktiga orden, och rättvisa skulle skipas. Men när han hade läst texten för den lilla engelska horan hade det ändå varit så förfärligt. Varför hade hon sett på honom på det sättet? Hon hade fört syndens smitta in i detta danska rike, det var han säker på, hon var Lilit, *schakaler bo där tillsammans med andra ökendjur och gastar ropa där till varandra; ja, där kan Lilit få ro, där kan hon finna en vilostad*, hon förtjänade detta, han visste ju att hon var Lilit, och hon hade tvingat ner honom på knä vid hans säng och hennes makt var stor, *och Herre, hur skydda vi oss mot denna syndens smitta.*

Men han hade sett hennes ansikte. När han lyft blicken från den rättvisa och riktiga bibeltexten hade han bara sett hennes ansikte, och efteråt hade det skymt allt och han hade inte sett Lilit utan bara ett barn.

Denna plötsligt alldeles nakna oskuld. Och så barnet.

Två veckor efter det andra mötet med drottning Caroline Mathilde, innan dom ännu fallit, hade plötsligt Guldberg drabbats av förtvivlan. Det var den första gången i hans liv, men han ville beteckna det som förtvivlan. Något annat begrepp fann han inte.

Det som skett var följande.

Förhören med Struensee och Brandt var nu mycket nära att vara avslutade, Struensees skuld var uppenbar, domen kunde bara bli döden. Guldberg hade då besökt Änkedrottningen.

Han hade för henne talat om det som var det klokaste.

– Det klokaste, hade han börjat, det klokaste ur politisk synpunkt vore icke dödsstraff utan en något mildare...

– Den ryska kejsarinnan, hade Änkedrottningen avbrutit honom, önskar benådning, om detta behöver jag inte upplysas. Liksom den engelske konungen. Liksom vissa andra monarker drabbade av upplysningens smitta. Jag har dock ett svar på detta.

– Och det är?

– Nej.

Hon hade varit oåtkomlig. Hon hade plötsligt börjat tala om den stora renhetens präriebrand som skulle svepa över världen och förinta allt, allt som varit Struensees tid. Och då fanns det inget utrymme för barmhärtighet. Och så hade hon fortsatt, och han hade lyssnat, allting tycktes vara ett eko av vad han själv sagt *men o Gud finnes då verkligen ej plats för kärleken eller är den endast smuts och liderlighet* och han kunde inte mer än instämma. Fast han hade sedan åter börjat tala om det kloka, och förnuftiga, och att den ryska kejsarinnan, och den engelske konungen, och riskerna för svåra förvecklingar, men det kanske inte var det han menade utan *varför måste vi avskära oss från detta som kallas kärleken och är den endast straffande som vintramparens kärlek* och Änkedrottningen hade ej lyssnat.

Han hade känt något som liknade svaghet växa fram inom sig, och blivit förtvivlad. Det var förtvivlans grund.

På natten hade han länge legat vaken och stirrat rakt upp i det mörker där den hämnande Guden fanns, och nåden, och kärleken, och rättvisan. Det var då han gripits av förtvivlan. Det fanns ingenting där i mörkret, det fanns ingenting, bara tomhet, och en stor förtvivlan.

Vad är det för ett liv, hade han tänkt, när rättvisan och hämnden segrar, och jag icke i mörkret kan se Guds kärlek, utan endast förtvivlan, och tomhet.

Följande dag hade han bemannat sig.

Han hade då besökt Konungen.

Med Christian var det så, att han tycktes ha uppgivit allt. Han hyste skräck för allt, satt darrande i sina rum, åt endast motvilligt av den mat som nu alltid bars in till honom, och talade endast till hunden.

Negerpagen Moranti var försvunnen. Kanske hade han den hämndens natt när han sökt skydda sig under lakanet, som Christian lärt honom, men ändå inte kunnat fly, kanske hade han den natten gett upp, eller velat återvända till något som ingen kände till. Eller dödats under den natt när Köpenhamn exploderat och det obegripliga raseriet gripit alla och alla vetat att något varit slut och att vreden måste riktas mot något, och av skäl som ingen förstod, men att vreden fanns och hämnd måste utkrävas; ingen såg honom efter den natten. Han försvann ut ur historien. Christian hade låtit eftersöka honom, men det hade varit fruktlöst.

Nu hade han bara hunden kvar.

Guldberg hade oroats av rapporterna om Konungens tillstånd, och hade själv velat bedöma vad som var på väg att ske med Monarken; han hade gått in till Christian och talat vänligt och lugnande till honom, försäkrat att alla anslag mot Konungens liv nu var avvärjda, och att han kunde känna sig säker.

Efter en stund hade så Konungen, i viskande ton, börjat "anförtro" Guldberg vissa hemligheter.

Han hade tidigare, hade han sagt till Guldberg, haft vissa villfarelser, som att hans moder, drottning Louise, haft en engelsk älskare som blivit hans far. Och ibland hade han trott att Katarina den stora av Ryssland varit hans mor. Att han på något sätt var "förbytt" var dock hans övertygelse. Han kunde vara ett "förbytt" barn till en bonde. Ordet "förbytt" använde han ständigt, som antingen tycktes betyda att en förväxling skett eller att han blivit medvetet bortbytt.

Nu hade han dock blivit helt säker. Drottningen, Caroline Mathilde, var hans mor. Att hon nu satt fängslad på Kronborg var för honom det mest skrämmande. Att hon var hans mor var dock helt klart.

Guldberg hade lyssnat alltmer uppskrämd och villrådig.

Christian tycktes i sin nuvarande "säkerhet", eller rättare sagt sin nu helt säkra sinnessjuka bild av sig själv, blanda in element från Saxos skildring av Amleth; engelsmannen Shakespeares ”Hamlet”, som Guldberg väl kände till, kunde inte Christian ha sett (den kom ju inte att spelas under uppehållet i London) och någon dansk föreställning hade ännu inte förekommit.

Christians förvirring, och hans egendomliga vanföreställning om sin börd, var inte ny. Sedan våren 1771 hade den blivit alltmer uppenbar. Att han upplevde verkligheten som teater var numera väl bekant för alla. Men om det nu var så, att han trodde sig delaktig i en teaterföreställning där Caroline Mathilde var hans mor, då måste Guldberg med oro fråga sig vilken roll han tilldelade Struensee.

Och hur Christian själv i detta verkliga teaterstycke skulle handla. Vilken text skulle han följa, och vilken tolkning skulle ske? Vilken roll avsåg han att tilldela sig själv? Att en sinnesförvirrad trodde sig deltaga i en teaterföreställning var ju alls ej ovanligt. Men denne aktör såg inte verkligheten symboliskt, eller bildligt, och var ej heller maktlös. Trodde han sig deltaga i en teaterföreställning hade han makt att göra teatern till verklighet. Ännu var det ju så, att en order, och ett direktiv, från Konungens hand skulle åtlydas. Han hade den hela formella makten.

Fick han möjlighet att uppsöka sin älskade ”moder”, och utnyttjas av henne, kunde allt ske. Att döda en Rosenkranz, Gyldenstern eller Guldberg var bara alltför lätt.

– Jag önskar, hade Guldberg sagt, att jag finge ge Ers Majestät råd i denna ytterligt intrikata fråga.

Christian hade då endast stirrat ner på sina bara fötter, han hade tagit av sig sina skor, och mumlande sagt:

– Vore endast Universums Härskarinna här. Vore hon endast här, och kunde. Och kunde.

– Vad, hade Guldberg frågat, kunde vad?

– Kunde ge mig sin tid, hade Christian viskat.

Guldberg hade då gått. Han hade också befallt att bevakningen av Konungen skulle förstärkas, och att denne under inga omständigheter finge komma i kontakt med någon utan Guldbergs skriftliga tillstånd.

Och han kände med lättnad att hans tillfälliga svaghet gett vika, att hans förtvivlan var borta, och att han åter kunde handla på ett helt igenom förnuftigt sätt.

2.

Prästen för den tyska Sankt Petri-församlingen, teol. dr Balthasar Münter, hade på regeringens uppdrag besökt Struensee i hans fängelse första gången den 1 mars 1772.

Det hade gått sex veckor efter den natt då Struensee hade fängslats. Och han hade långsamt brutit samman. Det var två sammanbrott. Först det lilla, inför Inkvisitionskommissionen, då han erkänt och prisgivit Drottningen. Sedan det stora, det inre.

Först, efter sammanbrottet i Inkvisitionsdomstolen, hade han inte känt någonting alls, bara förtvivlan, och tomhet, men sedan hade skammen kommit. Det var en skuld och en skam som tog honom i besittning som ett kräftdjur och åt upp honom inifrån. Han hade bekänt, han hade utsatt henne för den största förnedring; vad skulle nu ske med henne. Och barnet. Han hade inte vetat sig någon levandes råd och inte kunnat tala med någon, bara Bibeln hade funnits och han hatade tanken att trygga sig till den. Guldbergs bok, om den nu lyckligt omvände fritänkaren, hade han redan läst tre gånger, och för varje gång hade den tyckts honom allt naivare och mer uppblåst. Men han hade ingen att tala med, och om nätterna hade kylan varit svår och länkarna hade skavt sår kring hans anklar och handleder och de vätskade; men det var inte det.

Det var tystnaden.

En gång hade man kallat honom ”Den tyste”, eftersom han lyssnade, men nu förstod han vad tystnaden var. Den var ett hotfullt djur som väntade. Ljuden hade tagit slut.

Det var då prästen hade kommit.

För varje natt tycktes han driva allt längre tillbaka i minnet.

Han drev långt. Tillbaka till Altona, och längre ändå: tillbaka till barndomen som han nästan aldrig velat tänka på, men nu kom det. Han drev tillbaka till det obehagliga, till det fromma hemmet och modern som icke varit sträng, utan fylld med kärlek. Prästen hade vid ett av de första mötena medfört ett brev från Struensees far, och fadern hade gett uttryck för deras förtvivlan, ”din upphöjelse, som vi hört om genom tidningarna, har ej glatt oss”, och nu var, skrev han, förtvivlan oändlig.

Modern hade bifogat några ord om sorg och medkänsla; men brevets andemening var att endast en total omvändelse och underkastelse under Frälsaren Jesus Kristus och Hans nåd skulle kunna rädda honom.

Det var olidligt.

Prästen hade suttit på en stol och lugnt betraktat honom och med sin försynta stämma benat upp hans problem i logiska strukturer. Det var inte känslolöst. Prästen hade sett hans sår och beskärmat sig över denna grymma behandling, och låtit honom gråta. Men när prästen Münter talade hade Struensee plötsligt erfarit denna egendomliga underlägsenhetskänsla, detta att han icke var någon tänkare, ingen teoretiker, att han bara var en läkare från Altona och alltid velat sitta tyst.

Och att han var otillräcklig.

Men det bästa var att den lille prästen med sitt skarpa magra ansikte och de lugna ögonen formulerade ett problem som trängde undan det värsta. Det värsta var inte döden, eller smärtorna, eller att han kanske skulle bli torterad till döds. Det värsta var en annan fråga som malde inom honom, natt och dag.

Vad gjorde jag för fel? Det var den värsta frågan.

En gång hade prästen, nästan i förbigående, snuddat vid detta. Han hade sagt:

– Greve Struensee, hur kunde ni från ert arbetsrum, i denna isolering, veta vad som var det riktiga? Varför trodde ni att ni ägde sanningen när ni inte kände verkligheten?

– Jag arbetade, hade Struensee svarat, i många år i Altona och kände verkligheten.

– Ja, hade prästen Münter sagt efter en paus. Som läkare i Altona. Men de 632 dekreten?

Och efter en stunds tystnad hade han, nästan nyfiket, tillfogat:

– Vem gjorde underlagen?

Och Struensee hade då, nästan med ett leende, sagt:

– En plikttrogen ämbetsman gör alltid riktiga underlag, om det så vore till planerna på sin egen partering.

Prästen hade nickat, som om han funnit förklaringen både sann och självklar.

Han hade ju inte gjort något fel.

Han hade från sitt arbetsrum genomfört den danska revolutionen, lugnt och stillsamt, inte mördat, inte fängslat, inte tvingat, inte förvisat, inte blivit korrupt eller belönat sina vänner eller skaffat sig egna fördelar eller önskat denna makt av dunkla egoistiska skäl. Men han måste ha gjort något fel ändå. Och i de nattliga mardrömmarna återkom gång på gång resan ut till de förtryckta danska bönderna, och händelsen med den döende pojken på trähästen.

Där var det. Det var något i detta som inte ville släppa taget.

Det var inte det faktum att han varit rädd för folkhopen som kom tillrusande. Det var snarare att detta var enda gången han varit nära dem. Men han hade vänt, och sprungit efter vagnen i mörkret och leran.

Egentligen hade han bedragit sig själv. Han hade ofta önskat att han avslutat den europeiska resan i Altona. Men han hade egentligen avbrutit den redan i Altona.

Han hade tecknat människors ansikten i marginalen på sin doktorsavhandling. Där fanns något viktigt som han tycktes ha glömt. Att se mekaniken, och det stora spelet, och inte glömma människornas ansikten. Var det där?

Det var nödvändigt att tränga bort detta. Den lille logiske prästen formulerade därför ett annat problem åt honom. Det var problemet med evigheten, om den fanns, och han räckte tacksamt fram handen till den lille prästen och tog emot gåvan.

Och så slapp han den andra frågan, som var den värsta.

Och han kände tacksamhet.

Tjugosju gånger skulle prästen Münter besöka Struensee i hans fängelse.

Vid det andra besöket hade han sagt att han nu erfarit att Struensee med säkerhet skulle bli avrättad. Följande intellektuella problem uppstod då. Om döden betydde en fullständig tillintetgörelse – nå, då var det så. Då fanns ej evigheten, ej Gud, ej himmel eller evigt straff. Då betydde det intet hur Struensee nu reflekterade dessa sista veckor. Därför! primo: borde Struensee inrikta sig på den enda återstående möjligheten, som var den att det funnes ett liv efter döden, och secundo: undersöka vilka möjligheter det funnes att få det bästa möjliga ut av denna återstående möjlighet.

Han hade ödmjukt frågat Struensee om han instämde i denna analys, och Struensee hade länge suttit tyst. Sedan hade Struensee frågat:

– Och om det senare är fallet, kommer då prästen Münter tillbaka flitigt, så att vi gemensamt kan analysera denna andra möjlighet?

– Ja, hade Münter sagt. Varje dag. Och många timmar varje dag.

Så hade deras samtal inletts. Och så hade Struensees omvändelsehistoria inletts.

De över tvåhundra sidorna i omvändelseskriften formar sig till frågor och svar. Struensee läser flitigt i sin bibel, finner problem, vill ha svar, får svar. *”Men säg mig då, greve Struensee, vad finner ni i detta avsnitt anstötligt? Jo, när Kristus säger till sin Moder: Kvinna, vad har jag med Dig att göra? så är* *detta dock hårdhjärtat, och, om jag vågar använda detta ord, oanständigt.*" Och så följer prästens mycket utförliga analys, om den är direkt föredragen för Struensee eller författad efteråt är oklart. Men många sidor utförliga teologiska svar. Så en kort fråga, och ett utförligt svar, och vid dagens och protokollsanteckningens slut en försäkran att greve Struensee nu förstått, och till fullo insett.

Korta frågor, långa svar, och avslutande samförstånd. Om Struensees politiska verksamhet intet.

Omvändelsebekännelsen kom att publiceras, på många språk.

Ingen vet vad som egentligen blev sagt. Prästen Münter satt där, dag efter dag, böjd över sitt anteckningsblock. Sedan skulle allt publiceras, och bli mycket berömt: som den beryktade fritänkarens och upplysningsmannens avbön.

Det var Münter som skrev ner. Änkedrottningen tog senare ställning till texten, innan den publicerades, och gjorde vissa ingrepp och censurerade vissa partier.

Sedan fick den tryckas.

Den unge Goethe upprördes när han läste. Många andra upprördes. Inte över omvändelsen, utan att denna frampressats under tortyr. Fast det var ju inte sant, och han avsvor sig aldrig sina upplysningsidéer; men han tycktes med glädje kasta sig i Frälsarens famn och dölja sig i hans sår. Fast de som talade om avfall och hyckleri frampressat under tortyr hade knappast kunnat föreställa sig hur det varit: detta med den lugne, analytiske, lågmälde, deltagande prästen Münter som på sin mjuka, melodiska tyska, på tyska!, äntligen och till slut på tyska!, talade till honom och undvek det svåra, varför han hade misslyckats i denna världen, och talade om evigheten, som var det lätta och skonsamma. Och detta på den tyska som ibland tycktes föra Struensee tillbaka till en utgångspunkt som var trygg och varm: som innehöll universitetet i Halle och hans mor och hennes förmaningar och fromheten och faderns brev och att de skulle få höra att han nu vilade i Kristi sår, och deras glädje, och Altona och koppningen och vännerna i Halle och allt, allt som nu tycktes förlorat.

Men som hade funnits, och som dessa dagar och timmar återuppväcktes av prästen Münter, på stolen, framför honom, i detta iskalla fasansfulla Köpenhamn som han aldrig borde ha besökt, och där nu bara de logiska, intellektuella teologiska samtalen under några timmar kunde befria "Den tyste", läkaren från Altona, från den fruktan som var hans svaghet, och till sist kanske hans styrka.

3.

Domen mot Struensee underskrevs av Kommissionen lördagen den 25 april.

Motiveringen var icke att han bedrivit hor med Drottningen, men att han målmedvetet arbetat på att tillfredsställa sin härskarsjuka och avskaffat konseljen, och att det var hans skuld att Hans Majestät, som så innerligt älskat sitt folk, förlorat tilliten till sin konselj och att Struensee därefter skapat en kedja av våldsamheter, egennytta och förakt för religion, moral och goda seder.

Ingenting om otrohet, endast en dunkel formulering om "förutom en missgärning, genom vilken han är skyldig till Majestätsförbrytelse i högsta grad". Ingenting om Christians sinnessjukdom.

Inget om den lilla flickan. Men dock ”crimen laesae majestatis”, majestätsförbrytelse, ”i högsta grad”. Straffpåföljden formulerades enligt dansk lags 6 boks 4 kapitel första artikeln:

”Att greve Johann Friedrich Struensee skall, sig själv till välförtjänt straff och andra likasinnade till exempel och varning, hava förbrutit ära, liv och gods, och bliva degraderad från sin grevliga och annan honom förunnad värdighet; samt att hans grevliga vapen skall av skarprättaren sönderbrytas; så bör ock Johann Friedrich Struensees högra hand av honom levande avhuggas och därefter hans huvud; hans kropp parteras och läggas på stegel och hjul, men huvudet och handen därefter sättas på stång.”

Brandts straff blev detsamma. Hand, huvud, partering, uppsättning av kroppsdelar.

Domskälet var dock väsentligt annorlunda; det var den egendomliga händelsen med pekfingret som var skälet till dödsdomen och avrättningens former.

Han hade förgripit sig på Konungens person.

Ett dygn senare, på eftermiddagen den 27 april, skulle domen stadfästas av konung Christian den sjunde. Hans namnteckning var nödvändig. Oron var stor inför detta, risken för benådning fanns. För den skull hade Christian hållits intensivt sysselsatt, som om man velat utmatta honom, med ceremonier velat bedöva honom, eller rituellt införa honom i en teaterns värld där intet, särskilt inte dödsdomar, hade realitet.

Den 23 april på kvällen gavs stor maskerad, där Konungen och Änkedrottningen behagade mottaga alla de inviterade personligen. Den 24:e gavs en konsert i Det Danske Teater, med kungafamiljen närvarande. Den 25:e avkunnades domen över Struensee och Brandt, och på aftonen bevittnade Konungen operan ”Hadrianus i Syrien”. Den 27:e fördes konung Christian, nu enligt vittnen helt utmattad och starkt förvirrad, med sitt hov till middag på Charlottenlund, varifrån han vände tillbaka klockan sju på aftonen, underskrev domarna och genast fördes till Operan där han, till större delen blundande eller sovande, åhörde en italiensk opera.

Farhågan att Konungen skulle benåda hade varit mycket stor. Alla anade en motkupp, och då skulle många huvuden kunna rulla. Oron för andra makters ingripanden hade dock lagt sig till ro när en kurir den 26 april hade anlänt från Sankt Petersburg med ett brev till den danske konungen.

Det lästes noga.

Katarina den stora var bekymrad, men inte hotfull. Hon vädjade till Konungen att ”den medmänsklighet, som är naturlig för varje hederligt och känsligt hjärta” måtte låta honom ”föredra mildhetens råd framför stränghetens och hårdhetens” gentemot de ”olyckliga” som nu pådragit sig hans vrede ”hur rättfärdig den än må vara”.

Christian fick självfallet aldrig läsa brevet. Tonen var mild. Ryssland skulle inte intervenera. Så ej heller den engelske konungen. Man kunde i lugn rensa bort de liderliga.

Det sista problemet var Christian.

Om bara Christian nu, i sin förvirring, inte skapade problem, utan undertecknade! Utan signum ingen juridisk legitimitet.

Allt hade dock gått mycket bra. Christian hade suttit mumlande, ryckande och förvirrad vid konseljbordet, bara under ett ögonblick tyckts vakna till, och då klagat över det egendomliga och komplicerade språket i den mycket långa domen, och plötsligt utbrustit att den som skrev ett så egendomligt språk ”förtjänade hundra piskrapp”.

Sedan hade han hjälplöst mumlat vidare, och utan protester skrivit under.

Efteråt, på väg ut till den vagn som skulle föra honom till Operan, hade han hejdat Guldberg, dragit honom åt sidan och viskande ”anförtrott” honom något.

Han hade anförtrott Guldberg att han icke varit säker på att Struensee velat döda honom. Men, menade han, om det var så att han själv, Christian, icke var en människa, utan en av Gud utkorad, då krävdes ju inte hans *direkta* närvaro vid exekutionsplatsen för att benåda de dömda! Räckte det icke med att han befallde Gud, som sin uppdragsgivare, att benåda? Måste han själv visa sig och sitt ansikte? Och, anförtrodde han Guldberg vidare, eftersom han länge varit osäker om han var en människa, om han var en människa av kött och blod, kanske en bortbyting vars riktiga föräldrar var jylländska bönder, skulle inte denna avrättning kunna bli ett bevis för honom själv; bevis! så att om! om!!! han endast med sin tankes kraft, närvarande eller icke närvarande vid avrättningen, skulle kunna framkalla benådning, det då vore bevisat, ja bevisat!!! att han icke var människa. Men! om detta ej lyckades, då hade han likaså! likaså! ändå bevisat att han var, verkligen, *en människa*. På detta sätt skulle avrättningen bli det tecken han så länge önskat sig, ett tecken från Gud på vad som var hans egen härkomst, och ett svar på frågan om han verkligen var människa.

Han hade viskande och envetet sagt detta till Guldberg, och till sist bara frampressat:

– Ett tecken!!! Äntligen ett tecken!!!

Guldberg hade lyssnat till den förvirrade tankeströmmen utan att med en min röja sina känslor. Han hade noterat att Konungen ej med ett ord nämnde att Caroline Mathilde var hans mor. Christian Amleth tycktes för ögonblicket försvunnen.

– En riktig och snillrik analys, hade Guldberg endast sagt. Därefter hade Christian avförts till Operan. Guldberg hade länge tankfull sett efter honom, och sedan börjat företa de försiktighetsåtgärder inför avrättningen som han nu förstod var helt nödvändiga.

4.

Man byggde avrättningsplatsen som en teaterscen.

Omedelbart efter att domen var underskriven av Konungen hade man påbörjat byggandet av schavotten på Østre Fælled. Den gjordes i form av en fyrkantig byggnad av trä, vid pass fem meter hög; på dess tak var en extra plattform uppbyggd, en förhöjning som gjorde att både bödel och offer skulle bli mycket synliga, och med blocken, där huvud och hand skulle avhuggas, särskilt upphöjda.

Man byggde mycket snabbt, och en mindre orkester var utkommenderad att under arbetet skapa en ceremoniell ram kring denna dödsteater. Nyheten spred sig snabbt; på morgonen den 28 april klockan nio skulle avrättningen äga rum, och redan ett par timmar tidigare inleddes folkvandringen. Omkring trettiotusen människor lämnade Köpenhamn dessa morgontimmar för att gå, rida eller köras ut till Fælleden, ett fält som låg strax norr om vallarna.

All militär som fanns i Köpenhamn var utkommenderad med anledning av avrättningen. Man beräknar att nära femtusen man stationerats runt Fælleden, dels för att skydda själva avrättningsplatsen, dels grupperade runt om på fältet för att ingripa vid eventuella oroligheter.

De två prästerna, Münter och Hee, hade i de tidiga morgontimmarna infunnit sig hos de dömda. Fångarna skulle lämna Kastellet klockan 8.30, ledsagade av ett vagntåg skyddat av tvåhundra soldater till fots, med bajonetter påsatta, och av tvåhundratrettiofyra dragoner till häst.

Fångarna i var sin hyrvagn.

Under de sista timmarna av sitt liv spelade Brandt flöjt.

Han tycktes munter och orädd. Han hade läst domen, och domskälen, med ett leende; han sade sig väl känna till ceremonielet kring denna komedi, han skulle självfallet benådas eftersom anklagelserna var så absurda och straffet ej heller stod i proportion till anklagelserna. När man tog från honom hans flöjt före avfärden hade han endast sagt:

– Jag fortsätter min sonatina i afton, när denna komedi är avslutad och jag är benådad och fri.

När man meddelade honom att han skulle avrättas före Struensee hade han ett ögonblick tyckts förbryllad, kanske oroad; han menade att det naturliga vid benådningsprocessen vore att den grövre brottslingen, alltså Struensee, först avrättades, och att sedan den oskyldige, alltså han själv, på ett naturligt sätt efter detta kunde benådas.

Men han utgick nu från att båda skulle benådas.

Helst, hade han sagt på väg in i vagnen, hade han sett att benådningen kom på vägen till schavotten, så att han ej riskerade att utsättas för pöbelns våld. Han menade att hans ställning som maître de plaisir, ansvarig för hovets och huvudstadens kulturella förlustelser, alltså kulturminister, hos många bland befolkningen hade skapat ovilja. Det fanns hos pöbeln en stark kulturfientlighet, och skulle han benådas på schavotten kunde han riskera pöbelns reaktioner, ”jag riskerar då att pöbeln flår mig levande”.

Han hade dock lugnats av meddelandet att femtusen soldater var utkommenderade för att skydda honom för folket. Han var klädd i sin gröna festdräkt, med guldtränsar, och bar över detta sin vita päls.

Vagnarna hade kört mycket långsamt.

Framme vid schavotten hade vid trappans fot stått den väninna och älskarinna som Brandt umgåtts med den sista tiden; Brandt hade hälsat på henne med munter och käck uppsyn, frågat vakterna om han verkligen nödgades gå upp på schavotten före benådningen, men tillsagts att göra så.

Prosten Hee hade följt honom uppför trappan.

Väl uppkommen hade han gett Brandt syndernas förlåtelse. Domen upplästes sedan, och skarprättaren, Gottschalk Mühlhausen, trädde fram, visade upp Brandts grevliga vapensköld, sönderbröt den, och framsade de övliga och föreskrivna orden ”Detta sker ej utan orsak, men efter förtjänst”. Prosten Hee frågade sedan Brandt om han ångrade sin majestätsförbrytelse, och Brandt svarade jakande; detta var ju förutsättningen för den benådning som nu skulle komma. Innan denna kom, befalldes han nu att avtaga päls, hatt, den gröna festdräkten och västen; han hade också gjort detta, om än irriterad, eftersom han ansåg att detta var onödigt. Han tvingades sedan att knäböja och placera sitt huvud på blocket och den högra handen utsträckt på det andra block som fanns intill. Han hade nu varit blek, men ännu frimodig eftersom detta var det ögonblick då ordet ”Pardon” skulle utropas.

Bödeln hade i samma stund med sin yxa avhuggit hans högra hand.

Han hade först då förstått att detta var allvar, hade som i kramp vridit sitt huvud och stirrat mot den avhuggna arm varifrån blodet nu sprutade, och så börjat skrika i skräck; men man hade hållit fast honom, pressat ner hans huvud mot blocket, och nästa hugg hade avskilt hans huvud från kroppen. Huvudet hade sedan upplyfts och förevisats.

Det hade varit alldeles tyst bland åskådarna, vilket förvånade många.

Kroppen hade sedan avklätts, och könsdelarna hade avskurits och nedkastats till den kärra som stod under den fem meter höga schavotten. Buken hade sedan uppskurits, tarmarna uttagits och nedkastats, och kroppen parterats i fyra delar, vilka därefter nedkastats i kärran.

Brandt hade misstagit sig. Någon benådning var ej planerad, i varje fall inte benådning av honom, och inte av någon som nu hade makt.

Kanske hade det funnits en möjlighet. Men denna möjlighet var förhindrad.

Konung Christian den sjunde hade kvällen innan befallt att han önskade bli tidigt väckt; och klockan åtta på morgonen hade han ensam och, utan att med ett ord förmäla vad han avsåg att göra, gått ut på slottsgården och fram till vagnsstallet.

Han hade där befallt fram en vagn med kusk.

Han hade gjort ett nervöst intryck, darrat i hela kroppen som om han haft ångest för vad han nu företog sig, men på intet sätt blivit motsagd eller förhindrad; en vagn var i själva verket redo, hästarna var sadlade, och en trupp på sex soldater under befäl av en officer från Livgardet hade slutit upp runt vagnen. Konungen hade på intet sätt visat misstänksamhet inför detta, utan hade befallt att man körde honom till avrättningsplatsen på Østre Fælled.

Ingen hade motsagt honom, och vagnen, med eskort, hade satt sig i rörelse.

Under färden hade han suttit hopsjunken i ett hörn, som vanligt med blicken ner mot sina fötter; han var blek och tycktes förvirrad, men hade inte sett upp förrän en dryg halvtimme senare när vagnen stannade. Han hade då tittat ut, och insett var han befann sig. Han var på Amager. Han hade kastat sig mot båda dörrarna, som han dock funnit vara låsta, öppnat ett fönster och ropat till eskorten att man kört honom till fel plats.

De hade inte svarat, men han förstod. Man hade kört honom till Amager. Han var bedragen. Vagnen stod nu stilla hundra meter från stranden, och hästarna spändes från. Han frågade då vad som var meningen; men den officer som hade befälet hade ridit fram till vagnen och meddelat att man tvingades byta hästar eftersom dessa var utmattade, och att färden skulle fortsätta så snart nya hästar anlänt.

Sedan hade han snabbt ridit sin väg.

Vagnens dörrar var låsta. Hästarna var frånspända. Dragonerna, på sina hästar, hade positionerat sig hundra meter bort, och väntade, på linje.

Konungen satt ensam i sin vagn utan hästar. Han hade då slutat ropa, och villrådig sjunkit ner på vagnens säte. Han såg ut över stranden, som här icke var betäckt av träd, och över vattnet som var mycket stilla. Han förstod att tiden nu var inne att ge de dömda nåd. Han kom inte ut ur vagnen. Hans rop nådde inte fram till någon. Dragonerna såg honom med armen och handen göra egendomliga pekande åtbörder, ut genom det öppna fönstret, upp mot något däruppe; som om han uppsträckt sin hand mot himlen, mot en Gud som kanske utsett honom till sin son, som kanske fanns, som kanske hade makt, som kanske ägde makt att benåda; men efter ett tag tycktes hans arm tröttna, eller drabbades han av modlöshet; armen sjönk ner.

Han satte sig åter i vagnens hörn. Från öster kom regnmolnen rullande in över Amager. Dragonerna väntade tysta. Inga hästar kom. Ingen Gud uppenbarade sig.

Kanske hade han redan nu förstått. Kanske hade han fått sitt tecken. Han var bara människa, ingenting annat. Regnet började falla, allt tyngre, och snart skulle hästarna kanske komma och kanske skulle man då återvända, kanske till slottet, och kanske fanns det en barmhärtig Gud *men varför har Du då aldrig visat Ditt ansikte för mig och gett mig vägledning och råd och gett mig av Din tid, av Din tid, gett mig tid,* och nu allt tyngre iskallt regn.

Ingen hörde hans rop. Inga hästar. Ingen Gud. Bara människor.

5.

Den svenske konungen Gustav den tredje kröntes år 1771, mitt under den Struensees tid han observerade med så blandade känslor, och så stort intresse, och från denna kröning finns en berömd tavla, målad av Carl Gustaf Pilo.

Den heter också "Gustav III:s kröning". Pilo hade varit den unge Christians teckningslärare, levde vid det danska hovet under Struensees tid, men blev 1772 utvisad, och återvände till Stockholm. Han påbörjade då sin stora målning av Gustav den tredjes kröning, som han aldrig lyckades avsluta, och som blev hans sista verk.

Kanske försökte han berätta något som var alltför smärtsamt.

I centrum av bilden den svenske konungen, ännu ung, han lyser av tillbörlig värdighet, bildning, men han är också, vet vi, uppfylld av upplysningstidens idéer. Det är ännu många år innan han skall förändras, och innan han skall mördas, på en maskeradbal. Runt omkring honom grupperas hans lika lysande hov.

Det är bakgrunden som är förbryllande.

Konungen och hovet tycks inte avbildade i en tronsal; de är placerade i en mycket mörk skog, med kraftiga mörka stammar, som om denna kröningsscen utspelades mitt i en månghundraårig urskog, i den nordeuropeiska vildmarken.

Nej, inga pelare, inga kolonner i en kyrka. Mörka, outgrundliga trädstammar, en urskog i hotfullt mörker, och i mitten den lysande församlingen.

Är det mörkret som är ljus, eller det lysande som är mörker? Man får välja. Så är det med historien, man får välja vad man ser, och vad som är ljus, och mörker.

6.

Struensee hade sovit stilla denna natt, och när han vaknade var han alldeles lugn.

Han visste vad som skulle ske. Han hade legat med öppna ögon och länge sett upp mot det grå stentaket i cellen och helt igenom koncentrerat sig på en enda tanke. Det hade med Caroline Mathilde att göra. Han hade tagit fasta på det som varit fint, och att han älskade henne, och att han nåtts av ett meddelande från henne att hon förlåtit honom för att han berättat; och så tänkte han på hur han känt det den gången hon berättat för honom att hon var med barn, och att det var hans. Egentligen hade han redan då förstått att allt var förlorat, men att det inte gjorde någonting. Han hade fått ett barn, och barnet skulle leva, och barnet skulle ge honom evigt liv, och barnet skulle leva och föda barn och så fanns evigheten där och då betydde ingenting annat något.

Det hade han tänkt på.

När prästen Münter kom in i cellen hade denne darrat på rösten och läst en bibeltext och alls icke varit så logisk som han brukat, utan gett efter för en känslostorm som varit överraskande, och som tycktes antyda att han alls ej betraktade Struensee med motvilja, utan tvärtom hållit mycket av honom; men Struensee hade mycket vänligt sagt till honom att denna morgon, den sista, ville han omge sig med tystnad, och helt igenom koncentrera sig på det eviga livets innebörd, och att han vore glad om prästen kunde förstå detta.

Och prästen hade nickat kraftigt och förstått. Och så hade de tillbringat denna morgontimme i stillhet och tystnad.

Sedan avfärd.

Münter hade inte medföljt i Struensees vagn utan stigit in i den först vid schavotten; vagnen hade stannat alldeles intill denna, och de hade från vagnen kunnat se Brandt stiga uppför stegen, och genom de öppna fönstren hört prosten Hees ord och skarprättarens, och så Brandts skrik när handen överraskande avhuggits, och sedan de tunga dova dunsarna när parteringen skedde och delarna kastades ner i lastvagnen vid schavottens fot.

Münter hade inte varit till mycken hjälp. Han hade börjat läsa ur sin bibel, men alldeles okontrollerat börjat darra och snyfta, Struensee hade talat lugnande till honom, men ingenting hade hjälpt. Prästen hade skakat i hela kroppen och snyftat, och hulkande försökt stamma fram tröstens ord ur sin bibel, men Struensee hade hjälpt honom med sin näsduk, och redan efter en halvtimmes tid hade parteringen av Brandt varit klar, dunsarna från den uppstyckade kroppen upphört, och det var dags.

Han hade stått däruppe och sett ut över folkhavet. Så många som kommit! Folkhavet var oändligt: det var dessa människor han kommit att besöka, och det var dem han skulle ha hjälpt. Varför hade de inte tackat honom!, men detta var första gången han sett dem.

Nu såg han dem, *såg jag o Gud, som kanske finnes, en springa där mitt kall vore att tränga mig in var det för deras skull och är nu allt förgäves borde jag ha frågat dem o Gud jag ser dem och de ser mig men det är för sent och kanske borde jag ha talat till dem och icke inneslutit mig och kanske borde de ha talat till mig men jag satt där ju i mitt rum och varför skulle vi för första gången mötas på detta sätt nu när det är för sent* och de bröt hans vapensköld och uttalade orden. Och avklädde honom. Blocken var tjockt besmetade av

Brandt och han tänkte *det är Brandt dessa köttstycken och detta blod och detta slem vad är då en människa när det heliga försvinner är det endast köttslamsor och blod och detta är Brandt vad är då en människa*, de tog tag i hans armar och villig som ett offerlamm placerade han sin hals på blocket och sin hand på det andra blocket och han stirrade rakt fram, på ett oändligt antal ansikten som bleka och grå och med öppnade munnar stirrade upp på honom, och då avhögg skarprättaren hans hand med sin yxa.

Hans kropp drabbades då av ryckningar så starka att skarprättaren, när han skulle avhugga huvudet, helt förfelade sitt mål; Struensee hade rest sig upp på knä, öppnat munnen som om han ville tala till alla dessa tusental han nu såg för första gången, *blott en bild har jag Herre Jesus och det är lillflickans bild men kunde jag också tala till alla dessa som ej har förstått och inför vilka jag syndat genom att ej* och så hade han pressats ner på blocket igen, och den andra gången när skarprättaren höjde sin bila hade de sista orden han sagt till henne kommit flimrande *i evigheters evigheter* och bilan till sist funnit rätt, och avhuggit den tyske livläkarens huvud; och hans danska besök var över.

Från öster hade tunga regnmoln kommit rullande, och när parteringen av Struensees kropp inletts hade regn börjat falla; men det var inte det som fick massorna att lämna platsen.

Man lämnade skådeplatsen som om man fått nog, som om man velat säga: nej, detta vill vi inte se, någonting är fel, detta var inte som vi ville ha det.

Har man fört oss bakom ljuset?

Nej, man flydde inte, man började bara gå, först några

hundra, sedan några tusen, sedan gick alla. Det var som om detta varit nog, det fanns ingen glädje i det man sett, ingen skadeglädje och ingen hämnd, allting hade bara blivit outhärdligt. Först hade de varit en oändlig massa som tysta stirrat upp mot det som skedde, varför så tysta?, och sedan började de gå tillbaka, först långsamt, sedan alltmer hetsigt, som i sorg. De gick och sprang in mot staden, regnet föll allt tyngre, men regn var de vana vid; det var som om de till sist hunnits upp av vissheten vad detta skådespel hade inneburit, och att de inte önskade detta mer.

Var det grymheten de inte stod ut med? Eller kände de sig bedragna?

Guldberg hade låtit sin vagn stanna hundra alnar från schavotten, inte stigit ut ur vagnen, men befallt att tjugo soldater skulle stanna kvar, som vakt. Vad skulle de vakta mot? Allt hade förlöpt enligt planerna. Men plötsligt var det något som kändes hotfullt och utom kontroll, vad var det med massan, varför lämnade de skådespelet, vad var det i dessa trötta, sorgsna, slitna ansikten som fick honom att känna oro; de rörde sig förbi honom som en grå, förbittrad massa, en flod, ett tigande sorgetåg som inte hade ord och inte känslor men som bara tycktes uttrycka – ja, sorg. Det var en sorg som var dödstyst och samtidigt utom kontroll. De hade bevittnat det definitiva slutet på Struensees tid, och samtidigt fick Guldberg en känsla av att faran inte var över. Att syndens smitta spritt sig också till dem. Att det svarta skenet från upplysningens fackla inte var utsläckt. Att dessa tankar på något egendomligt sätt smittat dem, trots att de knappast kunde läsa, och i varje fall inte förstod, och aldrig skulle komma att förstå, och att de därför måste hållas under kontroll, och ledas; men kanske fanns smittan ändå där. Kanske var Struensees tid inte slut; och han visste att det nu gällde att vara ytterligt vaksam.

Huvudet avhugget men tankarna kvar, och folket hade inte velat stanna kvar och se, och varför gick de?

Det var ett varningstecken. Hade han gjort något fel? Vad kunde han utläsa i dessa slitna, sorgsna ansikten, var det uppgivenhet? ja kanske. Om så vore. Han satt där i vagnen och det väldiga folktåget omgav honom som en flod, ej vid flodens strand! mitt i! mitt i!, och han visste inte hur detta skulle tolkas.

Den yttersta vaksamhet var nu av nöden. Struensees tid var slut. Men smittan.

De trettiotusen hade inte hälsat det avhuggna huvudet med jubel. De hade flytt, springande, haltande, släpande på de små barn som dragits dit, bort från schavotten som nu inneslöts i det allt häftigare regnet. De ville inte se längre. Något hade varit fel. Guldberg satt alldeles stilla i sin vagn, väl bevakad. Men det han alltid skulle minnas var hur denna oändliga folkmassa rörde sig, men under tystnad; hur denna folkmassa varit som en flod som delat sig runt hans vagn, och att han suttit där, nej inte vid stranden som uttolkare, men i flodens mitt. Och för första gången vetat att han ej kunnat tolka flodens virvlar.

Vad var deras sinnen uppfyllda av? Var Struensees tid ändå inte över?

Enigheten hade ju, alldeles nyss, för bara tre månader sedan, varit så stor. Han mindes glädjekravallerna i januari. Den folkliga vreden så stor. Och nu teg de, och gick, och lämnade, och visade ingen glädje, i ett gigantiskt sorgetåg fyllt av en tystnad som för första gången fick Guldberg att känna fruktan.

Hade något blivit kvar, och ej kunnat huggas av?

Kärran stod under schavotten.

När vagnen, som skulle köra likdelarna till Vestre Fælled där huvud och händer skulle uppsättas på stång och lemmar och tarmar uppläggas på hjul, när vagnen till sist var fylld och kunde sätta sig i rörelse, då var fältet tomt: frånsett de femtusen soldaterna som under tystnad, och orörliga, i tungt regn bevakade tomrummet efter de trettiotusen som sedan länge lämnat den plats där man trott sig avhugga och avsluta Struensees tid.

EPILOG

Dagen efter avrättningen fick hon veta.

Den 30 maj hämtades sedan Caroline Mathilde av de tre engelska fartygen, och fördes till Celle, i Hannover. Slottet, som låg i stadens centrum, var uppfört på 1600-talet och hade stått oanvänt, men blev nu hennes uppehållsort. Hon sades ha behållit sitt livliga väsen, ägnade stort intresse åt välgörenhet bland Celles fattiga, och krävde respekt för Struensees minne. Hon talade ofta om honom, som hon benämnde ”salig greven”, och blev snart mycket älskad i Celle, där man kom att omfatta tanken att hon blivit orättfärdigt behandlad.

Många intresserade sig för hennes politiska roll i framtiden. Christian, som nu var helt nedsjunken i sin sjukdom, var ännu konung, och hans och Caroline Mathildes son tronarvinge. Kungens sjukdom skapade nu som förut ett tomt hål i centrum, som uppfylldes av andra än Struensee.

Den egentlige makthavaren var Guldberg. Han blev i realiteten envåldshärskare, med titeln statsminister; dock uppstod i Danmark missnöje i vissa kretsar, och det smiddes planer att genom en kupp återinsätta Caroline Mathilde och hennes barn, och störta Guldberg och hans parti.

Den 10 maj 1775 avbröts dock dessa ganska långt gångna konspirationer då Caroline Mathilde mycket plötsligt och oförklarligt avled i en ”smittsam febersjukdom”. Ryktena om att hon förgiftats på uppdrag av den danska regeringen kunde aldrig bekräftas.

Hon var då endast tjugotre år gammal. Hon fick aldrig återse sina barn.

Den revolution som Struensee påbörjat inställdes snabbt; det tog bara några veckor, så var allt vid det gamla, eller ännu äldre. Det var som om hans 632 revolutionära dekret, utställda under dessa två år som kallades ”Struensees tid”, som om de varit papperssvalor, varav några landat, medan andra fortfarande svävade tätt över markytan och ännu inte hunnit sätta sig i det danska landskapet.

Guldbergs tid följde, och varade till 1784, då han störtades. Att allt återställdes under hans tid, det var uppenbart. Liksom att av Guldbergs tid sedan intet blev kvar.

Struensees fantastiska politiska produktivitet var märklig. Hur stor del blev dock verklighet?

En bild av honom som bara en skrivbordsintellektuell, utrustad med en häpnadsväckande makt, är dock knappast rättvisande. Danmark blev sig aldrig helt likt efter Struensees tid. Guldberg hade haft rätt i sina farhågor; upplysningens smitta hade bitit sig fast, orden och tankarna gick inte att halshugga. Och en av de reformer Struensee aldrig hann med, ”stavnsbåndets” och livegenskapens avskaffande, blev verklighet redan 1788, året före den franska revolutionen.

Struensee skulle också komma att leva vidare på ett annat sätt.

Struensees och Caroline Mathildes lilla dotter Louise Augusta kom att uppfostras i Danmark; hennes bror, Christians enda barn, hade varit aktivt drivande vid den kupp 1784 som störtade Guldberg, och han skulle år 1808 efterträda sin sinnessjuke far på tronen.

Flickan däremot gick andra öden till mötes. Hon beskrivs som mycket vacker, med en "oroväckande" vitalitet. Hon tycktes dela sin fars politiska grundinställning, hade intensivt tagit del av händelserna vid den franska revolutionen, sympatiserat med Robespierre, och om sin far sagt att hans enda fel varit att han ägt "mer ande än slughet".

Det kanske också var en riktig analys. Hennes skönhet och vitalitet hade gjort henne tilldragande, om än inte alltid den stillsammaste och tryggaste partnern i ett förhållande. Hon blev gift med hertig Frederik Christian av Augustenborg, som knappast var henne vuxen på något sätt. Dock fick hon med denne tre barn, varav en dotter, Caroline Amalie, 1815 blev gift med prins Christian Frederik, den danske tronarvingen och senare monarken; och så var allt tillbaka igen, vid hovet i Köpenhamn. Det var många av Struensees ättlingar som, på detta sätt, gled in i de egendomliga och gåtfulla snart sönderfallande europeiska kungahus där han varit en så ovälkommen och kortvarig gäst. Hans barnbarnsbarnbarn Augusta Victoria blev maka till den tyske kejsaren Wilhelm den andre och fick åtta barn; det finns idag knappast något europeiskt kungahus, ej heller det svenska, som inte kan räkna sina anor tillbaka till Johann Friedrich Struensee, hans engelska prinsessa och deras lilla flicka.

Det var kanske betydelselöst. Om han i fängelset ibland haft en evighetsdröm som var biologistisk, den att evigt liv var att leva vidare genom sina barn, då blev han bönhörd. Evighetsdrömmen och människosynen blev han väl aldrig färdig med – det som han med sin karaktäristiska teoretiska oklarhet försökt beskriva som ”maskinen människan”. Men vad var egentligen en människa, hon som kunde obduceras eller parteras och upphängas på stegel och hjul, och ändå på något sätt leva vidare. Vad var detta heliga. ”Det heliga är vad det heliga gör”, hade han tänkt: människan som summan av sina existentiella val och handlingar. Men till slut var det ändå något annat, och viktigare, som blev kvar av Struensees tid. Inte biologin, inte bara handlingarna, men en dröm om människans möjligheter, detta det allra heligaste och mest svårfångade, det som fanns som en envist kvarhängande flöjtton från Struensees tid, och som inte lät sig avhuggas.

Det engelska sändebudet Keith hade, en afton på Hofteatret i september 1782, rapporterat till den engelska regeringen om en incident.

Det var mötet mellan honom, konung Christian den sjunde och statsminister Guldberg. Christian hade antytt att Struensee levde; och Keith hade noterat det raseri, om än kontrollerat, detta framkallat hos Guldberg.

Alla talade om Struensees tid. Det var inte rättvist. Det var inte rättvist!!!

Sedan hade Christian den aftonen försvunnit.

Vart han gått just denna afton vet vi ju inte. Men man vet vart han brukade försvinna, och att han ofta försvann. Och till vem. Och man kan därför föreställa sig hur det också denna kväll hade varit: att han gått den korta vägen från Hofteatret till ett hus i centrala Köpenhamn, vid Studiestræde. Och att han också efter den händelse Keith beskriver hade gått in i huset vid Studiestræde och mötts av henne som han så envist kallade Universums Härskarinna, som nu var tillbaka, som alltid varit den enda han kunnat lita på, den enda han älskat med sin egendomliga form av kärlek, den enda välgörare som till sist fanns för detta konungsliga barn som nu var trettiotre år gammalt, och som livet hade misshandlat så.

Det var Stövlette-Caterine som, sedan många år och efter uppehåll i Hamburg och Kiel, var tillbaka i Köpenhamn. Nu var hon, enligt samtida beskrivningar, gråhårig, fylligare, och kanske också visare.

Och man får anta att det då, också denna kväll, utspelades samma ritualer som tidigare, de kärlekens ceremonier som gjort att Christian i så många år kunnat överleva i detta dårhus. Att han satte sig vid hennes fötter på den lilla pall han alltid använde, och att hon avtog hans peruk, vätte den mjuka tyglappen i en vattenskål och avtorkade allt puder och allt smink från hans ansikte; och att hon sedan kammade hans hår medan han satt där, helt lugn och blundande, på sin pall vid hennes fötter, och med sitt huvud vilande i hennes knä.

Och att han visste att hon var Universums Härskarinna, att hon var hans välgörare, att hon hade tid med honom, att hon hade all tid, och att hon var tid.

INNEHÅLL

Maskerad